LES ENQUÊTES DE MAUD DELAGE

MARIE-BERNADETTE DUPUY

LES ENQUÊTES DE MAUD DELAGE

*

CALMANN LÉVY

CALMANN LÉVY
ÉDITEUR DEPUIS 1836

Couverture
Conception graphique : Constance Clavel
Photographie : © René Mattes / Hemis.fr

ISBN 978-2-7021-8282-6

Note de l'auteure

Chères amies lectrices, chers amis lecteurs,

C'est en 1995, à une époque où les techniques d'investigation étaient bien moins sophistiquées, que j'ai créé cette série policière, tout d'abord par goût du suspense et des intrigues, mais aussi pour le plaisir de parcourir au fil des pages ma terre natale, la Charente. Département riche en sites préhistoriques, parsemé de châteaux ou de ruines romantiques, doté de paysages variés, il y avait là matière à emballer mon imagination.

Ainsi, par le biais des enquêtes de Maud Delage, mes lecteurs de l'époque ont pu se pencher sur l'histoire de la région, son patrimoine, découvrir des lieux méconnus. En quelque sorte, faire un peu de tourisme sur les traces de mon héroïne.

Je tiens à préciser qu'aucun des événements relatés ne s'est réellement produit et que ces textes, hormis les références historiques et touristiques, sont de pures fictions.

Marie-Bernadette Dupuy

DU SANG
SOUS LES COLLINES

1

Puymoyen, vallée des Eaux-Claires, octobre 1995

Franck Drugeon n'en finissait plus de rappeler sa chienne qui n'avait pas encore appris les bonnes manières.

— Mina, viens ici, et vite !

L'animal n'avait que six mois, un trop-plein d'énergie à dépenser et une envie folle de se dégourdir les pattes. Rien d'étonnant : elle passait ses journées dans une cour, et ses parents étaient des bergers allemands du genre colosses à la dent dure.

— Mina, vas-tu obéir ! Tu vas finir par te perdre dans ces broussailles, et puis ta copine Vénus n'en peut plus !

L'homme se dit pour la troisième fois de la matinée qu'il avait fait une erreur en prenant cette jeune bête qui avait besoin d'une poigne plus rude que la sienne. Il commençait sa deuxième année de retraite et aurait mieux fait de se contenter de sa douce Vénus, une chienne setter âgée de neuf ans.

En plus, Mina ne tenait pas en place, ce qui obligeait Franck, en maître consciencieux, à battre la campagne tous les jours. Autour d'eux, la vallée des Eaux-Claires semblait s'éveiller. C'était une belle matinée d'octobre, les noisetiers jaunissaient, un peu de brume s'attardait au-dessus des falaises.

Un mardi comme un autre, avec un agréable parfum d'automne dans l'air frais.

— Demain, je retourne aux champignons, ma Vénus. C'est la patronne qui va être contente ! On ira du côté de Torsac, dans ce petit bois de châtaigniers où les cèpes sortent bien.

Franck tourna la tête un instant de trop. Mina avait disparu de son champ de vision.

— Bon sang de bon sang ! Mina ! Mina ! Veux-tu revenir, Mina !

Il continua à appeler, furibond. Debout derrière lui, remuant timidement la queue, la sage Vénus attendait la suite des événements.

Contrarié et inquiet, il quitta le chemin et s'engagea sous le couvert des chênes. Le terrain grimpait vers une barre rocheuse, ce qui le contraignit à s'arrêter pour souffler un peu. Alors qu'il s'apprêtait à repartir, une forme fauve déboula enfin d'un sentier et traversa un buisson de genévrier.

— Ah ! te voilà, quand même ! Viens là, ma chienne, viens me voir !

La colère de Franck était déjà retombée. Il savait qu'il devait avant tout caresser et flatter Mina d'avoir répondu à ses appels, même tardivement. La jeune bête courait autour de lui, joyeuse, très excitée.

— Calme-toi, Mina ! Qu'est-ce que tu manges ?

La chienne semblait avoir découvert et rapporté un jouet à sa convenance, ce qui n'était pas vraiment du goût de son maître.

On trouvait de tout dans la vallée des Eaux-Claires. Les gosses venaient s'y amuser, les amoureux, s'isoler, et le petit gibier était abondant.

— Lâche donc ! Fais-moi voir ! Mais tu as été droit sur une charogne, toi !

Franck n'arrivait pas à identifier ce qui gigotait entre les dents de Mina. C'était noir, gris, d'une forme étrange. Au bout de quelques minutes, Mina délaissa son trophée et fila boire au ruisseau. Il en profita pour examiner ce qu'elle avait abandonné sur l'herbe rase du talus.

À l'aide d'une brindille, il retourna le lambeau de matière putride avant de pousser un cri d'horreur en reculant, victime d'un haut-le-cœur.

— C'est pas vrai ! Faut que ça m'arrive à moi !

Mina revenait déjà. Elle aboya gaiement, déambula le nez au ras du sol, puis elle chercha querelle à Vénus.

Franck, les lèvres pincées, sortit son mouchoir et s'en servit pour envelopper sa sinistre trouvaille.

— Bordel ! Qu'est-ce que je dois faire maintenant ? Et puis d'abord, d'où ça vient, ce fichu truc ?

Bouleversé, presque affolé, Franck réfléchit tout en lançant des coups d'œil inquiets autour de lui. Devait-il vraiment mettre dans sa poche de veste deux moitiés de doigt et un fragment de chair qui évoquaient vaguement la paume d'une main, le tout excessivement malodorant et d'une affreuse couleur noirâtre ?

*

— Et en voilà une autre ! Vous parlez d'une affaire ! Si j'avais cru ça possible, une histoire pareille !

Franck Drugeon n'en croyait pas ses yeux : une quatrième voiture de police s'engageait sur le chemin. Il prit à témoin l'homme chez qui il avait pu composer le 17 d'une main tremblante, un riverain de la vallée qui s'était empressé de le suivre pour savoir le fin mot de l'histoire.

Tout s'était passé très vite. Franck, n'ayant pu se résoudre à emporter sa macabre trouvaille, l'avait laissée sur place.

Ensuite, il avait rejoint sa voiture au pas de course, enfermé les deux chiennes dans le coffre et roulé jusqu'à la première maison. Une vingtaine de minutes plus tard, la police d'Angoulême envahissait la paisible vallée des Eaux-Claires, devenue le théâtre de fouilles fébriles.

Au bout d'une heure d'investigation, on trouva enfin les corps, dans une de ces singulières carrières souterraines entaillant le roc, que les gens de la région appelaient encore des champignonnières, car après l'exploitation de la pierre calcaire était venue la culture des champignons dits de Paris.

Ils étaient à une cinquantaine de mètres de l'entrée. Un homme et une femme d'après ce qu'il restait de leurs vêtements, allongés l'un près de l'autre dans l'obscurité. Sous le faisceau des lampes, ils offraient une vision de cauchemar. Des rats avaient dévoré les chairs fragiles, vidé les orbites. Les dents dénudées esquissaient un rictus grimaçant qui conférait à ces cadavres, dont la peau avait presque la couleur du charbon, un aspect épouvantable.

Irwan Vernier, inspecteur divisionnaire, le premier arrivé sur les lieux, les observa longuement. C'était un homme très séduisant. Grand, mince, il avait le teint hâlé des marins, le regard vert et or. La quarantaine avait semé des traits d'argent dans ses cheveux d'un blond foncé.

— C'est pas joli à voir, soupira-t-il. On va attendre le légiste pour les constatations d'usage. Maud, ne te sauve pas, surtout. Il y a du boulot pour toi. Il paraît que tu t'ennuyais chez nous. Voilà de la distraction ! Il faudrait leur faire les poches !

Maud Delage, simple inspecteur de son état, haussa les épaules sans daigner répondre. Elle était en Charente depuis six mois. Six mois d'une banalité affligeante, malgré quelques affaires sans grande importance. De taille moyenne, « faite au moule » selon ses collègues, elle avait également la peau mate, des prunelles couleur océan, une chevelure châtain clair qui dansait sur ses épaules.

Pour l'instant, elle s'efforçait de tenir le coup vaillamment. Elle était un peu pâle, certes, mais restait en apparence très calme. L'odeur qui les assaillait était insoutenable, et le spectacle ne valait guère mieux. Maud priait pour ne pas avoir de nausée. Heureusement, au même instant, le commissaire et le procureur, tous deux précédés du rond lumineux d'une lampe torche, vinrent les rejoindre.

— Ça va, Maud ? Pas trop secouée ? lança le commissaire en constatant lui-même l'état des cadavres.

— Un peu, mais je tiens le coup, patron. J'aimerais bien vous dire que j'ai vu pire, mais ce ne serait pas vrai. C'est même la première fois que je vois ce genre de choses.

La jeune femme baissa les yeux un instant. Elle pensa très fort au paysage entrevu avant de s'enfoncer dans l'obscurité et la puanteur : le ciel d'un bleu pâle, les falaises grises, le ruisseau limpide qui avait donné son nom à cette vallée habitée depuis des temps immémoriaux. Réconfortée, elle jeta un regard bleu à l'inspecteur divisionnaire.

— Alors ? Mort naturelle ou crime ? dit-elle avec ironie.

Irwan réprima un sourire en considérant les deux corps d'un air rêveur :

— Mort naturelle, cela me surprendrait beaucoup, ma petite Maud. Crime, peut-être... Voilà le docteur Juranville. Il va nous aider un peu. Alors, Maud, tu te décides à leur faire les poches ? Bon, laisse tomber, je m'en occupe, mais à charge de revanche !

Tendue, elle serra les poings. Elle aussi aurait voulu plaisanter pour briser la tension qui les tenaillait tous, mais elle n'en avait pas le courage. Pourtant, elle aimait son métier. Cela faisait déjà sept ans qu'elle l'exerçait. Son seul défaut, c'était d'être restée un tantinet trop sensible. Défaut à éliminer, lui avait souvent répété son supérieur, le commissaire Philippe Valardy, qui montrait à son égard une bienveillance quasi paternelle.

Le légiste poursuivit son examen dans le plus parfait silence.

— À première vue, ils ont été égorgés tous les deux avec un instrument très coupant, décréta-t-il en se relevant. La mort doit remonter à un ou deux mois. On le saura mieux à l'autopsie. Ils étaient jeunes : pas plus de vingt ans.

Maud réprima un frisson nerveux, mais se domina vite. Un double meurtre qui tombait justement une semaine où elle était de flag[1], c'était inespéré, car ils avaient de grandes chances, Irwan Vernier et elle, d'être saisis de l'affaire.

— Patron, regardez !

L'inspecteur divisionnaire avait commencé à examiner les environs sans attendre l'intervention de ses collègues de l'Identité judiciaire.

— Il s'agit en principe de Jean-Louis Paoli et d'Anaïs Melville. J'ai trouvé leurs papiers. Il y avait un sac dans ce coin. C'est un peu humide, mais encore lisible. Un permis de conduire et une carte d'identité, une carte de bus aussi.

— Fais voir, dit Maud.

Irwan l'éclaira, tandis qu'elle étudiait attentivement les photographies des jeunes gens : Jean-Louis, les cheveux bruns mi-longs, un peu de barbe, un vague sourire, des yeux de rebelle ; Anaïs, une adolescente aux joues pleines, au regard tendre.

Ils gisaient maintenant par terre, attendant qu'on les empaquette pour être conduits à la morgue de Girac, le centre hospitalier d'Angoulême. Irwan reprit les documents en tapant affectueusement sur l'épaule de Maud :

— Ils étaient mieux avant, c'est vrai ! s'écria-t-il. Allez, va prendre l'air, tu es livide, ma biche !

1. Équipe chargée des flagrants délits.

— Tu ne l'as peut-être pas remarqué, mais je ne suis pas ta biche, Irwan, je suis ta collègue de travail ! répliqua-t-elle avant de se diriger vers la sortie de la champignonnière.

— D'accord, d'accord..., fit Irwan, surpris de sa réaction.

Une fois que Maud fut dehors, la lumière dorée de l'automne l'aveugla un moment, mais l'air lui semblait si pur qu'elle s'empressa de respirer à pleins poumons. L'inspecteur divisionnaire ne tarda pas à la rejoindre :

— On retourne au central. Pour le moment, il n'y a plus rien à faire ici. Le patron nous a confié l'affaire. On doit faire vite et bien. Le plus dur, c'est toujours de prévenir la famille.

Ils montèrent en voiture, et quittèrent la vallée des Eaux-Claires avec un léger goût d'amertume au fond du cœur.

— Dis donc, Irwan, tu ne trouves pas ça un peu bizarre, cette histoire ? Quelqu'un tranche la gorge à deux personnes et il s'en va ensuite en laissant le sac de la fille sur les lieux du crime. Avec leurs papiers d'identité à l'intérieur. Ça ne tient pas debout.

— Ouais, c'est bizarre, mais le mec qui a fait le coup n'avait peut-être pas les idées bien claires. En plus, j'ai appelé le PC radio, et ces deux jeunes ne sont pas portés disparus, ni recherchés d'ailleurs. On va se renseigner d'abord du côté des copains, des parents. De toute façon, l'enquête sera moins sinistre que la faction près des macchabées. Avoue que tu as failli craquer.

Maud fit un signe de tête affirmatif, rejetant en arrière ses mèches souples. Ses yeux très bleus s'emplirent de nostalgie.

— Tu sais, Irwan, j'ignore si je m'habituerai à ce coin de pays. Toi qui as des origines bretonnes par ta mère, tu dois me comprendre. Je suis née à Lorient il y a trente-deux ans déjà, j'ai grandi là-bas, en face de l'océan, et l'air marin me manque souvent. L'espace, le grand large, les sorties en voilier avec des copains...

— C'est marrant : quand tu es arrivée, je savais que tu venais de Bretagne, mais avec ton nom, ça ne collait pas.

— Tout le monde ne s'appelle pas Queffélec ou Le Goff, répliqua-t-elle. Je n'y peux rien si mon père porte le patronyme de Delage.

Il ne répondit pas, se contentant de lui désigner d'un geste la ville qui venait de leur apparaître au détour de la route : Angoulême, perchée sur sa falaise, ses clochers, ses remparts et sa trame serrée de toitures ocre et de murs clairs.

— C'est pourtant pas si mal, la Charente, lui dit-il à voix basse. Surtout quand on sait que, sous la roche, se cache un labyrinthe de souterrains. Le sous-sol d'Angoulême est comme un gigantesque morceau de gruyère ! Et la campagne autour, c'est pareil.

Irwan se gara sur le bas-côté et expliqua à sa collègue les particularités du paysage :

— Tu vois, en bas, c'est la vallée de l'Anguienne. Là aussi, c'est truffé de carrières et de grottes. Quand tu vois cette sorte de végétation, avec des genévriers et des petits chênes, avec de la roche à fleur de terre, tu peux être sûre que dessous, c'est creux. Je t'y emmènerai un jour. Un bon inspecteur, mademoiselle, doit connaître tout son secteur !

Amusée, Maud rit tout bas. Elle avait oublié quelques instants l'image obsédante des deux cadavres. Dès que la voiture redémarra, elle avoua :

— Je suis vraiment contente de travailler avec toi, Irwan. J'ai failli craquer tout à l'heure, mais je t'assure, je n'avais jamais vu des corps dans cet état. Pourtant, j'ai vu ma part d'horreurs. Mais là, les découvrir dans cet endroit sinistre. Tu vois ce que je veux dire ? Entre Bretons, on se comprend, n'est-ce pas ? On va trouver le type qui a fait ça, leur montrer à tous de quoi on est capables.

— Bien sûr, Maud, renchérit-il. Et d'ailleurs, on va déjeuner ensemble pour fêter ça.

— Si tu veux, mais pour moi ce sera un pineau et un café. Je ne pourrai rien avaler d'autre, je suis trop nerveuse. De toute façon, pour le moment, c'est ce que j'ai le plus apprécié en Charente, le pineau bien frais.

— Moi, je préfère le cognac. Bon, dès qu'on est au central, on prend les adresses des parents et ensuite on monte manger dans la vieille ville. J'ai un appétit d'ogre.

— Je ne sais pas comment tu fais, après ce qu'on vient de voir. Et en plus, ce soir, le procureur nous attend pour l'autopsie. Ce sera ma troisième visite à la morgue de Girac depuis que je suis à Angoulême. La pire, je crois...

Maud fit une grimace significative en lançant à son collègue un regard angoissé.

— Pauvre biche, tu aurais dû te marier et rester chez toi pour tricoter pour ta progéniture ! s'exclama l'inspecteur divisionnaire.

— Oh ! ça va, j'en ai assez, sale macho ! Si tu continues, je déjeune avec Xavier. Il est sympa, lui ! Un peu vieille France, d'accord, mais j'apprécie la politesse et la bonne éducation.

À peine furent-ils entrés dans le commissariat que le dénommé Xavier surgit d'un bureau. Inspecteur principal, sous les ordres du divisionnaire Vernier, c'était un type trapu, aux lèvres charnues sous une petite moustache.

— Salut, Boisseau, grogna Irwan. Tu es au courant pour l'affaire de la champignonnière ? Maud va travailler avec moi.

— Bien sûr, on ne parle que de ça, ici. Tu penses, une super affaire pour la région. Alors, bon courage ! Moi je dois boucler une histoire de vol en grande surface... Passionnant !

Xavier s'éloigna après avoir adressé un clin d'œil à Maud. Elle lui sourit en retour.

— Il est charmant, soupira-t-elle. Bon, ces adresses, Irwan.

— Ah oui, les adresses de ces malheureux parents… Désolé, je rêvais de mon carré de bœuf sauce échalote.

*

Une heure plus tard, Maud et Irwan se trouvaient devant la large porte à deux battants, d'un vert foncé austère, de maître Melville, notaire, et attendaient patiemment que l'on réponde à leur coup de sonnette. En ce début d'après-midi, la rue de l'Arsenal était déserte, et les hautes maisons bourgeoises qui la composaient semblaient dormir. Le ciel s'était mis à l'unisson, virant au gris. Soudain, on leur cria d'entrer, et Irwan ouvrit la porte.

— Madame Melville ? demanda-t-il en voyant une femme qui se tenait en retrait dans un vaste couloir.

Elle approuva sans un mot, d'un signe de tête résigné.

— Inspecteur divisionnaire Vernier et inspecteur Delage, dit Irwan d'un ton neutre tout en montrant sa carte professionnelle.

— Ah ! Oui, oui, bien sûr. Suivez-moi.

La mère d'Anaïs les guida jusqu'à un salon de belles proportions, dont la décoration classique s'accordait bien au silence oppressant qui régnait entre ces murs centenaires.

— Votre époux est-il là, madame ?

— Oui, il est dans son étude, au premier étage. Mais il allait partir. Il a un rendez-vous vers 15 heures. Que se passe-t-il, monsieur ?

Mme Melville les observa tour à tour d'un air angoissé, puis elle sortit un instant pour appeler son mari d'une voix tremblante. C'était une femme d'une cinquantaine d'années, au visage très doux, manifestement de santé délicate.

Maud éprouva déjà à son égard une vive compassion. Elle songea à sa propre mère, qui s'inquiétait constamment depuis que sa fille unique était entrée dans la police.

— Me voici, Julie, je suis pressé ! Qui sont ces personnes ? Tu sais pourtant que j'ai un rendez-vous très important aujourd'hui !

L'homme qui venait vers eux d'un pas rapide portait un imperméable beige, et une écharpe écossaise protégeait sa gorge. Ses cheveux ras grisonnaient, ses traits sanguins contrastaient avec des prunelles limpides, d'un vert translucide.

« Un regard de chat sauvage », se dit Maud en se reprochant aussitôt d'avoir toujours un peu trop d'imagination.

— Mais ce sont des policiers, René. Des inspecteurs !

— Et c'est à quel sujet ?

L'atmosphère de la pièce devint soudain pesante.

— C'est au sujet de votre fille Anaïs, monsieur Melville, annonça Irwan.

— Je suis désolé, mais elle n'est pas ici, trancha le notaire. Anaïs est majeure, elle a quitté cette maison début juin et n'y a pas remis les pieds une seule fois. Si elle a des ennuis, cela ne nous concerne plus. Je n'ai rien à ajouter. Ma fille a choisi de vivre en adulte, et…

— René, je t'en prie, l'interrompit son épouse. Anaïs a peut-être besoin de nous. Où est-elle, inspecteur ?

Il y avait tant d'espoir insensé dans la question de cette mère qui semblait instinctivement avoir pressenti le pire, que le cœur d'Irwan battit plus vite, tandis qu'il cherchait désespérément à atténuer le côté implacable de ce qu'il allait énoncer :

— Nous avons trouvé votre fille ce matin, dans la vallée des Eaux-Claires. Je suis sincèrement désolé, mais… elle est décédée, depuis deux mois environ. Nous l'avons identifiée, c'est bien elle.

Le cœur serré, Maud osa à peine regarder les parents d'Anaïs.

— Ma petite fille…, murmura Julie Melville, en proie à une violente crise de larmes et se laissant glisser dans un fauteuil.

Son mari pâlit, mais il resta debout, figé.

— Comment est-ce arrivé ? hurla-t-il soudain. Et son copain, où est-il, celui-là ?

— Il était avec elle, monsieur. Jean-Louis Paoli est mort lui aussi. Les corps sont à Girac. Une autopsie est prévue, car il s'agit d'un homicide. L'inspecteur Delage et moi-même sommes chargés de l'enquête.

La voix d'Irwan avait repris de l'assurance. L'instant le plus difficile était passé, et son métier l'obligeait à rapidement reprendre pied.

— Mais qu'est-ce que c'est que cette histoire de fous ? rugit René Melville.

Il se détourna pour se moucher bruyamment. L'image qu'il offrit à ses interlocuteurs était celle d'un homme terrassé par la douleur.

2

Maud et Irwan abandonnèrent les parents effondrés à leur détresse en promettant de les tenir au courant de l'enquête. Une fois dans la voiture, l'inspecteur divisionnaire déclara d'un ton songeur :

— On reviendra demain pour les interroger séparément si possible. L'attitude de Mme Melville me semble étrange.

Irwan alluma une cigarette. Maud demeura silencieuse, oubliant même de protester contre les odeurs de tabac qui la dérangeaient en temps ordinaire. Après six mois au commissariat d'Angoulême, elle n'avait pas encore cerné la personnalité de son supérieur. Cependant, elle l'appréciait. C'était un bon flic.

— Au tour de Florent Paoli, le père de Jean-Louis, indiqua-t-il. Ce monsieur est domicilié à La Couronne et travaille dans un garage. Mécanicien, bientôt à la retraite, dit-on sur ce fax.

— Et M. Melville est notaire ? Nos amoureux n'étaient pas vraiment du même milieu…

— Mais Jean-Louis et Anaïs s'en moquaient sûrement. L'amour…

Maud n'était pas dupe : Irwan avait ses yeux glacés des mauvais jours, ses yeux de chasseur.

— Il est 16 heures. On va passer directement au garage où travaille M. Paoli, ajouta-t-il.

La voiture descendit doucement l'avenue Wilson, longeant l'enceinte du Jardin vert, une oasis de verdure à flanc de falaise, où des générations de petits Angoumoisins avaient joué et gambadé. Comme dans la plupart des villes, ce vaste parc accueillait la nuit venue des visiteurs beaucoup moins innocents.

À leur arrivée, on leur signala que le mécano était sorti exceptionnellement plus tôt et devait être à son domicile, sur la route de Mouthiers, à l'adresse indiquée sur le fax.

*

Maud et Irwan traversèrent à pas lents un jardin bien entretenu, au milieu duquel se dressait une solide maison, une construction moderne sans élégance mais fonctionnelle. Pourtant, là aussi, était-ce dû à la grisaille du ciel d'octobre, une singulière impression de tristesse se dégageait de cette habitation.

Derrière les rideaux d'une fenêtre, quelqu'un bougea avant de reculer.

— On nous observe, chuchota Maud. Pauvres gens, s'ils savaient pourquoi nous sommes là ! C'est l'aspect du métier que je déteste franchement !

— Ouais. C'est aussi le genre de corvée dont je me passerais bien. Voici M. Paoli.

Un homme leur ouvrit, les dévisagea sans rien dire en leur faisant néanmoins signe d'entrer. Le père de Jean-Louis était un colosse, presque chauve, mais ses traits réguliers ne manquaient pas de charme.

— Vous êtes de la police, non ?

Ils montrèrent leurs cartes, hochèrent la tête. Maud esquissa un faible sourire.

— Entrez. Qu'est-ce qui se passe ? Asseyez-vous, je vous écoute.

Ils s'installèrent tous les trois autour d'une table recouverte d'une toile cirée à motifs rouge et blanc, de style basque. Un enfant d'une dizaine d'années se leva en les voyant s'approcher et demeura là, gêné, un cahier à la main.

— Tu peux rester avec nous, Francis, si tu ne fais pas de bruit, lui dit doucement M. Paoli. C'est mon plus jeune fils, expliqua-t-il à ses visiteurs. Il est un peu fiévreux. Son institutrice m'a appelé au garage, et je suis allé le chercher à l'école. Nous revenons de chez le médecin. Ce n'est pas grand-chose : une angine.

— Je crois qu'il vaudrait mieux que nous soyons seuls pour vous parler, monsieur.

Maud avait pris la parole spontanément.

— Bon, viens, Francis, je vais t'installer sur le divan du salon, et tu n'as qu'à regarder la télévision.

Deux minutes plus tard, Florent Paoli était de retour. Son expression avait changé : on le devinait grave, angoissé par leur présence.

— Vous êtes là à cause de Jean-Louis, bien sûr, décréta-t-il tout de go. J'ai voulu être optimiste, au début, mais... vu vos expressions... Ça devait arriver un jour ou l'autre. Il n'a jamais pu se tenir tranquille. Toujours à faire des sales coups. Je l'ai fichu dehors je ne sais combien de fois. Au fond, si je ne me trompe pas, je ne l'ai pas vu depuis le mois de juin. Il était plein de bonnes résolutions, il avait fêté ses vingt-deux ans, trouvé du travail pour l'été. Il avait aussi une petite amie qu'il adorait. Bon, qu'est-ce qu'il a fait ? Allez-y, je m'attends à tout.

— Monsieur, il ne s'agit pas d'un délit. Je dois vous annoncer une mauvaise nouvelle, votre fils est...

Un léger bruit venant du couloir intrigua Irwan, qui préféra se taire un instant. Le père de Jean-Louis leva aussi la tête.

— Francis, c'est toi, mon bonhomme ?

Maud leur fit signe qu'elle allait rejoindre l'enfant.

— Monsieur Paoli, reprit Irwan, Jean-Louis est décédé. Nous avons la certitude que c'est un homicide, et le commissaire Valardy m'a confié l'enquête. Je suis navré pour vous. Sa mort remonterait à deux mois, ainsi que celle de son amie Anaïs qui était avec lui.

Ayant jugé son vis-à-vis d'un caractère assez fort pour entendre la vérité dans son ensemble, l'inspecteur dit tout ce qu'il savait. Florent Paoli l'écouta attentivement, plus pâle, certes, mais très digne.

— Si vous avez besoin de temps pour digérer cette horrible nouvelle, hasarda Irwan, je peux revenir demain soir vous interroger.

— Pourquoi demain soir ? Allez-y. Je peux répondre à vos questions maintenant. Votre collègue s'occupe de Francis, on peut causer.

Irwan songea que cet homme faisait preuve d'un sacré sang-froid. Il lui posa les questions habituelles, presque de la routine : les antécédents du jeune homme, ses études, ses fréquentations…

— Je n'étais pas fier de lui, inspecteur, conclut enfin Florent Paoli. Il m'a souvent déçu, mais il paraissait vraiment décidé à changer. Mon pauvre gosse… Dites, faut me tenir au courant, faut trouver le salaud qui a fait ça !

La voix du père se brisa. L'homme contenait difficilement son émotion. Irwan en profita pour se lever et prendre congé. Maud le rejoignit sans bruit.

« Nous sommes vraiment des oiseaux de malheur ! » se dit-elle en quittant la maison.

Son moral était au plus bas, l'épreuve suivante étant la visite à la morgue de l'hôpital.

*

Une heure plus tard, la jeune femme était de retour au commissariat.

— Alors, Maud, ce n'était pas trop dur à Girac ? Tu m'as l'air mal en point ! lui demanda Xavier.

— C'était affreux ! Franchement, je viens de vivre une des journées les plus pénibles de mon existence. Enfin… depuis que je suis dans la police.

— Tu en verras d'autres ! s'écria Irwan. Mets-toi vite à ta bécane et tape-moi le procès-verbal. Entre nous, Xavier, cette petite a les nerfs fragiles. Le patron a eu pitié d'elle et a jugé que sa présence n'était pas indispensable. Elle m'a attendu dans le couloir, mais je t'assure, elle avait très mauvaise mine.

Xavier lança un regard compatissant à sa jeune collègue qui s'était installée devant sa machine à écrire, la fameuse bécane, afin de consigner par écrit le rapport de la journée.

— À Rennes, j'avais un ordinateur ! fit-elle remarquer. Je répète ça depuis six mois, mais on me condamne à utiliser cette antiquité.

— Plains-toi au patron. On n'a pas de matériel de pointe, que veux-tu..., plaisanta Xavier. En revanche, c'est paisible ici.

Maud approuva avec une moue. Pourtant, elle devait admettre qu'à cette heure tardive, leur bureau était un havre de paix. De la fenêtre, on apercevait la place du Champ-de-Mars et ses réverbères. Une pluie fine faisait briller le goudron, et ce lieu, où régnait le jour un va-et-vient incessant de bus et de voitures, paraissait deux fois plus grand la nuit. Dominant les toits des anciens immeubles, la flèche gothique du clocher de l'église Saint-Martial semblait veiller sur les citadins endormis.

— Je vous fais du café ? proposa Xavier.

— Oui, excellente idée ! répondit Irwan. Bon, l'autopsie n'a pas apporté d'éléments nouveaux. Il faut attendre les résultats du laboratoire pour savoir le jour exact de la mort, mais, d'après le médecin légiste, elle remonterait au début du mois de septembre ou à la fin août ! Ils ont été égorgés très proprement après avoir été assommés. En ce qui concerne Jean-Louis Paoli, il y a même eu fracture du crâne et d'autres contusions osseuses. Il a dû se défendre.

Maud avala avec délectation sa tasse de café. Sous la lumière crue du plafonnier, son visage aux traits harmonieux ne perdait rien de sa séduction.

Irwan l'observa un instant, puis il reprit :

— Je tiens à ce qu'on ne perde pas une seule seconde. Demain, l'affaire va être à la première page des quotidiens de la région. La Charente entière va trembler d'horreur et se poser un tas de questions. L'assassin est en liberté et peut recommencer. Il l'a peut-être déjà fait. Sans ce type et son chien, on n'aurait rien trouvé. Le procureur a demandé que les champignonnières soient toutes explorées.

— Le coupable est peut-être très loin, avança Maud.

— Peut-être, mais nous n'en savons rien. D'après M. Paoli, Jean-Louis avait des copains un peu partout et il a fait partie d'une bande de casseurs assez longtemps. Bien sûr, comme ses petits copains, il a dealé un an ou deux. Il a même fait des plantations d'herbe dans le potager de son père. Bon, nous arrivons au mois de mai de cette année, où il rencontre Anaïs lors d'un concert, pendant les Musiques métisses. Il paraît que ça a été le coup de foudre. C'est peu de temps après, vers le 15 juin, que Jean-Louis a rendu visite à son père pour lui présenter des excuses tout en lui promettant de mener une vie plus régulière. Autre chose : Jean-Louis devait travailler tout l'été dans les champignonnières de Sers. Là encore, est-ce qu'il y a un rapport avec l'endroit où on les a trouvés ? Cela reste à démontrer. Son père m'a précisé aussi que Jean-Louis aimait l'escalade et la spéléo, enfin tout ce qui peut se pratiquer dans des coins comme la vallée des Eaux-Claires. C'est une piste à suivre. Il a revu son fils une dernière fois le 20 juin, pour fêter l'anniversaire du petit Francis, et Anaïs était présente. Quant aux amis ou relations, je n'ai qu'un nom, Robert, un copain d'école qui habite également La Couronne. J'y suis passé avec Maud ; nous n'avons vu que la mère. Je dois être là-bas dès l'aube, car son fiston prend le bus vers 8 heures.

Irwan souffla un peu. Il avait parlé vite, d'un ton monocorde. Maud et Xavier se regardèrent du même air découragé.

— Tout cela me semble bien banal, nota Maud. Vous ne croyez pas que c'est un malade qui les a tués ? Xavier, ton avis ?

— En principe, les détraqués s'en prennent surtout à des gens sans défense, des gosses, pas à des adultes. Et toi, Irwan ?

— Moi, j'ai l'habitude de chercher une solution quand j'ai vraiment un maximum d'éléments, ce qui n'est pas le cas. On verra demain soir. Il est l'heure d'aller au dodo, les petits. Salut, Maud, je passe te prendre vers 6 heures. Tu m'offriras un café !

*

Ils se séparèrent sur le parking. Maud prit le volant de sa Fiat, saluant ses deux collègues d'un signe de la main. Elle avait froid et appréhendait un peu de se retrouver seule après les événements de la journée. Sa voiture roulait lentement à travers la ville endormie, contournant la place du Champ-de-Mars pour rejoindre la rue de Lavalette où se trouvait une résidence, tout naturellement baptisée les Terrasses de Lavalette. Depuis sa mutation à Angoulême, l'inspecteur Delage habitait là, au deuxième étage, et, petit à petit, elle avait réussi à se sentir bien dans cet appartement dont les fenêtres surplombaient la petite vallée de l'Anguienne.

Maud poussa un soupir de soulagement en refermant la porte : finies les idées noires. Ici, elle était à l'abri de tout. Son chat persan, Albert, vint se frotter à ses jambes, et elle le prit dans ses bras pour un long câlin. Ensuite, il lui suffit d'allumer le lampadaire, de se lover sur le canapé en écoutant un peu de musique pour éprouver un plaisir infini et précieux, celui de se savoir vivante.

« Je suis vraiment trop sensible, se reprocha-t-elle. Je n'y peux rien, les images m'obsèdent. Ces deux corps dans cet état effroyable… »

Surtout, elle n'osa pas s'avouer qu'elle avait du mal à s'acclimater en Charente. Les semaines avaient beau défiler, il n'y avait rien à faire.

*

Le lendemain matin, toujours très ponctuel, Irwan passa chercher Maud. Après avoir bu un café, ils prirent la direction de La Couronne pour rendre visite aux parents du dénommé Robert et à ses parents. Le jeune homme les attendait dans la cuisine.

Maud et Irwan se retrouvèrent confrontés à un grand gaillard au crâne rasé, la mine butée, une cigarette aux lèvres.

— Bonjour, Robert ! lança Irwan d'un ton qui se voulait cordial, mais qui provoqua chez l'intéressé un sourire moqueur.

— Bonjour. Je suis à votre disposition, mais, comme je viens tout juste de me lever, je n'aurai peut-être pas les idées trop claires.

— Ce serait pourtant préférable. On est pressés, et toi aussi. Bon, on t'écoute, Robert. Je voudrais simplement que tu me parles de ton copain Jean-Louis.

— Je ne voyais plus Jean-Louis depuis un an au moins, d'accord ? Et puis il est mort. Ça va pas le ressusciter, vos simagrées. Foutez-lui la paix, n'allez pas remuer de sales histoires pour prouver je ne sais quoi.

— On veut surtout trouver celui qui les a tués, lui et Anaïs, tu comprends ça ? dit Maud d'un ton dur. Alors, ne fais pas le malin, ce serait gentil !

Elle se pencha et fixa son interlocuteur de ses prunelles dotées d'un magnétisme incontestable. Robert capitula aussitôt.

— OK. On était copains depuis la primaire. On avait un an de différence, on ne se quittait pas. Il m'emmenait faire du vélo, de l'escalade aux Eaux-Claires. Cette vallée, il la connaissait comme sa poche. Il avait même fait des plans.

— Des plans pour quoi faire ? demanda Irwan, intrigué.

— Je sais pas, pour s'amuser ! Et puis, de toute façon, je ne le voyais presque plus depuis qu'il zonait en ville. Jean-Louis et moi, on s'est perdus de vue quand il a commencé à déconner. La dernière fois que je l'ai croisé, c'était par hasard, dans l'artère piétonne. Il m'a dit qu'il allait bosser à Sers dans les champignonnières. Jean-Louis, il aimait ce genre d'endroit : les grottes, les souterrains. C'était son truc, quoi. Quand ma mère m'a dit où on les a trouvés, ça m'a fait un choc…

Maud fit le tour de la table, effleura d'un doigt l'épaule du jeune homme, un geste destiné à le mettre en confiance.

— Robert, réfléchis, tu n'as pas quelques noms à nous donner parmi ses relations plus récentes ? Je suis sûre que tu es un petit peu au courant.

Irwan laissa sa collègue mener l'interrogatoire. Il sentait que c'était préférable. Ce n'était pas la première fois.

« On se méfie moins des jolies femmes », songea-t-il avec un brin d'ironie.

Robert se leva, visiblement mal à l'aise. Il prit son blouson, rangea son paquet de cigarettes.

— Désolé, je dois y aller, marmonna-t-il. J'ai rien à dire et j'aime pas trop jouer les donneurs. Mais Jean-Louis, c'était mon meilleur pote. Vous pouvez rencontrer des mecs qui ont eu affaire à lui du côté de la place du Minage, rue Vauban, au 95, je crois. Ils avaient un studio là-bas, un truc crasseux. Demandez à voir Daniel ou Martin.

— Tu vois que tu es bien renseigné, déclara Irwan. Au fait, Jean-Louis sera inhumé demain matin, si tu veux lui dire au revoir.

— Merci bien, monsieur l'inspecteur, mais je le savais déjà. Salut.

Robert sortit, claqua la porte. Dehors, il marcha à grands pas vers l'arrêt de bus. Il essuya discrètement quelques larmes. Jean-Louis était comme son frère. Sa mort le laissait un peu orphelin.

*

Dès le lendemain, la presse régionale relata en première page la sinistre découverte de Franck Drugeon. Une grande photographie des lieux illustrait les articles. On y voyait cette bouche d'ombre qui s'ouvrait dans le flanc de la colline, avec au premier plan quelques branches de chêne. Jean-Louis et Anaïs y figuraient aussi en encart. Deux jeunes gens comme les autres, en noir et blanc sur du papier journal, regard rêveur, avec le sourire de circonstance des documents d'identité.

On insista sur leur âge si tendre, précisant que la malheureuse Anaïs était la fille d'un notable de la ville. On évoqua la douleur des parents, le mystère de cette mort. Des théories étaient avancées : règlement de compte, crime sadique ou rituel. L'imagination s'enflamma vite ; certains étaient effrayés, d'autres se promettaient d'aller bientôt explorer des champignonnières pour se donner un petit frisson rétrospectif.

Maud éplucha chaque journal, étudia les photos. Elle gardait l'étrange impression d'être encore là-bas, au sein de la roche, dans ces immenses cavités.

« Pourquoi les avoir exécutés ? se demanda-t-elle. Et pourquoi cette sorte de mise en scène ? Sans oublier ce sac laissé à côté d'eux… »

Elle aurait voulu comprendre, savoir, tenir le responsable à portée de main pour l'écouter s'expliquer.

« C'est pour ça que j'ai choisi ce métier, malgré ses inconvénients. »

3

Vallée des Eaux-Claires, deux jours plus tard

Maud et Irwan étaient de nouveau dans la vallée des Eaux-Claires, près de l'entrée de la champignonnière que fermait désormais un grillage flambant neuf.

— On revient toujours sur le lieu du crime, plaisanta l'inspecteur divisionnaire en regardant autour de lui.

De nombreuses traces de pas s'étaient imprimées dans la terre humide. À n'en pas douter, sans les précautions prises par la police, l'endroit où gisaient les deux victimes aurait subi le même sort.

— Des curieux, comme toujours, hélas, murmura Maud avec lassitude.

— Et peut-être parmi eux le tueur en personne, tranquille, se félicitant de son impunité, ajouta Irwan en se rapprochant de sa collègue.

Une journée chargée les attendait, et ils avaient décidé de la commencer par une visite plus approfondie de la vallée des Eaux-Claires.

Déjà, pendant le bref trajet d'Angoulême à Puymoyen, Maud avait étudié soigneusement le rapport de l'Identité judiciaire, lisant les points les plus importants à Irwan :

— « Plusieurs empreintes de chaussures ont été relevées, et des traînées assez larges indiqueraient qu'un des corps a été emmené à l'intérieur, celui de Jean-Louis assurément, Anaïs ayant sans doute été transportée.

L'hypothèse du viol est envisagée, mais sera difficilement prouvée. »

— Le médecin légiste m'a confirmé qu'ils étaient inconscients quand ils ont été égorgés. Si cela peut te rassurer, vu ta grande sensibilité...

Elle haussa les épaules, dédiant à Irwan un petit sourire complice.

— Et toi, tu t'en moques, peut-être ? Arrête un peu de jouer les durs à cuire, mon vieux.

— Bon, j'avoue que ça m'a soulagé... Maintenant, il est temps de poser quelques questions à ceux qui vivent près d'ici.

— Tu n'as pas l'air convaincu, mais je crois que c'est une bonne idée. Il faut explorer les alentours, interroger les riverains. Il y a un élevage de cerfs tout près d'ici et aussi le Moulin du Verger, une papeterie à l'ancienne. Ces gens ont peut-être remarqué des choses insolites, une voiture, des lumières le soir. Même après deux mois, on peut sans doute glaner encore des renseignements.

Irwan hésita, observant le paysage qui les entourait, lui trouvant un charme étrange. En vérité, la vallée des Eaux-Claires cachait bien son jeu : on croyait la connaître, on suivait tous les dimanches le chemin principal, on grimpait les pentes caillouteuses pour jouer à l'entrée d'une grotte, mais qui prenait le temps de se glisser de taillis en taillis, de quitter les sentiers en s'enfonçant dans une végétation exubérante de clématites sauvages, de ronces et de noisetiers séculaires ? Combien pouvait-il y avoir de cachettes là-dedans, que ce fût dans les falaises ou au cœur des fourrés ?

— Écoute, Maud, il faut faire avancer l'affaire. On a perdu du temps, hier. N'oublie pas que le procureur a insisté pour être informé régulièrement et, surtout, il veut des résultats concrets, compris ?

— Compris. On y va.

La veille, ils avaient interrogé les amies de lycée d'Anaïs Melville, qui avaient tracé de la jeune fille un portrait détaillé sur le plan spirituel et sentimental, et ils avaient consulté ses agendas et son courrier, en présence de sa mère, brusquement changée en une vieille femme blessée à jamais. Maud avait également contacté les personnes qui avaient travaillé dans les champignonnières de Sers avec Jean-Louis, mais ces derniers s'étaient montrés peu bavards. Jean-Louis arrivait en 2 CV, repartait, et c'était le même scénario quand Anaïs avait travaillé elle aussi du 20 juin au 10 juillet.

En fin d'après-midi, accompagnés de Xavier, Maud et Irwan avaient cherché en vain les dénommés Daniel et Martin, qui de toute évidence ne se trouvaient pas au 95, rue Vauban, quels que soient l'heure et le nombre de coups de sonnette. Ils avaient donc abandonné, pour rentrer au central.

C'est ce que l'inspecteur Irwan Vernier appelait perdre du temps…

— Voici le Moulin du Verger, c'est joli, non ?

— C'est très beau, oui. Cette maison, dans ce paysage, on dirait un vrai tableau.

Durant quelques minutes, Maud contempla le moulin, dans son riche écrin de feuillages roux. Elle apprécia l'harmonie des vieilles pierres grises, des tuiles ocre couvrant les toits en pente douce.

À l'intérieur, ils furent reçus par le propriétaire des lieux, Lionel Fouchet, qui, depuis des années, fabriquait artisanalement du papier. Tout en discutant du double meurtre qui avait défrayé les chroniques angoumoisines, ils parcoururent les salles du moulin, le magasin, le séchoir immense, l'atelier d'encollage. Une odeur caractéristique les poursuivit, et le chant joyeux du ruisseau sembla plus puissant entre ces murs élevés pour la plupart au XVIIe siècle et toujours en place.

Maud fut séduite et se promit de revenir en touriste, pour acheter ces magnifiques feuilles de papier où étaient incrustées de minuscules fleurs séchées.

Irwan interrogea avec beaucoup d'amabilité Lionel Fouchet, dont il admirait sincèrement l'engagement et le talent. Mais l'homme n'avait rien vu d'extraordinaire au cours de l'été, période à laquelle il recevait de nombreux visiteurs. De plus, la vallée était très souvent investie par des jeunes, des gamins, des couples illégitimes. La nuit, les lumières épisodiques ne manquaient pas, des voitures se hasardaient sur le chemin, s'aventurant souvent au-delà du moulin, et il n'avait guère le loisir de les répertorier.

— Bien sûr, conclut l'artisan avec un léger sourire, je vous parle du côté le plus connu de la vallée. Déjà, la champignonnière du crime est dans un coin assez sauvage, mais il y a des zones où l'on est pratiquement sûr de ne rencontrer personne, à part une famille de renards ou une colonie de lapins.

À l'élevage de cerfs, les deux policiers eurent l'impression d'entendre les mêmes propos, dont Maud tira une navrante conclusion : trop de monde passe aux Eaux-Claires, un site néanmoins beaucoup trop sauvage.

Une contradiction qui l'aurait fait sourire si elle n'avait pas gardé en elle la vision de deux corps sacrifiés, vidés de leur sang, livrés à l'appétit des rats et à l'obscurité, là, sous ces collines.

Irwan la guida sur un promontoire rocheux, juste au-dessus de ce que certains appelaient la grotte du Crâne. Les cheveux au vent, Maud se perdit dans une patiente observation des environs, puis elle se tourna vers l'homme silencieux qui se tenait à ses côtés.

— Irwan, je vais t'avouer une chose : je n'aime pas penser à ce qu'il y a là-dessous, ce vide, ces ténèbres... Moi, je ne supporte pas cette idée. Je ressens un malaise et je comprends maintenant pourquoi on a situé l'enfer dans les profondeurs de la terre.

— Dis-toi pour te rassurer que les premiers hommes, eux, ont dû apprécier à sa juste valeur ce genre d'endroit.

Et pour te redonner des couleurs, je vais t'inviter à déjeuner à la Taverne irlandaise. Je n'ai pas eu l'occasion de le faire auparavant, mais aujourd'hui, comme on fait équipe, je t'emmène. C'est un endroit très agréable.

Heureusement surprise, Maud ne savait pas bien comment exprimer sa joie.

— C'est d'accord. Et c'est vraiment gentil, mais il faudrait terminer nos investigations avant midi. J'ai déjà une faim de loup.

Ils cherchèrent des traces, des indices, grimpèrent, suivirent des sentiers de bêtes, étudièrent l'entrée d'une petite grotte. Maud voulut se risquer là où les ronciers et les arbres faisaient barrage, mais, mal équipée, un peu lasse déjà d'avoir tant marché, elle renonça.

Ils étaient déçus, insatisfaits, parce qu'ils avaient une conviction naissante : Jean-Louis et Anaïs devaient venir souvent ici. Ils avaient peut-être séjourné là, quelque part dans ce décor que l'automne dénudait lentement.

— Bon, on reviendra avec Xavier en renfort, décréta Irwan, affamé. On va déjeuner.

— Tu serais gentil de m'accorder le temps de me rafraîchir et de me changer, suggéra Maud. Reconnais que je ne suis pas présentable.

Il la regarda attentivement, des pieds à la tête, fit une petite moue méprisante avant de lui dédier un large sourire attendri. Maud l'ignorait peut-être, mais, échevelée par le vent des collines, les joues rouges de l'effort accompli, elle était encore plus séduisante en sauvageonne.

— OK, je t'accorde une pause beauté de dix minutes. On file chez toi. C'est dommage, moi, je te préfère comme ça...

*

La Taverne irlandaise bénéficiait d'un emplacement exceptionnel, au cœur même d'Angoulême, sur cette place triangulaire où se dressait l'ancien château comtal, devenu l'hôtel de ville, avec ses tours, son clocher, ses gargouilles et son donjon crénelé.

Au pied de ses murs historiques, un jardin public offrait ses allées sablées et ses massifs de fleurs. Une statue de pierre blanche de Marguerite de Valois invitait à la méditation et au rêve. Sœur bien-aimée de François Ier et remarquable femme de lettres, elle avait été une des muses de la Renaissance, surnommée la « Marguerite des marguerites ».

Jadis, sur cette place, une station de fiacres proposait ses services aux citadins, et le Café des Colonnes attirait les notables et les élégantes, présentant au regard des passants la beauté de sa façade ouvragée, de ses balcons de fer forgé. Plus tard, il changea d'enseigne, devenant le Café de la Paix, témoin de longues années d'une permanente affluence, lieu de rencontres et de réunions, ayant aussi bien pour clientèle les lycéens et les étudiants que les hommes d'affaires et les artistes.

Plus récemment, une luxueuse brasserie avait ouvert ses portes entre ces murs riches de souvenirs divers, perpétuant avec brio la tradition angoumoisine, qui faisait de cet établissement le lieu le plus fréquenté de la ville.

Irwan avait pris la peine d'expliquer tout cela à Maud qui l'écoutait toujours avec intérêt, jugeant indispensable de bien connaître la ville où elle vivait et travaillait depuis six mois.

— Tu es ravissante, Maud. Nous allons faire sensation ! lui lança-t-il.

— Ne te moque pas de moi. J'ai juste changé de blouson et je me suis recoiffée…

— … et maquillée, ce qui est rare. Allez, viens, je vais te présenter au patron, un homme charmant. Nous avons sympathisé très vite.

Irwan et Maud furent aussitôt accueillis par le maître d'hôtel, qui les conduisit à une table pour deux. La jeune femme s'était arrêtée un instant devant le grand vivier placé à l'entrée du restaurant, surprise et ravie de découvrir dans l'eau limpide des homards et des crabes.

« Un petit coin d'océan », se dit-elle en éprouvant un peu de mélancolie, revoyant soudain des images de sa Bretagne natale. Mais l'ambiance paisible et chaleureuse qui régnait dans la Taverne irlandaise dissipa vite ses idées noires.

Bientôt, un homme d'une quarantaine d'années s'approcha de leur table, les salua avec courtoisie. Il avait les cheveux d'un ton presque argenté et des yeux étonnants, d'un bleu intense. Irwan lui serra la main en souriant.

— Cher ami, j'ai le plaisir de vous présenter l'inspecteur Maud Delage. Nous travaillons ensemble sur l'affaire des Eaux-Claires. Mademoiselle est bretonne et vit dans notre région depuis quelques mois. Je lui indique les bonnes adresses d'Angoulême.

— Enchanté, mademoiselle ! Et bienvenue en Charente, avec un peu de retard. Voyez-vous, moi-même je suis lorrain ; nous sommes des exilés ! Je plaisante, mais, franchement, j'aime beaucoup cette région. Vous verrez, elle est très belle quand on la connaît mieux.

Maud approuva vivement, affirmant qu'elle se sentait déjà très bien à Angoulême, avant de goûter une gorgée de pineau qui acheva de la persuader.

— Bien, je vous laisse déjeuner. Nous boirons un café ensemble.

Au cours du repas, délicieux et, selon le désir de Maud, à base de fruits de mer, ils discutèrent encore une fois de l'enquête, élaborant plusieurs scénarios. Irwan planifia également leur emploi du temps de l'après-midi :

— On va retourner place du Minage pour tenter de dénicher Daniel et Martin. Ensuite, je dois revoir M. Melville, qui m'a donné rendez-vous à 15 h 30. J'avais peur qu'il refuse de me recevoir le jour des obsèques, mais non. Il doit avoir les nerfs solides.

— Ou très envie de voir l'assassin de sa fille hors d'état de nuire, murmura Maud.

— Oui, assurément. Pendant que je discute avec lui, tu pourrais avancer jusqu'au musée. Tu demandes Mme Colette Brocard et tu tentes d'en savoir plus sur la topographie de la vallée des Eaux-Claires. C'est un site préhistorique important. Ils auront des renseignements plus précis que nous sur les grottes ou les sentiers. Ça te détendra un peu.

— D'accord ! Je te rapporterai peut-être de passionnants secrets..., conclut Maud, dont les grands yeux bleus brillaient d'impatience. Les secrets de la vallée des Eaux-Claires !

4

La place du Minage avait pris ses couleurs d'automne, et des feuilles rousses flottaient sur l'eau du bassin romantique qui caractérisait ce quartier du vieil Angoulême.

Le vent du nord, qui s'infiltrait par l'étroite rue des Cordonniers, s'était déjà chargé de dégarnir les six platanes entourant la fontaine et ses énormes poissons de bronze. Des bancs étaient disposés là, et à midi, dès le mois de mars, des étudiants venaient y manger, profitant du moindre rayon de soleil entre les heures de cours.

Daniel et Martin venaient de traverser une rue adjacente, se dirigeant du même pas nerveux vers le bar-tabac du Minage.

Ils avaient eu la désagréable surprise d'être réveillés un peu brusquement par deux inspecteurs de police étonnés qu'ils dorment encore à 14 heures.

Daniel avait mal pris la chose et, après leur départ, il avait entraîné Martin dehors sous prétexte d'acheter des cigarettes. Ils ne firent qu'un passage éclair dans le petit bistrot où ils avaient pourtant quelques habitudes et filèrent vers le rempart du Nord, d'où la vue était presque aérienne, offrant un panorama exceptionnel sur la vallée de la Charente. Juste en dessous, la falaise reprenait ses droits, abritée par un fouillis d'arbres, de broussailles et de lierres, comme échappés du Jardin vert tout proche, où la végétation obéissait sagement à la main des jardiniers.

Vif et souple, Daniel venait de disparaître en sautant un parapet de pierre. Son copain le suivit, et bientôt ils se glissèrent en silence dans une anfractuosité de la roche.

— Bon, Martin, si tu veux mon avis, on a intérêt à se barrer vite fait. On passe prévenir Marie et on se casse !

— Si on fait ça, les flics vont se pendre à nos baskets. Ça leur prouvera qu'on a menti, qu'on sait où se planquait Jean-Louis et y vont plus nous lâcher ! Et t'aurais jamais dû leur parler de Rudy. T'es complètement dingue. S'il l'apprend, il te découpe en rondelles et moi avec.

— Je sais, et c'est bien pour ça qu'on se barre. OK, j'ai balancé Rudy, mais ça m'étonnerait pas qu'il ait réglé son compte à Jean-Louis !

— Tu délires pas un peu, Daniel ?

— Non, je crois pas. Ça fait un petit bout de temps qu'il prend de l'héro. Il est de plus en plus dangereux. Écoute... Cette nuit, on file à l'anglaise, ni vu ni connu. On prend le passage de Jean-Louis, on se planque chez lui et, demain soir, Marie nous récupère quand tout est calme, et on file vers Bordeaux avec sa bagnole, chez mon pote Raymond. C'est pas un bon plan ?

— T'es vraiment sûr de toi ? C'est pas une partie de plaisir, je te le rappelle au cas où t'aurais oublié.

Daniel secoua ses boucles noires et sourit en regardant derrière lui, vers l'ombre de la grotte où ils s'étaient réfugiés. C'était un jeune homme de vingt ans qui avait gardé des allures de gamin frondeur. Brun aussi, le teint pâle, des traits un peu plus marqués, plus amers, Martin aurait pu passer pour son frère aîné. Avant de rencontrer Daniel, il ne riait pas souvent.

— T'en fais pas, Martin, on va s'en sortir ! De toute façon, Rudy me fait pas peur. Je suis même tenté de lui faire une petite blague avant de mettre les bouts, si par chance les flics l'embarquent avant ce soir. On aura du fric, tu verras. Je sais où il cache sa marchandise.

Martin soupira, inquiet, puis esquissa une grimace d'espoir en offrant une cigarette à son copain avant de s'en allumer une. Il était environ 15 h 30, et une pluie fine commençait à tomber sur la ville.

*

Irwan se rendit seul au domicile des Melville. Maud, qui était partie au musée, lui manquait. Il se le reprocha. La jeune femme occupait un peu trop ses pensées, cela devenait ennuyeux.

— Entrez, inspecteur Vernier.

René Melville semblait avoir un peu surmonté son chagrin. Il serra fermement la main d'Irwan et lui proposa aussitôt un siège.

— Merci, je suis désolé de vous déranger aujourd'hui, commença Irwan.

— Non, ne vous excusez pas, je préfère être seul avec vous. Ma femme est à bout de forces. Elle a besoin de repos. Notre médecin lui a prescrit des antidépresseurs. Elle dort depuis midi.

— Je comprends parfaitement, monsieur. C'est un choc terrible, mais je serai obligé de l'interroger dans la soirée.

— Si elle est en état de vous répondre, vous pourrez toujours vous présenter.

— Je vous remercie. Monsieur Melville, que saviez-vous précisément sur le compagnon de votre fille ? Pourquoi avait-elle disparu ainsi ? Est-ce à cause d'une querelle, d'un conflit ? Je sais que ce n'est guère facile pour vous d'évoquer ces choses-là, mais c'est vraiment indispensable pour mon enquête. Vous me comprenez, je pense, en tant que notaire ?

Gêné et vaguement agacé par le mutisme glacial de son interlocuteur, Irwan s'efforça d'être plus précis :

— Donnez-moi au moins une explication sur le comportement d'Anaïs. J'ai vu le père de Jean-Louis hier soir, qui a rencontré votre fille deux fois. Il m'a dit qu'elle paraissait très heureuse.

René Melville ne répondit pas tout de suite, jouant un long moment avec un coupe-papier raffiné.

Un silence tendu s'installa dans ce bureau à l'atmosphère feutrée, d'où l'on percevait à peine les bruits extérieurs. Patient, Irwan attendit, détaillant l'endroit où il se trouvait, de la plante verte majestueuse au gigantesque tableau représentant une chasse à courre. Enfin, le notaire se décida à parler :

— Ce n'est pas facile d'étaler devant un inconnu ses petites ou grandes misères, inspecteur, mais quelle importance maintenant ? C'est vrai, ma petite Anaïs aimait sincèrement son ami. Elle voulait rester avec lui pendant la durée des vacances. Ensuite, comme prévu, elle se serait inscrite à la faculté, afin de faire deux ans de droit ici. En revanche, elle comptait vivre avec Jean-Louis, que cela me plaise ou non. Ce sont ses propres mots. Enfin, bref, son coup de foudre avait tout bouleversé, et j'étais furieux. J'ai refusé de lui donner de l'argent pour l'été. Comme son ami travaillait dans les champignonnières, elle a fait comme lui. Ils devaient camper quelque part ou être hébergés par des amis, je ne l'ai jamais su. Fin juin, nous avons eu une violente dispute, car j'avais refusé de rencontrer Jean-Louis Paoli. Suite à cela, je n'ai plus eu l'occasion de voir ma fille.

— Mais que lui reprochiez-vous exactement, à ce garçon ? Il était estimé par ses copains, il travaillait. Je n'ai vu que deux ou trois photos de lui, mais il me semble qu'il ne donnait pas trop dans l'excentrique, si vous voyez ce que je veux dire. Vous auriez pu tomber plus mal, conclut Irwan d'un ton un peu froid.

— Il n'a jamais été question que Jean-Louis Paoli soit mon gendre, inspecteur, jamais. Ma fille n'avait que dix-neuf ans, elle avait le temps de réfléchir. C'était un amour feu de paille.

Irwan hocha la tête, serrant les dents pour ne pas dire à voix haute ce qu'il pensait, mais des mots se bousculaient en lui : « Un amour feu de paille, monsieur Melville, ça, on n'en sait rien. Et maintenant, vous n'avez plus à vous inquiéter : ce pauvre Jean-Louis ne sera jamais votre gendre… »

— Bien, je vous remercie, monsieur Melville. Vous ne voyez aucune autre information à me communiquer ?

— Non, je ne pense pas. Ce qui nous arrive est tellement épouvantable. Seule la colère me fait tenir. Vous allez trouver celui qui a tué ma petite fille, inspecteur, n'est-ce pas ?

— Je ferai mon possible, monsieur. Je ne laisserai rien au hasard.

Les deux hommes se turent soudain, éprouvant la même impuissance face à cette mort particulièrement cruelle et brutale. René Melville sortit le premier de ses pensées :

— J'oubliais un détail : au mois de juillet, nous n'avions pas de nouvelles d'Anaïs, et sa mère était malade d'angoisse. J'ai fait appel aux services d'un détective privé. Je connaissais très bien son père, je lui ai demandé cela comme un service, contre un dédommagement financier, bien sûr. Je tenais surtout à savoir comment allait ma fille, si elle était en bonne santé. J'avais un peu peur de la drogue. Mais il ne les a pas trouvés, ou il ne les a pas vraiment cherchés, par esprit de solidarité peut-être. Il m'a rendu mon argent deux jours plus tard en s'excusant.

— Vous pouvez m'indiquer son nom, je vous prie ?

— Si vous voulez, mais il ne vous en dira pas plus que moi, et je ne souhaite pas lui causer de désagréments. Il vient de se fiancer.

— Simple formalité, soyez sans crainte.

— André Balducci. Voici ses coordonnées…

— Je vous remercie. Au revoir, monsieur, et courage. Je passerai voir votre épouse vers 19 heures, si elle pouvait m'accorder quelques minutes d'entretien.

— Je la préviendrai. À plus tard, inspecteur.

Irwan ressentit un vif soulagement en prenant le volant de sa voiture. Il avait l'impression réconfortante que l'enquête avançait, doucement mais sûrement.

« Oui, se dit-il en sifflotant, il y a des progrès, surtout en ce qui concerne les anciennes fréquentations angoumoisines de Jean-Louis. »

Sur ce plan, Irwan brûlait d'envie d'interroger ce fameux Rudy, à qui les jeunes marginaux de la ville avaient donné un charmant surnom : l'homme au rasoir.

Coïncidence ou coup de chance incroyable : s'agissait-il du meurtrier ? se demanda Irwan. Si oui, c'était un type qui se moquait de son avenir et ne cherchait pas à protéger ses arrières. Mais quoi qu'il en soit, il allait devoir étudier cette histoire de rasoir pour les raisons de cette troublante appellation.

Sachant également que ce suspect était un héroïnomane connu des services concernés, il apparaissait à l'inspecteur Vernier que le double meurtre de la vallée des Eaux-Claires n'était peut-être en vérité que l'acte dément d'un drogué en manque à la recherche d'argent.

Ce genre de coupable lui aurait assez convenu, par son côté irresponsable, irréfléchi. Et cela expliquerait un fait insolite : le sac d'Anaïs laissé sur place, avec les papiers d'identité à l'intérieur. Irwan haussa les épaules, soudain attristé. Tuer pour de la drogue, tuer pour se détruire en somme, c'est dommage d'en arriver là…

5

Maud s'était garée sur la place Francis-Louvel, devant les grilles du palais de justice, monumental édifice évoquant un temple romain, avec son large et colossal escalier, ses hautes colonnes soutenant un fronton triangulaire.

Là aussi, remarqua Maud, il y avait un grand bassin encadré d'arbres, une fontaine, des façades de pierre blanche, une atmosphère tranquille, très provinciale.

Jamais, depuis son arrivée, elle n'avait pris le temps de flâner en ville, et tout ce qu'elle voyait lui semblait nouveau.

Des adolescents arrivaient par groupes bruyants de la rue de Beaulieu, sortant du lycée Guez-de-Balzac ou de Sainte-Marthe, une école privée.

Maud traversa la place jetant un œil intéressé vers la vitrine d'une pâtisserie, un regard avide sur l'étalage d'une librairie. Elle marcha plus vite, refusant de se laisser distraire aux heures de service, suivant enfin la rue Friedland, sur laquelle s'ouvrait le porche gigantesque du musée des Beaux-Arts, qui n'était autre que l'ancien évêché d'Angoulême.

En face d'elle, de l'autre côté d'une grande cour pavée, un double escalier en pierre conduisait à une large terrasse longeant deux corps de bâtiments. Ici, le passé triomphait grâce à la beauté immuable d'une architecture classique défiant le temps. La cathédrale Saint-Philippe, majestueuse voisine, étendait déjà son ombre bienveillante sur la balustrade ouvragée.

Elle pénétra d'un pas rapide dans le hall et se présenta à l'accueil.

— Inspecteur Maud Delage, je désirerais voir Mme Colette Brocard, je vous prie. Je n'ai pas rendez-vous.

L'homme, assis derrière une table où étaient exposés des ouvrages et des documents, décrocha un téléphone puis hocha la tête d'un air satisfait :

— Eh bien, on peut dire que vous avez de la chance : Mme Brocard est là. Elle va descendre. Faites un petit tour en l'attendant.

— Merci, monsieur.

Maud parcourut une salle immense, admirant le décor suranné, les splendides parquets, le lustre de cristal, découvrant des tableaux romantiques et des sculptures du XIXe siècle.

Perdue dans une songerie nostalgique, l'inspecteur Delage fut presque étonnée de voir venir à elle une petite femme vive et gracieuse, à l'aimable visage :

— Madame Brocard ?

— Que puis-je faire pour vous être utile, inspecteur ? C'est bien cela ? On m'a parlé de l'inspecteur Maud Delage en me précisant que c'était une jeune femme...

— Excusez-moi, je ne me suis pas présentée, mais c'est si beau ici ! Je rêvais !

— Beau et très calme ! C'est l'automne et, en milieu de semaine, à cette heure tardive, il n'y a plus beaucoup de visiteurs, inspecteur... Ou inspectrice ? demanda en plaisantant la conservatrice du musée.

— On peut employer le féminin, mais, personnellement, je préfère « inspecteur » à cause de l'effet de surprise, qui est parfois assez réussi !

— Oui, j'imagine !

Cédant à un élan spontané de complicité, elles éclatèrent de rire et oublièrent un instant le motif de leur rencontre.

— Vous enquêtez sur le crime de la vallée des Eaux-Claires ? La presse ne parle que de cette affaire, alors je suppose que c'est le motif de votre visite !

— Oui, j'assiste l'inspecteur divisionnaire Vernier. Je voulais vous demander si vous possédiez des documents anciens concernant le site. Nous avons parcouru la plus grande partie de la vallée, mais il nous manque des indications précises.

— C'est dommage, mais aujourd'hui il n'y aura personne pour vous aider. Nos archéologues sont partis sur des chantiers de fouille à l'étranger, et M. Dorfman, qui aurait peut-être pu vous répondre, s'est absenté. Vous pourrez le joindre par téléphone dès demain, en fin de matinée.

— Bien, je l'appellerai vers 10 heures.

— Puis-je vous proposer quelque chose en compensation ? J'aimerais vous faire visiter notre salle de préhistoire. Je suis sûre qu'elle vous plaira.

— Je vous remercie, c'est très gentil !

Les deux femmes montèrent au premier étage, bavardant à voix basse. Dans cet endroit fascinant, Maud se sentait de plus en plus en dehors du temps et elle écouta son guide avec attention.

— Vous serez peut-être déconcertée, car cette salle est d'une conception très originale. Nous arrivons. Regardez : voici le bureau de l'archéologue, et les portes de son armoire, qui s'ouvrent pour nous initier aux nouvelles techniques d'investigation en matière de préhistoire.

Maud sourit, amusée par la mise en scène qui reproduisait l'ambiance désuète d'un bureau, avec le secrétaire vieillot en bois sombre, le portemanteau où était accrochée une veste, non loin d'une paire de bottes. En passant le seuil de « l'armoire », sa gaieté céda la place à un enthousiasme respectueux, car elle découvrit une galerie obscure simulant une grotte, seulement éclairée par la luminosité que diffusaient les vitrines d'exposition.

Colette Brocard, prenant à cœur son rôle, lui expliqua que les différents gisements préhistoriques de la Charente étaient mis en valeur ici, depuis les Néandertaliens jusqu'aux Gallo-Romains.

En toile de fond de la plupart des vitrines, d'anciennes photographies donnaient un aperçu du site, et Maud retrouva la vision obsédante des falaises calcaires, de ces surplombs rocheux qui l'effrayaient un peu désormais. Agacée par sa propre sensibilité, elle s'efforça d'observer les silex, les pointes de flèche, le crâne impressionnant d'un bison, contemplant enfin le célèbre casque d'Agris, dont l'or millénaire scintillait dans son écrin de verre.

— Cela vous a plu ? lui demanda Colette Brocard en la raccompagnant jusqu'à l'entrée du musée.

— Oui, c'est un travail admirable. Cela change un peu des salles d'exposition traditionnelles. Je vous remercie encore de votre gentillesse, et je suis enchantée d'avoir fait votre connaissance.

Malgré ces paroles aimables, Maud eut un petit air découragé qui n'échappa pas à son interlocutrice. Désolée, Colette Brocard réfléchit un instant, puis posa une main amicale sur le bras de la policière :

— J'ai une idée : vous devriez aller à l'office du tourisme. C'est à deux pas du musée, en face de la cathédrale. Demandez un entretien avec la directrice ; elle est très compétente.

— À l'office du tourisme, oui, pourquoi pas ? Souhaitez-moi bonne chance !

Maud marcha à peine une centaine de mètres. Elle fut accueillie avec le sourire par une jeune fille occupée à classer des dépliants dans un présentoir.

— Inspecteur Maud Delage. Puis-je voir la directrice, je vous prie ?

— Oui, bien sûr. Son bureau est là-haut.

Maud monta les quelques marches la menant à une sorte de mezzanine.

— Bonjour, vous désirez un renseignement ?

La voix était cordiale, musicale, en accord avec la personnalité manifestement d'un naturel simple et chaleureux de la femme qui reçut Maud.

— Bonjour, madame, je suis l'inspecteur Maud Delage.

— Soizic Delage. Je dirige cet organisme. Je suis à votre disposition, mademoiselle… ou madame ?

— Mademoiselle, dit Maud en riant. Delage est mon nom de jeune fille. Mon père a rencontré ma mère en Bretagne ! Je suis née à Lorient.

— Le hasard fait bien les choses. Je suis bretonne aussi, comme le révèle mon prénom. Comme nous portons le même nom de famille, nous devions sans doute nous rencontrer…

— Sans doute ! répondit Maud, amusée.

— Bon, si nous parlions un peu de ce qui vous amène ici. Que voulez-vous savoir, inspecteur ?

— Il me faudrait un plan ou un relevé topographique de la vallée des Eaux-Claires. Je suis allée au musée, et Mme Brocard m'a conseillé de venir vous voir.

La directrice de l'office du tourisme trouva rapidement le document souhaité et, très aimablement, proposa à Maud de l'étudier avec elle.

— Je connais bien les communes autour d'Angoulême. Si je peux vous donner des précisions… Voulez-vous un thé ou un café ?

— Je prendrais volontiers du thé, merci !

Maud éprouva une vive sympathie pour cette jolie femme brune, dont le regard sombre et vif inspirait la confiance et l'amitié. Bientôt, elles se penchèrent attentivement sur une carte censée livrer les secrets du sol et des bois.

— Voici la champignonnière. Elle continue de ce côté. Là, suivez la pointe de mon crayon.

Soizic Delage perçut le frisson nerveux que Maud n'avait pu contrôler. Devinant aisément ce qu'éprouvait la jeune femme, elle tenta de la rassurer.

— Ce sont des lieux bien particuliers, ces champignonnières, n'est-ce pas ?

— Oui, je ne savais pas que cela existait avant de venir à Angoulême et de trouver ces jeunes gens..., murmura Maud. Je me suis documentée depuis. Il paraît qu'il y en a également en Normandie et dans la région parisienne. Plus près d'ici aussi, vers Saintes et Saint-Savinien.

— Oui, en effet, c'est en Charente-Maritime. En règle générale, on en trouve là où il est possible d'extraire de la belle pierre calcaire. Celle de l'Angoumois était renommée. Ces carrières souterraines existent depuis longtemps, mais les plus grandes sont en fait une conséquence du fameux phylloxéra, ce parasite de la vigne qui a ruiné tant de viticulteurs, en Charente et ailleurs. Je ne vous ennuie pas avec mes discours ?

— Non, pas du tout ! répondit Maud que ces explications intéressaient sincèrement.

— Bon, je termine mon histoire : ceux qui avaient la chance de posséder un sous-sol propice se sont recyclés, comme on dit, dans l'exploitation de la pierre de taille. Beaucoup de monuments de la ville sont construits avec ce matériau. La Caisse d'épargne, par exemple. Puis le ciment a fait son apparition, et ces mêmes propriétaires se sont reconvertis dans la culture des champignons, les carrières présentant tous les avantages pour cela. Il paraît qu'à Sainte-Catherine, sur la route de Périgueux, il y en a une qui s'étend sur plusieurs kilomètres.

Maud écouta attentivement et prit en note tout ce qui semblait avoir de près ou de loin un lien avec l'affaire. Elle quitta Soizic Delage avec une pointe de regret et en se demandant si, en cherchant un peu, elle ne trouverait pas un petit lien de parenté avec cette charmante personne.

6

— Alors, Vernier, où en est l'enquête de mes deux Bretons ? Vous avancez ? Je viens d'avoir le procureur au téléphone. Il suit l'affaire de très près.

— Pas de problèmes, patron. D'ici demain matin, je crois être en mesure de vous fournir des éléments solides.

Le commissaire s'éloigna, visiblement satisfait. Quant à Irwan, il rejoignit son bureau, où l'attendaient Maud et Xavier.

Il était 21 heures.

Ils s'étaient donné rendez-vous au central après avoir dîné chacun de leur côté, car ils avaient besoin d'un peu de détente et de solitude. Maintenant, ils étaient prêts à faire le point pour la énième fois.

— Ah ! voici ce cher Irwan ! plaisanta Maud. Désire-t-il un petit café ou un thé ? Les PV sont prêts au sujet de Daniel et de son copain aux yeux tristes. J'ai mis Xavier au courant. Il trouve cela étrange, lui aussi, cet « homme au rasoir » qui apparaît pile quand il faut.

— C'est pourtant une piste à considérer sérieusement.

Irwan n'était manifestement pas d'humeur à rire. Il savait par expérience qu'il fallait se méfier de tout et prendre en compte le moindre détail lors d'une enquête. De plus, il en était responsable. S'il échouait, ce seraient des policiers de Bordeaux qui prendraient la relève. Irwan avait bien l'intention d'éviter ce genre de situation.

— Si ce type a hérité d'un tel surnom, il y a assurément une raison valable. J'ai son signalement et une photo. Il était déjà fiché. Pas grand-chose, un vol de voiture, une vitrine éclatée, toxicomane, dealer, etc. Il faut le trouver, l'amener ici et l'interroger.

— OK, Irwan, pardon, chef, on te laisse mener l'affaire. À propos, as-tu appris quelque chose de M. Melville ?

— Je n'ai rien obtenu de vraiment important. Le schéma classique du conflit parents-enfant : la gamine qui se révolte, le père qui ne donne plus d'argent de poche, l'amour interdit, Roméo et Juliette version XXe siècle. Autre chose : il faut rendre visite pour la forme à un certain André Balducci, détective privé et fils de bonne famille. Vérification d'usage. Maud, tu iras demain avec Xavier. Bon, quant à moi, je suis passé comme prévu rue de l'Arsenal pour interroger Mme Melville, mais son époux m'a dit d'un ton catégorique qu'elle dormait profondément.

— Mme Melville ? intervint Xavier d'un air amusé. Mais elle est venue ici vers 17 heures. J'ai même dû la raccompagner en bas. C'est vrai qu'elle n'était pas très en forme...

Tout d'abord, Irwan crut qu'il s'agissait d'une erreur.

— Attends un peu. Tu prétends que Mme Melville est venue ici, seule, alors que son mari affirme qu'elle a dormi tout l'après-midi, sous l'effet des tranquillisants ?

— Elle voulait faire une déposition. J'ai accepté de l'entendre, car elle ne voulait surtout pas parler en présence de son époux, et c'est pour cette raison qu'elle s'est déplacée.

— Qu'avait-elle à nous dire de si urgent ?

— Des choses très intéressantes, mais laisse-moi t'expliquer en détail. En fait, Julie Melville en veut beaucoup à son mari et, d'après moi, elle n'a pas pris un seul cachet. Au contraire, elle m'a touché par son courage, sa volonté de dissimuler sa souffrance morale. Elle m'a dit aussi que son mari était le seul responsable du départ de leur fille, qu'il avait insulté et humilié Anaïs. Elle a tracé le portrait d'un homme avare, dur, égoïste et très jaloux, ce qui expliquerait son animosité à l'égard de Jean-Louis Paoli.

— Et c'est tout ? fit Irwan qui semblait réfléchir intensément.

— Non, attends un peu, mon vieux ! poursuivit Xavier. Voici le point le plus intéressant : cette dame m'a confié que sa fille lui a rendu visite plusieurs fois pendant l'été, parfois même en compagnie de Jean-Louis. Elle l'a reçue en cachette de son mari, bien sûr, ce qui lui donnait le sentiment de réparer une injustice. Lors de ses visites clandestines, Anaïs emportait des vêtements, des livres, et là, tu vas dresser l'oreille : vers le 25 août, elle a demandé à sa mère de lui prêter une grosse somme d'argent. Anaïs était très pressée et, comme sa mère lui conseillait de retirer l'argent de son compte d'épargne, la jeune fille lui a dit en pleurant qu'elle l'avait déjà utilisé. Enfin, pour conclure, Anaïs a pu disposer dès le lendemain de la somme et, après cette date, sa mère n'a plus eu aucune nouvelle d'elle et de Jean-Louis.

— Mme Melville ne savait même pas où les joindre ?

— Non. Anaïs a dit à sa mère de ne pas s'inquiéter à ce sujet, de leur faire confiance, que tout irait mieux bientôt, qu'elle avait de petits ennuis, etc.

— Ouais, des petits ennuis qui exigeaient de grosses sommes d'argent. Tu sais combien exactement ?

— Oui, et tu vas peut-être comprendre pourquoi c'est si intéressant. Au total, plus de soixante mille francs[1].

— Soixante mille francs ! Eh bien, à mon humble avis, si on savait où est passé cet argent, on serait peut-être tout près de l'assassin. Bon, je suppose qu'Anaïs n'avait pas l'intention d'ouvrir un compte dans une

1. Plus de neuf mille euros.

autre banque. Son attitude est celle de quelqu'un en mauvaise posture. Si tu n'as pas oublié les déclarations de Daniel, Maud, tu conviendras avec moi que Jean-Louis devait justement, paraît-il, une grosse somme d'argent à Rudy.

— Il vous a dit pour quelle raison ? interrogea Xavier qui, décidément, trouvait cette affaire en très bonne voie.

— Devine, répondit Irwan en haussant les épaules. À Angoulême comme ailleurs, il y a un trafic permanent de résine de cannabis. Pas de quoi se flinguer, remarque, mais cela remue quand même des sacrés paquets d'argent. Bon, mes petits, on file comme convenu, afin de repérer les allées et venues de Rudy. Il est toujours à Angoulême, on me l'a confirmé par fax. Laissons de côté provisoirement M. et Mme Melville. J'ai l'impression que c'est tout à fait le genre de couple vivant à côté l'un de l'autre sans communiquer, chacun pour soi avec ses rancunes, ses idées. Pas très gaie, une vie pareille, on peut comprendre la réaction d'Anaïs. Jean-Louis a dû lui apporter avant tout beaucoup de chaleur humaine.

— Tu as sûrement raison, Irwan, lui répondit Maud avec un sourire attendri qui n'échappa pas à Xavier.

Vexé, il lança d'un ton froid :

— On perd du temps à bavarder. On y va ?

— On y va, jaloux, chuchota Maud en passant près de l'inspecteur principal. Et sois content : jusqu'à minuit, on cherche notre suspect numéro un, Rudy et son rasoir.

— J'oubliais, leur dit Irwan en endossant une lourde veste fourrée. Il faudrait aussi qu'on passe dire un petit bonsoir à Daniel et ses amis, au cas où ils auraient envie de nous en dire plus sur la planque de Jean-Louis durant l'été. Ils savent où elle est située, j'en suis persuadé, mais il ne faut surtout pas les brusquer, sinon ils vont nous filer entre les doigts. Ils ont le regard des mecs qui n'ont pas vraiment la conscience tranquille.

*

— Élan 7 appelle Ferdinand, Élan 7 appelle Ferdinand. Répondez.

Irwan soupira, crispant ses mains sur le volant, puis réitéra son message radio sous le regard patient de Xavier. Ils étaient là depuis plus de trois heures, dans une voiture banalisée disposant de tout le matériel nécessaire. Maud, emmitouflée dans une parka noire, était assise à l'arrière du véhicule. Garés dans l'ombre d'une rue étroite, sous les murs de l'église Saint-Martial, ils avaient eu tout loisir de discuter, de s'organiser, de réfléchir.

Ils allaient bientôt appréhender Rudy, si tout se déroulait comme prévu. Encore une fois, Xavier observa consciencieusement l'artère piétonne et les abords de la vaste place toute proche qui était depuis des années le lieu favori de rassemblement des jeunes Angoumoisins.

— Tu vois, Maud, commenta-t-il afin de distraire ses deux collègues, c'est la rue la plus commerçante de la ville. Le Café du Commerce porte bien son nom. Et puis on a enfin livré le centre d'Angoulême aux piétons. Regarde, près de la tonnelle, là, il y a une sculpture, une main en bronze. Les gosses l'aiment bien. Ils sont toujours prêts à l'escalader. En revanche, la nuit, il se passe des choses beaucoup moins drôles...

— On ne dirait pas, articula à voix basse Irwan, qui désespérait de voir apparaître, à la sortie du grand café voisin, le dénommé Rudy. C'est d'un calme, ce soir... Ça va, Maud, pas trop froid ?

— Je rêve d'un bon lit et d'une tisane brûlante, mais ça va.

Irwan Vernier avait les nerfs en pelote. Les heures passées à attendre ne l'amusaient pas. Pourtant, il tenait à être là, à emmener sans violence son suspect, pour savoir, pour comprendre.

En fin d'après-midi, il avait reçu le rapport détaillé de l'autopsie, certifiant que la date de la mort était le

30 août, probablement en fin de journée. Ensuite, il était repassé chez Daniel et Martin qui, malgré leur promesse, avaient sans doute décampé. Les copains de Jean-Louis ne lui auraient sans doute rien appris de plus, mais cela l'avait contrarié un instant. Il avait demandé à des agents de les rechercher pour la forme.

— Élan 7 appelle Ferdinand. L'établissement va fermer. Vous êtes prêts à intervenir ?

Une voix répondit par l'affirmative et, satisfait, Irwan se tourna vers Xavier :

— Il ne faut pas le laisser filer. D'après Daniel, Rudy est un type dangereux, qui a rencontré Jean-Louis aux Eaux-Claires les derniers jours du mois d'août. Je suis sûr qu'on tient le coupable.

— C'est lui. Il sort. Il a l'air pressé.

Maud avait parlé très vite, d'une voix tendue, feutrée. Xavier la relaya :

— Il remonte l'artère piétonne, direction l'hôtel de ville. Vas-y !

Irwan démarra, contacta la moto :

— Il a tourné à droite vers le haut de l'artère piétonne. Non, il descend rue du Sauvage. Va là-bas, envoie quelqu'un rempart de l'Est. S'il nous voit, il peut se barrer par l'escalier.

*

Une heure plus tard, Rudy, l'« homme au rasoir », était assis dans le bureau de l'inspecteur divisionnaire, Irwan Vernier, derrière lequel se tenait une jeune femme au visage spirituel et doux, l'inspecteur Maud Delage. Le suspect numéro un ne s'était pas défendu, se laissant emmener comme un mouton, en habitué de ce genre de choses. Seulement, cette nuit-là, on lui posa des questions qui le dérangèrent, car elles n'avaient rien à voir avec ses activités ordinaires. Il avait beaucoup bu, de la bière, du gin. Sa langue lui obéissait mal, et une tenace envie de dormir le harcelait.

— Rudy, de ton vrai nom, Yvan Durin, sans domicile fixe, vingt-cinq ans, commença Irwan d'un ton monocorde. Certains t'appellent aussi l'« homme au rasoir »... Tu peux me dire pourquoi ?

— J'en sais rien, moi. Qu'est-ce que je fous ici, d'abord, hein, commissaire ?

— Inspecteur. Le commissaire viendra plus tard. Est-ce que tu connais Jean-Louis Paoli et Anaïs Melville ?

— Ouais, je les connais, mais eux, y me connaissent plus. Vous savez, je sais lire !

Maud étudia en silence le personnage : vêtu d'un blouson de cuir marron orné de franges, d'un jean et chaussé de rangers, c'était un jeune homme de taille moyenne, blond, la face couperosée, un front bombé, un regard éteint. Il ne ressemblait pas à l'assassin cruel et sanguinaire dont elle s'était déjà tracé un portrait effrayant. Pourtant, elle n'ignorait pas que l'apparence des gens ne signifie rien de précis. Elle savait aussi que l'envie de tuer pouvait naître brusquement, selon les situations ou les pulsions, sans oublier l'état physiologique et psychique du meurtrier.

Irwan poursuivit son interrogatoire, cherchant en vain un signe de panique ou de culpabilité sur les traits apathiques de Rudy :

— Je sais que tu les as rencontrés dans la vallée des Eaux-Claires le 30 août, le jour même du crime. Et ils ont été égorgés avec un rasoir, le bon vieux coupe-choux de nos grands-pères, une arme terrifiante. T'es d'accord, c'est un objet qui impressionne, puisque tu t'en sers pour faire peur aux pauvres nanas que tu braques. Tu vois, je devine tes petites manies. Alors, Rudy, où as-tu planqué ton rasoir depuis le 30 août ? Tu ne l'as pas sur toi, ce soir ? Pourquoi ?

Irwan était lancé, il jouait le tout pour le tout, comme au poker, bluffant son adversaire, dont l'impassibilité l'irritait, car il la ressentait telle une sourde provocation.

— Ne réponds pas, je vais parler à ta place. Écoute bien, je sais une ou deux choses très intéressantes : Jean-Louis te devait une grosse somme, et toi, tu en avais un besoin urgent. De plus, Anaïs avait des parents riches. Tu les as bien manipulés, effrayés et, un soir, en manque, tu les as massacrés pour récupérer ton fric. Mais il y en avait beaucoup plus que prévu, car Anaïs venait d'emprunter une grosse somme d'argent à sa mère. Bien sûr, tu étais accompagné, au cas où. Jean-Louis s'est débattu, mais à deux contre un… Anaïs, vous l'avez assommée quand ?

— Tu débloques, inspecteur ! En manque, moi ? Tu veux rigoler ? bredouilla Rudy en jetant un regard haineux à Maud et à Irwan.

— Relève ta manche ! Je peux t'aider si tu veux…

— Laisse, je suis assez grand pour me déshabiller tout seul.

Après quelques contorsions, Rudy présenta son bras à Irwan qui décela à la saignée du coude des traces toutes récentes de piqûre.

— Bon, tu vois bien… Allez, raconte ce qui s'est passé avec Jean-Louis. Tu peux tout m'expliquer en détail et je serai gentil.

La voix coupante d'Irwan démentait ce dernier mot. Prudent, Rudy sentit une menace et marmonna une déclaration confuse :

— Jean-Louis, il a bossé avec nous, il a fait le con avec nous, et puis il y a eu Anaïs… Là, il m'a fait un sale coup, il m'a piqué de la came. Je lui ai donné une leçon, et ensuite, de temps en temps, j'allais lui dire en douceur de ne pas m'oublier, de garder du fric pour son cher copain Rudy. Avec mon coupe-choux, une merveille. Mais là où ton histoire tient plus debout, c'est que ce jour-là, le 30 août, Jean-Louis avait comme bouffé du lion, et j'étais tout seul. Il m'a presque éclaté la mâchoire et il a réussi à me prendre mon arme. Il a gardé mon rasoir parce que sa copine en avait horreur. Et couic, elle y est passée quand même, mais c'est pas moi. À l'heure du crime, comme on dit, j'étais de retour à Angoulême, chez une nana qui m'a fait cuire des spaghettis. Jean-Louis m'avait filé un peu de fric et un coup à assommer un bœuf. Voilà la vérité vraie, inspecteur.

Maud serra les poings. Cet individu, qui aimait visiblement se mettre en scène, la révulsait, et elle perçut dans ses yeux grisâtres une petite flamme où se mêlaient la ruse et la haine.

— Un instant ! s'écria Irwan. Tu allais les voir où ? Aux champignonnières, là où ils ont bossé tous les deux, ou tu connaissais leur planque ? Pourquoi les as-tu rencontrés dans la vallée des Eaux-Claires ?

Rudy réfléchit. Les effets de l'alcool s'étaient atténués. Il comprit vite que ces deux flics, en apparence bien renseignés, ignoraient en réalité où se cachaient Jean-Louis et Anaïs. Cela voulait dire également que Daniel avait uniquement parlé de lui, Rudy. Il l'avait balancé par peur, peut-être par jeu. À cette idée, il sentit une rage froide l'envahir, achevant de le dégriser, lui donnant surtout l'envie de sortir de ce bureau pour régler quelques comptes en ville.

— Tu as perdu ta langue, Rudy ?

Irwan avait conscience d'un silence insolite. Il aurait bien voulu savoir ce qui trottait dans la tête de son suspect, mais Xavier choisit ce moment précis pour réapparaître, un sourire satisfait plissant ses lèvres.

— Bonne nouvelle, Daniel et Martin sont là. On les a récupérés chez une certaine Marie ! Je te les amène ?

— Oui, va les chercher. Je crois que je n'étais pas le seul à désirer les voir. N'est-ce pas, Rudy ?

7

— Tu as pu dormir après la soirée d'hier ? demanda Xavier à Maud, qui venait de s'installer dans sa voiture.

— Oui, j'avais peur de faire des cauchemars à cause des regards furieux de notre « homme au rasoir », mais non. Tu es au courant ? Irwan a placé Daniel et Martin en garde à vue pour les convaincre de se montrer plus bavards. Il doit déjà être à pied d'œuvre ; je l'ai appelé tout à l'heure.

— De si bon matin ? s'étonna Xavier.

— Pourquoi pas ? lui répondit Maud en haussant les épaules. C'est moi qui ai l'honneur de travailler avec lui sur cette affaire.

Le ton moqueur de Maud ne fit pas vraiment rire l'inspecteur principal. Il était d'un tempérament jaloux, même en amitié, et ne supportait pas de se sentir exclu. Mais sa contrariété ne dura pas longtemps, car sa jolie collègue lui chatouilla le menton, le regardant ensuite avec un sourire désolé.

— Pour Rudy, il est très ennuyé, car en l'absence de preuves il va devoir le relâcher, alors que nous sommes presque convaincus que c'est lui le coupable.

— Des preuves, ce serait bien d'en avoir, mais où les trouver ? Il n'y a aucun témoin, aucune déclaration précise à son encontre. Enfin, laissons faire Irwan. Nous, on est tout juste bons pour les « vérifications d'usage », c'est-à-dire interroger dès 9 heures du matin un détective privé. Boulevard Besson-Bey… Nous approchons.

Ils longèrent le fleuve Charente, qui coulait paisiblement, grossi par les pluies particulièrement abondantes en cet automne 1995. Des péniches étaient amarrées. La plus imposante, le *Germinal*, promenait tout l'été les touristes et les citadins avides d'évasion. Plus loin, en face de l'île Marquet, l'une d'elles, boîte de nuit très fréquentée, accueillait depuis des années son lot de noctambules.

Du côté du boulevard, la berge, large et plane, était aménagée en aire de jeux, là où se situaient jadis l'ancien port l'Houmeau, les lavandières et les guinguettes. Descendant sans hâte des contreforts du Limousin, les eaux du fleuve s'acheminaient vers l'océan, se divisant dès Mansle et Montignac en une série de petites îles au charme bucolique.

Xavier gara sa R5 sur le parking, désignant à Maud, d'un regard complice, les familles de canards qui se laissaient dériver au gré du courant.

— Joli spectacle... Tu sais, Maud, ma proposition tient toujours : si tu as envie de faire un peu de tourisme pendant tes congés, je serais ravi de te servir de guide. J'aime beaucoup l'histoire et l'art, et, sur ce plan, Angoulême me comble.

— Je ne dis pas non, Xavier. Au printemps, peut-être. Moi, j'adore le dessin, et je vais enfin être aux premières loges pendant le Salon de la bande dessinée. Je ne veux pas rater une seule exposition. Quand j'habitais en Bretagne, je suivais ça de loin. J'en rêvais.

Tout en discutant, ils arrivèrent devant la porte vitrée de l'immeuble où était domicilié André Balducci. C'était une construction récente respectant cependant le style architectural de ce quartier, qui était, au XVIIIe siècle, quand le port fluvial était en pleine activité, le véritable cœur de la ville.

Le détective devait avoir une belle vue sur le fleuve et ses îles, car son appartement était au dernier étage. Xavier sonna. Il entendit aussitôt le bruit d'un verrou, et une ravissante jeune femme en pyjama de satin rose avança la tête par la porte entrebâillée, que retenait une chaînette dorée.

— Bonjour, nous voudrions voir André Balducci. C'est bien ici ? Inspecteur principal Boisseau et inspecteur Delage…

— Ah ! Vous êtes de la police ? Je suis la fiancée d'André. Je vais le prévenir, il est dans la salle de bains.

Maud et Xavier attendirent cinq bonnes minutes avant de pouvoir entrer, et un jeune homme de trente ans environ, grand et mince, vêtu d'un jogging, les conduisit jusqu'au salon, décoré sobrement, avec un goût sûr, mêlant des statuettes africaines à des meubles anciens d'une grande beauté.

Dans ce cadre harmonieux, Alicia – ainsi se prénommait la fiancée d'André Balducci – évoluait gracieusement, avec ses boucles rousses comme parure, leur servant un café, veillant au fond musical. En l'observant, Maud se sentit soudain dénuée de toute féminité, sanglée dans son ensemble en jean, ses cheveux raides retenus par un simple élastique.

« Voici un détective qui n'a guère la tête de l'emploi », pensa Xavier en exposant au maître de maison les causes de cette visite.

— Cette pauvre Anaïs, dit tristement Balducci en baissant la tête. Oui, j'ai lu la nouvelle dans *Sud-Ouest.* C'est une drôle d'histoire. Je voudrais bien vous aider, mais, comme vous l'a dit René Melville, je n'ai pas donné suite à sa demande, tout simplement pour laisser Anaïs en paix. Vous comprenez, j'ai mené mon enquête de façon logique. Cet été, comme elle travaillait avec son copain à Sers, dans les champignonnières, je suis allé là-bas avec l'intention de suivre leur voiture. Ils m'ont semé pour une raison assez amusante : ils roulaient en 2 CV, moi en BMW, et je n'ai pas voulu m'aventurer dans les chemins qu'ils ont pris. Je suis plus efficace en ville.

Pendant qu'André Balducci parlait, son regard brun, caressant, cherchait parfois celui de Maud, qui l'écoutait d'ailleurs attentivement.

— Vous comprenez, mademoiselle, j'ai accepté l'offre de M. Melville pour lui rendre service. Il avait si peur que sa fille touche aux drogues dures ou soit souffrante. Mais il y avait un petit problème : Anaïs me connaissait, car, plus jeunes, nous nous étions rencontrés lors de dîners, de mariages. Elle m'a repéré le soir suivant et a dit à son copain d'arrêter la voiture. J'ai fait la même chose, on a discuté. Bien sûr, elle était furieuse. Je lui ai expliqué les angoisses de ses parents. Ensuite, elle m'a fait comprendre que tout se passait bien, qu'elle était enfin heureuse.

— Et Jean-Louis, son ami, il n'est pas venu vous parler ? demanda Xavier en achevant de noter quelques mots sur un carnet.

— Non, il attendait. De toute façon, je n'ai pas voulu ennuyer Anaïs davantage. Malgré tout le respect que je dois à M. Melville, c'est une sorte de tyran domestique, et sa fille était majeure. Elle se cachait pour être tranquille. Ça, elle me l'a répété plusieurs fois, les larmes aux yeux. J'ai donc laissé tomber. De toute façon, je devais partir au Maroc avec Alicia du 1er au 15 août. Cela m'a fait un choc quand j'ai appris leur mort.

André Balducci se dégagea du canapé trop confortable dans lequel il était assis et il s'approcha de la baie vitrée. Maud le suivit, sans raison précise. Alicia avait quitté la pièce. Cela suffisait à rendre l'atmosphère plus détendue.

— Vous ne voyez rien d'autre ? Un détail ? interrogea distraitement Maud. Le numéro de leur plaque d'immatriculation, par exemple. Ce n'est pas la première fois qu'on nous parle de cette 2 CV, et, autant l'avouer, elle a disparu.

— Attendez, j'ai gardé mes notes de cet été. Je dois l'avoir relevé. Ce serait le comble sinon ! s'exclama Balducci, les joues vaguement colorées.

« Est-il troublé par les beaux yeux de Maud ? » se demanda Xavier avec une pointe de jalousie à demi consciente.

— Voilà, je l'ai, si cela peut vous rendre service…

André Balducci avait parlé sur un ton conventionnel, mais, en les raccompagnant, il retint Maud quelques minutes, tandis que Xavier, agacé, descendait les marches quatre à quatre.

— Mademoiselle, gardez ma carte. Si un soir vous vous ennuyez, nous pourrions dîner ensemble. Je connais une excellente brasserie, la Taverne irlandaise. C'est en face de l'hôtel de ville.

— Je connais déjà, c'est gentil, répliqua Maud, déconcertée. Je verrai. Merci et au revoir.

Elle rejoignit l'inspecteur principal dans sa voiture, ne remarquant même pas l'expression triste de son visage, et se cala dans le siège, rêveuse. Puis la silhouette parfaite et séduisante d'une certaine Alicia fit une courte apparition dans ses tout récents souvenirs, et la réalité submergea Maud, une réalité où chaque chose reprenait sa place : l'enquête, le central, Xavier et Irwan.

— On doit remonter au Champ-de-Mars. Irwan a besoin de moi pour taper les PV, fit-elle soudain.

— Tiens, tu te réveilles ? rétorqua Xavier d'un ton acerbe. Dis donc, si ce beau détective avait choisi la police, on perdait toutes nos chances, Irwan et moi. Remarque, vu ses talents, il aurait eu du mal à grimper les échelons…

— La jalousie est un vilain défaut, inspecteur Boisseau, je vous le fais remarquer tous les jours, et, quant à vos chances, elles seront de plus en plus minces si vous continuez à débiter ce type de remarques.

Sur ces mots, elle pouffa et fit un clin d'œil indulgent à son malheureux collègue, qui ne tarda pas à rire aussi.

La soirée risquait d'être longue et mouvementée. Ils avaient tous deux besoin de ces précieux moments de détente et de complicité.

*

Maud venait de discuter plus d'une heure avec Irwan, de sa visite chez le détective, mais aussi du fameux Rudy qui était toujours en liberté. La jeune femme suivait son instinct, et cet étrange individu l'inquiétait.

— Et si on avait fait une énorme erreur, Irwan ? demanda-t-elle enfin. Tu n'aurais pas dû libérer ce Rudy, il me fait peur. Daniel et Martin, c'est différent, ils me font pitié avec leurs airs de gamins perdus.

— Ne te tracasse pas, Maud. De toute façon, tu ne crois pas que j'allais laisser sortir ces trois types d'ici sans raison valable ? Il me manque encore quelques éléments pour informer le procureur, et je ne les trouverai jamais en les gardant ici. Le patron m'a donné le feu vert pour boucler l'enquête. Rudy l'ignore, mais sa liberté est toute provisoire et étroitement surveillée.

Maud ne fut pas rassurée pour autant. L'arme du crime n'avait pas été retrouvée, les empreintes sur le sol de la champignonnière étaient multiples et, même si certaines pouvaient appartenir à Rudy, cela s'accordait simplement à sa déclaration : il était bien passé le jour du crime dans la vallée, mais, il était reparti après l'altercation avec Jean-Louis.

Daniel et Martin n'en avaient pas dit plus, répétant d'un air morne les propos déjà notés lors du premier interrogatoire.

Le temps passait trop vite au gré d'Irwan. Il avait pris un risque énorme, avec l'accord préalable du commissaire Valardy. N'ayant aucune charge réelle contre Rudy, seulement des présomptions, ils l'avaient relâché, ainsi que Daniel et Martin, à une heure d'intervalle.

Fébrile, il vérifia son arme, conscient qu'il n'avait plus le droit à l'erreur. Xavier avait terminé ses préparatifs et fumait un cigare. Maud, très déçue de ne pas faire partie de la filature prévue, les dévisageait en silence.

— Ne fais pas cette tête, lui dit Irwan. Tu ne bouges pas d'ici, tu assures la liaison radio, je te tiens informée des événements. OK ? Et n'oublie pas de nous préparer un bon café bien noir ; on en aura besoin.

— D'accord, chef ! Soyez prudents. Je devais bientôt vous inviter à dîner, tous les deux.

— Oui, pas de problème, on viendra la goûter, ta laitue à la nantaise ! Allez, on démarre, salut !

*

La nuit était tombée, les commerces de l'artère piétonne avaient fermé. Daniel et Martin marchaient d'un bon pas, tout joyeux de se retrouver à l'air libre, car ils n'avaient guère apprécié leur séjour à l'hôtel de police.

L'inspecteur Vernier les avait retenus presque vingt-quatre heures et, maintenant, leur plan de fuite était à revoir, tout cela parce que, la veille, ils avaient perdu trop de temps : à fumer pour trouver des solutions, à dormir pour ne pas avoir peur, et enfin en s'attardant chez Marie, où ils avaient mangé un peu, se croyant à l'abri. Et là, justement, deux flics – le petit brun que tout le monde appelait Xavier et un stagiaire – avaient frappé à la porte du studio à cause de la voiture, la vieille 2 CV que Jean-Louis avait empruntée tout l'été à Marie pour pouvoir travailler à Sers.

L'inspecteur Boisseau n'avait pas mis en doute les explications de la jeune fille, mais il avait eu un étrange sourire en prenant connaissance de leur identité.

— Tiens, c'est formidable, on vous cherchait partout, avait-il dit aimablement en leur mettant les menottes, par simple précaution.

Ensuite, après deux heures d'interrogatoire, on les avait conduits dans un autre bureau, celui d'Irwan Vernier, où se trouvait Rudy.

Le voir là, en lieu sûr, avec lui aussi les menottes aux poignets, avait rassuré Daniel malgré les regards peureux de Martin.

Ils n'avaient pourtant rien à ajouter sur l'« homme au rasoir », ayant donné leur opinion et leur alibi pour le soir du 30 août. Ensuite, ils avaient obstinément répondu par oui ou par non à toutes les questions. À les écouter, leur vie quotidienne avait un côté idyllique .

Malgré cet épisode désagréable, Daniel et son copain savouraient leur liberté, sautillant comme des gosses de pavé en pavé.

Ils auraient éprouvé moins d'euphorie s'ils avaient su que, soixante minutes plus tard, Rudy serait également libéré, à sa profonde stupéfaction d'ailleurs, ce qui pouvait aisément se comprendre lorsqu'on ignorait les projets de l'inspecteur divisionnaire Irwan Vernier.

— Qu'est-ce qu'on fout maintenant, Daniel ? demanda Martin en grelottant dans son blouson trop léger.

— On fait comme prévu, y compris la petite blague destinée à ce vieux Rudy, histoire de venger Jean-Louis. Parce que, tu vois, moi, je commence à penser comme les flics : c'est peut-être bien lui qui a fait le coup. Il dit être reparti tôt des Eaux-Claires, mais il a très bien pu revenir plus tard. Tu l'as déjà vu quand il veut de l'héro ? Un vrai fou, un maniaque des estafilades.

— Ouais, je suis bien placé pour le savoir, répondit Martin en passant un doigt sur la fine cicatrice qui lui barrait le menton.

— Écoute, il faut en profiter tant que Rudy est en lieu sûr. On fait un tour sous le tunnel, on lui taxe ses savonnettes[1] et on file dans la planque. Les flics ne la

1. Terme désignant une dose de résine de cannabis, de la taille d'un savon.

trouveront jamais. Demain soir, on est à Bordeaux, chez Raymond, avec la marchandise. Allez, viens, faut pas traîner.

*

Deux heures avaient passé. Irwan et Xavier, assistés de deux hommes de la brigade, avaient surveillé les faits et gestes de Rudy, qui s'était contenté de descendre vers la gare avant de remonter vers le marché couvert, suivant cependant un itinéraire si compliqué qu'ils avaient cru le perdre de vue plusieurs fois.

Les deux inspecteurs furent à nouveau obligés de constater que la belle cité d'Angoulême semblait idéale pour les jeux de cache-cache, multipliant les passages étroits où aucune voiture ne pouvait s'engager, offrant des escaliers et des rampes abruptes, bordés de végétation ou de murailles aveugles, autant de particularités complices de ceux qui avaient envie de s'éclipser.

— Dis, Irwan, ton suspect, c'est vrai qu'il a pas l'air d'avoir la conscience si tranquille que ça, murmura Xavier. De plus, s'il a un peu de jugeote, il doit se douter qu'on le suit. Il va essayer de nous semer.

— On a déjà changé deux fois de voiture pour ne pas se faire repérer. Ce mec, il se croit invincible, il a bu, il a sommeil, il n'est pas clair dans sa tête. D'après moi, il cherche Daniel et son copain, ou il se fout de nous, sachant pertinemment qu'on n'est pas loin derrière.

— Gagné, il se foutait de nous.

Rudy venait d'entrer sous un porche, non loin de L'Éperon, un des cinémas de la ville, et, de toute évidence, il avait disparu.

— Il habite peut-être là-dedans. Ça paraît abandonné, avança Xavier en constatant l'expression furieuse d'Irwan.

— Appelle Ferdinand. Demande-lui des nouvelles de Daniel et du zombie qui l'accompagne. Ces deux-là, ils ne devraient pas tarder à voir débarquer Rudy, avec ou sans rasoir. Je prends la torche et un passe.

Une minute à peine s'était écoulée, et ils n'avaient pas bougé, perplexes. Leur collègue venait de leur apprendre, par radio, que deux jeunes gens avaient pénétré sous le tunnel ferroviaire, rue Jules-Ferry. Leur signalement correspondait bien à celui de Daniel et de Martin.

— Bon, qu'est-ce qu'ils vont faire là-dessous ? fit Irwan. Et nous, qu'est-ce qu'on fait ? Cela déplairait peut-être au commissaire, mais j'irais bien me glisser moi aussi dans le tunnel. Je n'ai pas le temps de prendre les précautions d'usage. Tant pis. Toi, prends le matériel, essaie de suivre Rudy et de voir où il s'est planqué.

— OK. Sois prudent.

— T'en fais pas, vieux. Si tu as le temps, informe Maud de nos déplacements.

Ils se séparèrent, tous deux anxieux, le cœur cognant plus vite, leurs sensations décuplées. Irwan roula à toute allure vers la gare, stationna au hasard près du quai, et courut vers l'entrée du tunnel, demi-cercle d'un noir d'encre dont la voûte cintrée semblait supporter tout le poids de la ville.

« Tu es complètement fou, Irwan, et trop curieux ! » se dit l'inspecteur divisionnaire en longeant les murs, autant pour se donner de l'entrain que pour justifier sa présence en ce lieu peu fréquenté.

Chaque mètre parcouru lui paraissait fastidieux, mais très vite il entendit des éclats de voix, des bruits de pas. Par instants, s'il éteignait une seconde sa torche, les pierres jaunes autour de lui paraissaient accrocher de faibles rayons lumineux. En avançant plus vite, il perçut un cri de douleur et des hurlements de colère, ce qui le décida à sortir son arme en courant presque sur la voie.

« Il y a des gens là-dessous, et je suis sûr de les connaître ! » songea-t-il, regrettant soudain de s'être aventuré seul dans cette immense galerie qui lui semblait interminable. Alors qu'il s'efforçait de maîtriser son angoisse, d'être le plus silencieux possible, il entendit un bruit derrière lui et, immédiatement, une main se posa sur sa bouche.

Il fallut à Irwan un sang-froid extraordinaire pour ne pas tirer. Une voix à peine audible lui souffla à l'oreille :

— Ne bouge pas, c'est moi, Xavier. Ils sont tout près. Encore un mètre et on comprendra mieux ce qu'ils racontent.

— T'as perdu la boule ? J'ai failli te descendre. Mais qu'est-ce que tu fous là ? chuchota Irwan, cédant à une rage folle qui se teintait cependant d'une vive curiosité.

Les deux hommes se turent un instant. Un autre cri résonna sous la voûte sombre. Xavier saisit le bras d'Irwan.

— Suis-moi, je t'expliquerai plus tard. C'est notre dernière chance de coincer Rudy. Il est à point. Daniel et Martin sont là aussi. Ils risquent de se faire esquinter. Il vaut mieux intervenir vite fait.

— On fonce, je les aperçois. Rudy en tient un. Vite !

— Attends, Irwan, eux aussi peuvent nous voir. Plaque-toi au mur. De toute façon, Rudy ne peut pas aller très loin. Sa sortie de secours est condamnée.

Irwan n'eut pas le temps de chercher à comprendre les derniers mots de son collègue. Il ressentit un souffle monstrueux, tandis que l'espace autour d'eux semblait se faire l'écho d'une vibration phénoménale et d'un bruit menaçant. Un instant, les ténèbres se dissipèrent, puis une rampe de phares jaillit du néant, laissant deviner un gigantesque mufle d'acier.

— Le TGV ! hurla Irwan en se jetant contre la paroi et en entraînant brutalement Xavier avec lui.

Un grondement cadencé retentit encore, se répercutant à travers la masse rocheuse sur laquelle était greffée la vieille ville. Puis ce fut le silence, un silence d'épouvante que Xavier et Irwan n'eurent pas à supporter longtemps.

Au loin, vers le sud, le TGV freina pour s'arrêter lentement à deux kilomètres environ de la sortie du tunnel.

Le conducteur avait senti un choc assez faible, un impact tragique dont il entrevoyait l'atroce signification. Il avait immédiatement prévenu l'équipe de nuit de la gare, qui avait ordonné aussitôt de bloquer la circulation sur les deux voies. Trois minutes plus tard, la police était avertie, et le commissaire déboula dans le bureau d'Irwan, où Maud attendait désespérément des nouvelles de ses amis.

La dernière fois que Xavier l'avait contactée par radio, pour demander deux hommes de plus, il avait parlé du tunnel, lui demandant également de prévenir le patron de leur position.

— Maud, venez, il y a eu un accident sous le tunnel. Je sais qu'ils sont là-bas ! Vous n'avez pas eu d'appels ?

La jeune femme devint toute pâle, sa gorge se noua, et elle avança sur des jambes brusquement molles et instables.

Le commissaire l'attrapa par un bras, lui tapota les joues :

— Allez, pas de panique, Maud. Une enfant de Bretagne, c'est courageux ! Il faut savoir ce qui s'est passé avant de s'affoler. Je connais Irwan : il n'a pas été sans raison sous le tunnel. Donc, ils n'étaient pas les seuls.

Non, ils n'étaient pas seuls. La preuve, malgré le passage meurtrier du train, Xavier et Irwan, qui n'avaient pas encore osé se dire un seul mot, entendirent un bruit étrange, provenant assurément d'un être humain, une sorte de rire désespéré entrecoupé de sanglots affreux.

— Il faut y aller, Xavier.

— OK. S'il te plaît, passe devant. Je ne me sens pas très bien.

Ils butèrent presque sur Daniel, recroquevillé dans un renfoncement du mur. Le jeune homme se cachait le visage sous le haut de son blouson ; ses épaules étaient secouées de tremblements nerveux.

— Il est en état de choc, murmura Irwan. Pauvre gosse.

Daniel se redressa et, dans la clarté blanche de la lampe torche, il dévoila un visage marqué par le chagrin.

— Inspecteur. J'suis pas en état de choc, j'ai la haine.

— C'est Martin ?

Irwan hésita à employer des termes trop explicites, de même qu'il se refusa à regarder autour de lui.

— Oui, il est passé sous le train, et Rudy aussi…

Daniel ne put pas en dire plus. Ses sanglots reprirent, il ferma les yeux. De chaque côté du tunnel, des gens arrivaient, des ronds lumineux s'agitaient, des bruits de discussions se rapprochaient. Xavier se pencha pour aider le rescapé à se relever, faisant montre à son égard d'une grande douceur.

— Allez, viens avec nous, c'est fini. On va prendre un cognac, j'en ai dans la voiture.

8

— Ça va ? Tu peux dormir un peu, si tu veux.

Maud désigna à Daniel un fauteuil assez confortable dans un angle du bureau. Ils venaient de rentrer au central, et, le jeune homme étant le seul témoin de l'accident, le commissaire en personne désirait l'interroger.

Irwan s'était laissé tomber sur une chaise. Il resta immobile, muet, les bras croisés, les yeux absents. Quant à Xavier, il avait préféré aller se coucher dans son quartier tranquille du Gond-Pontouvre.

Deux heures plus tôt, lorsque Maud avait vu l'entrée sombre du tunnel, une véritable terreur s'était emparée d'elle à l'idée de ne jamais revoir vivants Irwan et Xavier. Elle avait refusé de suivre la patrouille qui s'engageait sous la voûte de pierre.

L'attente lui avait semblé infinie. Quand ils étaient apparus, blêmes, les traits tirés, encadrant une mince silhouette prostrée, là seulement elle avait pu respirer, brusquement libérée de l'étau qui lui broyait le cœur.

— Maud, Xavier a découvert un truc étonnant cette nuit, un passage secret.

Irwan s'était adressé à sa collègue d'une voix lasse mais chaleureuse.

— Un passage secret ?

— Oui, il l'a trouvé à cause de Rudy. On l'avait vu entrer sous le porche d'un ancien dépôt et disparaître. Xavier l'a suivi pendant que je fonçais à la gare. D'abord, il a cru tomber dans un squat, mais il s'est en fait retrouvé dans une salle toute petite, avec une porte débouchant sur un escalier en bois qui descendait presque à pic. Il a traversé une cave et, au bout d'une sorte de couloir étroit, taillé dans le roc, il a trouvé un autre escalier et une porte qui donnait dans le tunnel, enfin plus précisément dans un réduit datant sans doute d'une époque lointaine. D'après les cheminots, ce passage devait être condamné depuis des années avec une porte en fer, et beaucoup d'entre eux ne l'avaient même pas remarquée.

— Et Rudy le connaissait ? demanda Maud en jetant un œil maternel sur Daniel, qui somnolait dans le fauteuil, la tête sur son bras replié.

— Bien sûr. Il l'utilisait régulièrement. Sa planque de came était là. Xavier est arrivé par là dans le tunnel et il a tout compris, surtout quand il a vu Daniel, Martin et Rudy en train de parlementer. Il savait que je ne devais pas être loin. Il est venu vers moi pour qu'on puisse les surprendre.

— Et sous l'effet de la surprise, tu as failli tirer ? C'est à peu près la seule chose que Xavier m'a confiée.

— Ça ne m'étonne pas de lui, tiens. Il voulait se faire consoler.

Maud soupira, haussa les épaules tout en s'approchant d'Irwan.

— J'ai eu très peur en apprenant l'accident, si tu savais ! chuchota-t-elle. Le patron aussi. Il était bouleversé. Comment est-ce arrivé ?

— Il ne m'a encore rien dit, mais je pense savoir ce qui s'est passé, répondit l'inspecteur divisionnaire en désignant Daniel, toujours endormi. Quand Xavier m'a emmené vers eux, Rudy et Martin se battaient sur la voie. Daniel criait, debout près d'eux, et le train est passé. On a eu le temps de se coller au mur, lui aussi, pas les deux autres...

— Est-ce qu'on a retrouvé les corps ?

— Tu sais, un TGV à cent trente à l'heure... Je préfère t'éviter certains détails.

Maud soupira. Elle alla jusqu'à la fenêtre et resta silencieuse un long moment. Irwan la rejoignit et posa une main fraternelle sur son épaule.

— Je crois bien que l'affaire va être classée. La mort de Rudy devrait servir de conclusion à notre enquête après l'étude du dossier par le procureur.

— Tu n'as même pas eu le temps de regarder la carte topographique de la vallée des Eaux-Claires. De toute façon, d'après Soizic Delage, la directrice de l'office du tourisme, il n'y a pas de cachette non répertoriée là-bas. Ou bien personne ne les connaît..., conclut Maud d'une voix rêveuse.

Un petit rire triste les fit sursauter. C'était Daniel qui venait de se réveiller.

— Y a quelqu'un qui les connaissait, les cachettes, qui connaissait même le passage du tunnel et d'autres trucs encore.

— Qu'est-ce que tu racontes ? s'étonna Irwan.

— Je raconte ce que je veux. Martin est mort, Rudy aussi, c'est plus la peine que j'me fatigue avec cette histoire. Dites, monsieur l'inspecteur, ça vous intéresse toujours de savoir où est la planque de Jean-Louis ?

*

Le commissaire Valardy, après avoir brièvement interrogé Daniel, ne retint aucune charge contre lui. Son témoignage concordant avec ceux des inspecteurs Vernier et Boisseau, le jeune homme monta dès 10 heures du matin dans la voiture personnelle de Maud en compagnie de Xavier et d'Irwan.

— Tu m'indiques la route, lui dit-elle en démarrant.

— C'est pas compliqué. Faut d'abord aller au Jardin vert. Je vous préviens, mademoiselle, c'est un peu le parcours du combattant.

— Et alors, tu crois que je suis juste bonne à taper à la machine ?

— Non, non, inspecteur, je crois rien du tout.

— Dis donc, Daniel, tu ne vas pas me faire avaler que Jean-Louis se cachait au Jardin vert avec sa copine. C'est connu comme coin, même la partie la moins entretenue.

Irwan douta soudain de la sincérité de leur guide, dont il n'avait pas encore bien cerné la personnalité. Son métier lui avait appris la méfiance, l'analyse, sans oublier la connaissance de la nature humaine, avec ses zones d'ombre et ses mystères.

— J'ai pas dit ça, inspecteur. On va se garer sur le rempart, près du portillon. J'espère que vous avez pas oublié vos lampes de poche.

Un peu plus tard, ils descendirent tous les quatre, en file indienne, l'étroite rampe goudronnée qui plongeait sous les grands arbres du Jardin vert, là où le parc prenait des allures de forêt. Daniel enjamba la rambarde et dégringola vers un sentier tracé dans le lierre, de l'autre côté d'une grille rouillée.

— Il doit bien s'amuser, à nous voir faire les pitres, grogna Xavier qui n'appréciait pas trop ce genre de gymnastique.

— Un peu de courage. Si tu veux me plaire, il faut faire tes preuves..., lui dit Maud avec une pointe de malice.

Irwan parvint le premier au seuil d'une grotte. Se souvenant d'une photographie, il crut la reconnaître :

— C'est la grotte de Saint-Cybard, celle où vivait un ermite, celui qui a donné son nom à l'endroit, c'est ça ?

— Pas vraiment. Elle est un peu plus loin, et l'entrée est plus large. Celle-ci, c'est la mienne, la grotte Saint-Daniel. L'été, on ne la voit pas, et l'hiver, personne ne vient par ici.

Daniel observa ceux qui l'accompagnaient de ses yeux bruns noyés de chagrin, savourant comme une douce vengeance leur air stupéfait quand il lança un

« Suivez-moi » autoritaire en montrant le couloir exigu qui s'enfonçait dans les profondeurs du rocher.

— La plaisanterie a assez duré, dit Irwan, exaspéré. Jean-Louis ne pouvait pas vivre là-dedans, car tout indique qu'il était fréquemment du côté des Eaux-Claires. À quoi tu joues avec ta petite mise en scène ?

— Je joue pas, inspecteur, je vous conduis à la planque de mon copain Jean-Louis en prenant le chemin le plus long et le plus difficile, je l'admets, mais je croyais vous faire plaisir. C'est Jean-Louis lui-même qui avait trouvé cet itinéraire. Je vous fais un cadeau en vous le montrant.

Maud était livide. Elle n'avait absolument plus envie de savoir où habitaient Anaïs et Jean-Louis. La seule idée d'avancer dans l'obscurité, sur une distance qu'elle ignorait, la paralysait sur place, à un mètre de la grotte.

— Moi, je ne vous suis pas, tu entends, Irwan ? Je ne peux pas.

— Eh bien, rentre chez toi et reviens nous chercher plus tard. Tu n'as pas beaucoup dormi. Ordre de ton supérieur : va te reposer une heure ou deux.

La voix de Daniel, moqueuse et fluette, résonna presque aussitôt sous la pierre :

— Hé ! Mademoiselle, revenez pas avant 6 heures au moins ! Profitez-en pour astiquer votre machine à écrire…

Maud serra les dents. Puis, en un instant, chassée par son amour-propre malmené, sa peur s'envola.

— Bon, bon, je viens. Tu as ma lampe, Xavier ?

— Oui, tiens, prends-la. Tu as changé d'avis ou tu crains de t'ennuyer sans nous ?

— Les deux, inspecteur principal Boisseau. Je vous en prie, passez derrière moi. Je serai plus tranquille.

*

Combien de temps s'était-il écoulé depuis qu'ils marchaient à travers cette masse rocheuse que sillonnaient d'innombrables failles, où seul pourrait se glisser un enfant ? Où se trouvaient-ils ? Vers où se dirigeaient-ils ?

L'obscurité se déchirait devant eux et se refermait derrière eux. Daniel les précédait, silencieux ; Irwan le suivait, puis Maud, et enfin Xavier. De légers bruits les surprenaient, des chocs lointains, étouffés.

L'eau semblait sourdre de la pierre, et le sol était souvent glissant. C'était une singulière promenade qui, petit à petit, les charma et les apaisa.

— Là, déclara soudain Daniel, on est à côté de la cathédrale. Si on suit cette petite galerie en rampant, on a un drôle de spectacle, une caverne immense, et, au fond, un lac.

— Un lac ? répéta Xavier d'un ton incrédule.

— Oui, un lac. Jean-Louis, il a plongé dedans avant de connaître Anaïs. C'était super, il avait parié avec des potes. Il avait gagné plein de fric et on avait fait une sacrée fête.

— Tu nous le montreras une autre fois, au retour, dit gentiment Irwan, que cette équipée insolite enchantait mais déconcertait aussi.

Il ne s'attendait pas à découvrir ce territoire inconnu, s'étendant sous les caves des Angoumoisins, croisant, selon les niveaux, les égouts ou les anciens souterrains.

Daniel jubilait, fier de lui, heureux de les guider, oubliant le monde extérieur, le passé, l'avenir.

*

Une heure plus tard, une vive lumière les éblouit : c'était le jour, un jour gris qui dispensait sa clarté sur la vallée de l'Anguienne, au pied des collines de Soyaux.

— Félicitations, Daniel, je ne savais pas où on allait sortir, mais j'ai compris. On a quand même fait un bon bout de chemin.

Irwan serra la main du jeune homme avant de regarder Maud, visiblement épuisée. Autour d'eux, c'était un fouillis de broussailles et de ronces. Ils avaient émergé du sous-sol par un conduit caillouteux évoquant un terrier géant.

— Jean-Louis campait par ici ? interrogea Xavier, assis dans la mousse humide, de toute évidence lui aussi un peu fatigué.

— Non, pas du tout. Il ne faisait que passer par là. Jean-Louis, il avait un coin génial aux Eaux-Claires. Pour y aller, il faut suivre ce sentier. On passe par une autre grotte.

Il désigna des repères dans le paysage, indiquant une falaise à Irwan, une trouée dans la végétation au bord du ruisseau. Il pensa à la policière assise sagement sur une large pierre plate.

— Elle en peut plus, votre collègue. Je suis vache, je voulais vous épater, mais ça m'amuse plus. Ce trajet, je voulais le faire cette nuit avec Martin. C'était mon vieux copain… Trois ans qu'on se quittait pas. Vaudrait mieux y aller en voiture, aux Eaux-Claires…

Maud était désolée de retarder cette expédition, mais elle n'avait plus de force. La veille, elle avait travaillé des heures sur les dossiers, puis elle avait passé une nuit blanche, ponctuée de folles angoisses et, à présent, on venait de lui faire traverser les dessous de la ville. Apitoyé, Xavier trouva une solution rapide : il alla téléphoner dans une maison voisine, demandant une voiture au central.

Irwan resta près de Daniel. Ils discutèrent à voix basse et, peu à peu, le visage de l'adolescent s'éclaira d'un sourire enfantin.

— Ça marche, inspecteur.

— Maud, ton chevalier servant ne devrait pas tarder à revenir. Moi, je vais avec Daniel. On se retrouvera aux Eaux-Claires. Amenez de quoi casser la croûte, d'accord ?

— Mais par où allez-vous passer, et où va-t-on se retrouver ? s'écria Maud, qui avait de grandes difficultés à imaginer leur parcours.

— Il y a une autre grotte dans cette falaise, là, à droite, qui va jusqu'à la vallée. Elle sort dans une encoignure de la champignonnière. Daniel n'a pris ce chemin qu'une fois. C'est extraordinaire, non ? On y va, Maud. À bientôt. Repose-toi.

Ils s'étaient déjà élancés sur la pente caillouteuse, à travers les noisetiers et les chênes. Au bord des larmes, Maud secoua la tête :

— Repose-toi, repose-toi, il ne sait dire que ça, ce cher Irwan. Il a raté sa vocation : il aurait dû choisir la spéléo, pas la police.

Xavier la trouva ébranlée. Ses nerfs l'avaient trahie. Il la releva tendrement, lui désignant la voiture banalisée qui les attendait sur un chemin en contrebas, avec, au volant, Olivier, un jeune et dynamique stagiaire.

— Allez, du cran, Maud. Ce soir, tu vas dormir comme un loir. Viens vite, on va acheter de quoi reprendre des forces et puis on file découvrir les terribles secrets de la vallée des Eaux-Claires.

Le ton volontairement lyrique de l'inspecteur principal parvint à la faire rire, et elle lui dit doucement, en s'accrochant à son bras :

— Dis, Xavier, avec Olivier, on est au complet : on va pouvoir jouer au Club des Cinq !

9

— Regarde, Maud, ils sont là, assis devant la champignonnière. Irwan a l'air content de lui.

— Oui, Daniel aussi. Fais-leur signe. Je n'ai pas envie d'aller plus loin.

Xavier comprit ses réticences. Il n'avait pas vu les corps de Jean-Louis et d'Anaïs, mais il pouvait imaginer le spectacle d'horreur que ça avait dû être.

— Ils arrivent, Maud, déclara Olivier, qui admirait sans réserve le paysage qui les entourait.

Il venait de Paris, et la vallée des Eaux-Claires lui apparaissait comme un site fabuleux.

Irwan et Daniel n'étaient guère bavards ; ils avaient faim.

— Venez. On va d'abord passer chez Jean-Louis. On mangera vers là-bas. C'est plus gai qu'ici, leur dit Daniel en s'éloignant sur le chemin.

Malgré l'air frais et humide, il faisait bon se promener ce jour-là au cœur de la vallée. Le vent était doux, les arbres offraient des couleurs dorées qui semblaient enflammer ce décor éternel.

Ils suivirent Daniel avec intérêt, puis impatience. Maud et Irwan reconnurent un coin très sauvage qu'ils avaient observé sans vraiment s'en approcher. Un large pan de falaise, d'un gris bleuté, se devinait derrière les branches d'un grand chêne. Là-haut, près d'une touffe fanée de giroflées, une petite ouverture se dessinait, évoquant les trous de guetteurs caractéristiques des anciennes forteresses troglodytiques.

Daniel s'engagea dans un roncier, puis se courba à demi, glissant l'avant-bras dans une anfractuosité de la roche. Il en sortit une corde épaisse au bout de laquelle était fixé un solide grappin muni de trois crochets. Devant la mine éberluée de ses compagnons, il eut un léger rire mélancolique.

— Vous les avez pas connus, Jean-Louis et Anaïs. Ils savaient s'amuser. Anaïs, elle était maladroite au début, mais elle aimait tant son mec qu'elle s'est vite habituée.

D'un geste sûr, il lança la corde qui s'agita mollement contre la pierre. Le grappin était bien arrimé.

— Inspecteur, à vous l'honneur. On peut y grimper par l'arbre aussi. Je vais vous montrer. Jean-Louis avait fait de l'escalade quand il était gosse, et y a pas longtemps, en Dordogne. Il habitait souvent là-haut, l'été. Cette année, ils étaient comme des rois. Anaïs nous a même invités à manger. On a rigolé. Ils dormaient chez Marie, aussi, quand ça les arrangeait.

— Tu en sais des choses maintenant, Daniel, murmura Maud en lui souriant avec une indulgence toute féminine.

— Ouais, et puis j'ai envie de causer, ça me fait du bien. Vous comprenez, mademoiselle ?

— Bien sûr. Allez, tu m'aides à monter ? Je préfère ce genre d'exercice. On reste à l'air libre au moins.

Irwan était déjà en haut. Il tendit la main à Maud, qui n'eut plus qu'à se hisser à l'intérieur. À califourchon sur une des branches du chêne, Daniel se roula une cigarette, guettant d'un œil vif leur réaction.

Maud demeura agenouillée, la gorge nouée, car il lui semblait avoir passé le seuil d'un univers intime ne leur appartenant pas. Ce qu'elle découvrit la bouleversa, comme si on lui laissait entrevoir l'image d'un bonheur à jamais perdu, brisé.

Le sol de l'abri était recouvert de nattes en paille, dont les motifs bariolés s'étaient un peu estompés. Une caisse en bois servait de table de cuisine, un réchaud à gaz était posé dessus, entre un cendrier et une boîte d'allumettes.

Au fond, il y avait un matelas, que cachait une grande couverture bleue, puis une rangée de livres adossée à la paroi, une bougie calée dans un verre, quelques vêtements épars et, lié d'un lacet noir et posé sur le lit, un bouquet de fleurs sauvages desséché, datant sûrement de la fin août. Peut-être le dernier cadeau de Jean-Louis à celle qu'il aimait...

Sur la roche, un dessin au crayon, le profil d'une jeune fille aux cheveux flous, un portrait à peine esquissé d'Anaïs, ou d'une autre femme, venue là des années auparavant.

Le vent du sud, le seul à pouvoir se glisser dans ce petit refuge, redonnait par instants un semblant de vie à un foulard de soie rose, accroché à l'angle d'une étagère rudimentaire où étaient rangées des provisions.

Irwan, penché en avant pour ne pas se cogner au plafond rocheux, souleva un bocal contenant du riz, puis un litre de lait. Ils étaient intacts.

— Les oiseaux ont dû faire un festin, dit-il d'une voix changée, examinant un sachet vide où se devinaient d'infimes particules de pain.

Maud leva la tête dans sa direction, se redressant enfin, les yeux brillants.

— Ils ont dû être très heureux ici, tu ne crois pas, Irwan ?

— Qui, les oiseaux ?

— Ne fais donc pas l'idiot.

Ils se regardèrent en silence, cherchant tous deux à se libérer de cette émotion étrange qui les avait saisis dès qu'ils étaient entrés chez Jean-Louis et Anaïs, les amoureux condamnés de la vallée des Eaux-Claires.

— Bon, qu'est-ce que vous faites, là-haut ? On peut voir, nous aussi ?

En les appelant d'un ton moqueur, Xavier mit fin à l'enchantement malsain qui les oppressait, et Daniel, avec brio, effectua depuis son arbre un mouvement acrobatique qui le propulsa dans l'abri.

— Voilà la fameuse planque de mon copain Jean-Louis, inspecteur. On voulait venir se reposer là deux ou trois jours, Martin et moi.

— Nous, on ne t'aurait pas trouvé, mais Rudy, est-ce qu'il le connaissait, cet endroit ?

— Non. Jean-Louis lui donnait rendez-vous dans la champignonnière pour parler affaires. Il le voyait arriver, d'en haut, ou il entendait le bruit de la moto. Alors, il descendait et traversait le bois. Un petit jeu pour lui. Personne ne montait dans le nid, sauf moi et Martin, certains soirs.

— Le nid ?

— Oui, le nid, inspecteur. Anaïs l'appelait comme ça.

Un quart d'heure plus tard, Xavier et Olivier redescendirent eux aussi le long de la falaise, l'air songeur, silencieux. Maud et Irwan, qui leur avaient cédé la place, s'étaient assis dans l'herbe, discutant à nouveau d'un ton professionnel. L'inspecteur divisionnaire avait fouillé à contrecœur dans les affaires des jeunes gens, et Maud avait relevé sur un carnet la disposition des objets et vêtements abandonnés là.

Daniel faisait les cent pas sur le chemin, à une cinquantaine de mètres d'eux, les mains dans les poches. Il semblait nerveux, angoissé.

— Maud, tu sais ce que m'a dit Daniel quand on était dans la grotte ? Il m'a raconté que Jean-Louis, malgré son air fragile et sa petite taille, avait battu plusieurs fois Rudy en combat singulier, à mains nues, et, à cause de ça, Rudy détestait Jean-Louis. Ensuite, l'« homme au rasoir » a touché à l'héroïne et, vu son caractère violent, c'est devenu un assassin en puissance.

Maud écouta attentivement Irwan, puis elle réfléchit.

— Tu es sûr que c'est lui ? demanda-t-elle enfin. Le procureur tiendra certainement compte de ton opinion.

— Écoute, Maud, cette nuit, j'ai discuté longuement avec le patron. Nous avons fait le point sur l'affaire, étudié les dossiers une dernière fois, relu les PV. Hier après-midi, j'en ai parlé avec Xavier. Nous n'avons même pas un autre suspect à nous mettre sous la dent. Le rasoir a disparu, Rudy est mort lui aussi. Si tu veux mon avis, c'était une affaire banale ; horrible, mais banale.

— Et je pense la même chose qu'Irwan, Maud, intervint Xavier. En fait, on a travaillé sur un règlement de compte entre deux petits dealers. Rudy a voulu récupérer son fric pour que son commerce continue à tourner rond. Tu sais, c'est pire à Bordeaux ou à Toulouse.

— Évidemment, ajouta Irwan en s'étirant, un double meurtre en Charente, des cadavres égorgés dans une champignonnière, c'est peu fréquent. Les actualités régionales en ont encore parlé hier, sur France 3.

— Eh bien, la presse va pouvoir annoncer à tous ses lecteurs la bonne nouvelle : le tueur des Eaux-Claires a cessé de nuire !

Daniel revint vers eux. Il se frotta le menton, mal à l'aise.

— Dites, inspecteur, vous avez encore besoin de moi ?

— Pourquoi ? lui demanda Irwan. Tu t'ennuies avec nous ?

— C'est pas ça, mais ça me fout le cafard d'être ici. Je crois que j'vais rentrer chez ma copine Marie. Elle doit s'inquiéter depuis que vous m'avez embarqué.

— Pas de problème, tu peux y aller, lui dit Irwan, mais n'oublie pas que, si tu pars sans nous, tu fais la route à pied.

— C'est pas grave, inspecteur, j'ai l'habitude.

Maud le regarda partir, rassurée : le jeune homme n'était pas seul, Marie l'aiderait sans aucun doute à surmonter son chagrin, car, sous ses attitudes décontractées, Daniel portait le deuil de son copain.

— Voilà, la page est tournée, déclara-t-elle en soupirant. Maintenant, j'aimerais bien rentrer chez moi et dormir.

— À vos ordres, inspecteur Delage. On vous ramène à bon port, mais, au sujet d'une certaine invitation à dîner, révisez votre livre de cuisine dès demain.

*

Daniel quitta très vite la route pour louvoyer un bon moment dans un taillis de buis, jusqu'à une petite combe au pied d'une falaise. Là, il s'assit, fermant les yeux, infiniment soulagé. Les flics ne l'avaient pas fouillé. Il avait dans ses poches ce qui restait de la marchandise de Rudy. Ça vengeait un peu Martin.

« Marie et moi, on va prendre des vacances. On passe à Bordeaux et puis on file dans les Pyrénées pour voir la neige. »

10

— Bonjour, madame, est-ce que M. Paoli est là ?

— Oui, bien sûr, entrez, je vais le chercher.

Maud essuya ses pieds sur le tapis-brosse en refermant son parapluie. Depuis le matin, il pleuvait sans arrêt. Elle avait tenu à se charger elle-même de cette visite chez le père de Jean-Louis, dont le courage et la dignité l'avaient marquée.

— Bonjour, mademoiselle. Vous allez bien ? Avancez dans le salon, dit Florent Paoli en lui serrant la main.

— Bonjour, monsieur. Quel temps !

— Un temps de saison. Demain, c'est déjà la Toussaint. Je suis en congé depuis hier. Vous avez de la chance. D'habitude, je suis encore au garage. Vous avez du nouveau ?

Maud lui fit un signe de tête affirmatif en guise de réponse, car elle venait de s'apercevoir qu'ils n'étaient pas seuls. En effet, le mécanicien lui avait désigné un fauteuil près du canapé, où Francis était installé, un modèle réduit de voiture posé à côté de lui.

La télévision était allumée, mais l'enfant la regardait à peine ; il dessinait sur un carnet de croquis la silhouette de son jouet.

— Bonsoir, Francis, tu vas bien ? Dis donc, tu as un bon coup de crayon ! lui dit-elle spontanément. Je te félicite. Moi aussi, j'aime beaucoup dessiner, mais je suis vraiment moins douée que toi !

L'artiste en herbe marmonna un « Merci, madame » presque inaudible, puis se remit à dessiner, silencieux. Maud se tourna vers Florent Paoli, murmurant d'un air ennuyé :

— Je préférerais vous parler à côté. Nous ne dérangerons pas Francis. Ce ne sera pas très long, c'est à propos de l'enquête.

La femme qui avait fait entrer Maud cinq minutes plus tôt était dans la cuisine, s'affairant de l'évier à la table, où s'étalaient des légumes à éplucher.

— Inspecteur, je vous présente ma voisine, Sophie Barthod, une charmante personne qui s'occupe avec beaucoup de gentillesse de mon fils. Je ne sais pas comment je ferais sans elle. D'ailleurs, pourquoi ne pas vous le dire : nous allons bientôt nous marier.

— C'est une très bonne nouvelle, monsieur Paoli. Vous avez raison : Francis aura une maman. Il doit être content ?

— Je ne lui en parlerai pas tout de suite. Il vient d'apprendre la mort de son frère. Il pleure beaucoup. Mais comment voulez-vous lui cacher la vérité ? C'est le sujet de prédilection de tout le monde ici ; ses camarades d'école lui répètent ce qu'ils entendent chez eux. Enfin, vous devez savoir ce qui se passe dans ce genre de situation. On ne pense pas souvent aux enfants, c'est bien dommage.

— Je sais que ce sont des moments très pénibles.

— Mais vous vouliez me parler. Je vous écoute.

Maud hésita, voulant employer des mots justes sans blesser davantage cet homme volontaire et bon :

— Monsieur, l'affaire concernant la mort de votre fils et de son amie vient d'être classée. L'inspecteur Vernier allait arrêter le coupable quand celui-ci a été tué par le TGV, sous le tunnel. Vous avez dû entendre parler de l'accident...

Maud donna des précisions et des explications juridiques à Florent Paoli, qui l'écouta sans l'interrompre. Elle conclut en soupirant :

— Si vous le désirez, je vous enverrai un extrait du jugement. Ah ! J'allais oublier. J'ai quelque chose à vous remettre.

Maud prit dans son sac une enveloppe qu'elle tendit à M. Paoli. Il l'ouvrit, en sortit deux photographies de Jean-Louis, l'une où il était seul, souriant au soleil, sur fond de falaise, l'autre où il serrait Anaïs contre lui, tous deux assis au bord d'un ruisseau.

— Où les avez-vous trouvées ? Je n'avais pas une seule photo récente de mon fils.

— J'étais sûre que cela vous ferait plaisir, monsieur. Jean-Louis les avait soigneusement rangées dans un livre, dans cette enveloppe. Nous savons maintenant où ils habitaient cet été. Un drôle d'endroit : un abri dans le rocher. D'autres objets sont dans une caisse, au commissariat, si vous voulez passer les voir.

— Non, je préfère éviter, mais je vous remercie pour les photos. Je ne sais plus quoi vous dire. Toute cette histoire me dépasse...

Florent Paoli s'effondra brutalement sur la table, la tête cachée dans ses bras croisés. Il pleurait enfin. Sophie s'était précipitée vers lui, s'essuyant les mains sur son tablier avant de lui entourer les épaules d'un bras protecteur.

Se sentant presque responsable, Maud baissa la tête et s'en alla sans bruit, désolée, elle aussi au bord des larmes. En traversant le jardin, elle se retourna sans aucune raison, instinctivement. À la fenêtre du salon, un rideau retomba un peu trop vite. Pourtant, l'inspecteur Delage avait eu le temps d'apercevoir un petit visage tragique derrière la vitre...

Cette image fugitive l'obséda jusqu'au soir, et, avant de s'endormir, l'ombre lui restitua une dernière fois le regard noir de l'enfant qui ressemblait un peu à un appel au secours.

*

Une semaine plus tard, rue de Lavalette, au dernier étage d'une agréable résidence, un des appartements fut le théâtre de préparatifs fébriles. Maud Delage recevait deux invités de marque : l'inspecteur divisionnaire Irwan Vernier et l'inspecteur principal Xavier Boisseau. Au central, les rumeurs allaient à vive allure, et Olivier affirmait que le soir même la jeune femme ferait enfin son choix. Les paris étaient ouverts pour déterminer qui serait l'élu de son cœur. Les uns misaient sur Irwan, à cause de son ascendance bretonne, les autres penchaient pour Xavier, qui avait pour atout la stabilité, une moustache et une maison de famille au Gond-Pontouvre. Ces joyeuses discussions détendaient une atmosphère parfois morose, et sous les plaisanteries acides pointait un peu de jalousie.

Heureusement, Maud disposait d'une longue journée de congé pour cuisiner, et son unique souci était de ne pas décevoir ceux qui venaient dîner chez elle.

À 20 heures précisément, la sonnerie mélodieuse de l'interphone retentit dans l'entrée.

— Les voilà. Albert, vite, il ne manque plus que la musique. De la guitare classique, ça te plaît ?

Le chat persan se rendormit, indifférent à l'agitation inaccoutumée de sa maîtresse.

Cinq minutes plus tard, Irwan et Xavier étaient assis autour d'une table basse, une coupe de champagne à la main. En les regardant tour à tour, Maud ne put s'empêcher de pouffer :

— Vous êtes d'un chic aujourd'hui ! C'est en mon honneur ? Vous êtes trop gentils ! Alors, trinquons à mon avenir dans la police angoumoisine !

Irwan eut un léger sourire en observant sa collègue qui manifestait une gaieté exubérante. Il aurait pu lui faire également remarquer sa tenue tout à fait inhabituelle, mais il n'avait aucune envie de la contrarier. D'ailleurs, Xavier se lança dès la première gorgée dans une série de doléances concernant la voiture de l'inspecteur divisionnaire, qui, vu son statut de « supérieur hiérarchique », se devait de montrer l'exemple en se déplaçant dans des véhicules corrects.

— Je t'assure, Maud, Irwan s'entête à rouler avec sa vieille Golf, et moi, comme un idiot, je lui ai dit de passer me prendre. Je l'ai regretté amèrement. Quand je pense qu'il y a encore le retour ! Dès qu'il accélère, on a l'impression que la carrosserie va tomber en pièces détachées.

— Je sais, je la connais, cette pauvre voiture. Elle m'a transportée plus d'une fois !

Maud feignit l'émotion, penchant un peu la tête, leur dédiant un tendre sourire.

— Tu es ravissante dans cette robe, Maud, vraiment adorable, tu ne trouves pas, Irwan ? s'exclama alors Xavier.

Ce bleu était presque de la couleur de ses yeux, et ce collier de perles !

— Oui, c'est incontestable, elle est adorable.

La suite du repas se déroula dans une ambiance cordiale et très gaie. La laitue nantaise, un plat copieux et original, bien qu'il fût à base de salade, était une réussite, ainsi que le gâteau au chocolat.

En servant le café, Maud proposa un petit cognac, et ils continuèrent à discuter à voix basse, évoquant leurs souvenirs, de l'enfance aux jours présents. Irwan avoua sa passion pour la pêche et la chasse, Xavier confessa s'adonner à la philatélie.

— Et toi, Maud, quels sont tes loisirs ? Tu nous fais parler, mais tu ne dis rien.

Irwan s'était rapproché d'elle pour la questionner et, alarmé, Xavier avait fait de même. Elle se retrouva entourée par deux hommes charmants prêts à écouter la moindre de ses paroles.

— Moi, j'aime lire, rêver, dessiner et, quand il est consentant, faire de gros câlins à mon cher petit Albert. Et puis je vais vous faire une confidence : je suis très heureuse, car cette sinistre affaire des Eaux-Claires nous a permis de travailler ensemble, de mieux nous connaître. Avant, tu me faisais peur, Irwan, et toi, mon pauvre Xavier, je n'osais pas te parler. Je trouvais que ta moustache te donnait un air méchant.

Ils éclatèrent de rire tous les deux, et Maud leur passa à chacun un bras autour du cou.

— Vous êtes mes meilleurs amis, et j'espère que rien ne nous séparera, à part vos futures femmes, bien sûr !

11

Janvier 1996

Novembre et décembre s'écoulèrent sans événement notoire, et le commissariat central d'Angoulême, ayant à élucider son lot habituel de petites affaires et d'enquêtes sans grand rebondissement, connut des journées d'un calme relatif.

Dans l'euphorie des fêtes de Noël, les citadins avaient déjà oublié les morts de la vallée des Eaux-Claires et ceux du tunnel ferroviaire. On avait surtout songé à réveillonner, à rester au chaud dans des maisons bien calfeutrées. Le froid était redoutable, le thermomètre était descendu jusqu'à moins dix, un fait assez rare en Charente.

Une nouvelle année commença et, après les festivités d'usage, le mois de janvier fut témoin d'un fait encore plus exceptionnel, réjouissant en priorité les enfants et certains nostalgiques du Grand Nord : il neigeait depuis deux jours !

Maud était ravie. Elle resta de longs moments à contempler le paysage qui s'étendait sous ses fenêtres. Elle avait passé récemment une semaine en Bretagne, dans sa famille, et les premiers flocons avaient chassé son « mal du pays ».

De plus, pour célébrer son retour en terre angoumoisine, l'inspecteur principal Xavier Boisseau l'avait invitée à dîner dans son agréable demeure du Gond-Pontouvre, et c'est pendant le repas qu'une tempête de neige avait recouvert une bonne partie du département. Maud était rentrée chez elle à pied, suivie de son collègue déguisé en skieur de fond. Jouant comme des gamins dans les rues désertes, ils avaient bien ri.

Assise en face d'Irwan qui rangeait son bureau, Maud en parlait encore, lui décrivant les péripéties de leur expédition nocturne. L'inspecteur divisionnaire, un peu déçu de ne pas avoir été de la fête, haussa les épaules :

— Oh ! C'est toujours comme ça, ici. La moindre chute de neige provoque la panique, car la ville n'est pas vraiment équipée pour ce temps-là. Vous avez bien fait d'en profiter.

— Tu sais à quoi je pensais ce matin en observant le paysage, en bas de chez moi ? Ce doit être joli, la vallée des Eaux-Claires sous la neige. Je rêve d'aller me promener là-bas, de revoir le Moulin du Verger.

— Tu n'avais pourtant pas l'air d'apprécier le coin, il n'y a pas si longtemps. Tu as oublié ?

— Je n'ai rien oublié, Irwan, au contraire. Tu as déjà entendu parler des pèlerinages ? J'ai rencontré Mme Melville, justement, place Francis-Louvel, et tu sais ce qu'elle m'a dit ? Quand elle veut prier pour sa fille, elle va là-bas, au pied des falaises. Elle ne veut pas aller au cimetière.

— Ce n'est pas très très gai, ce que tu me racontes, Maud. Enfin, demande plutôt à ce vieux Xavier de t'emmener aux Eaux-Claires. Il a des pneus cloutés, pas moi.

— Irwan, je t'en prie, sois gentil, tu as le temps aujourd'hui. Et mon boulanger m'a affirmé que la neige ne tiendrait pas trois jours. En plus, je préfère y aller avec toi.

Le buste moulé dans un pull-over noir qui, par contraste, donnait à ses cheveux des reflets blonds, ses beaux yeux bleus prenant un éclat magnétique, Maud était vraiment irrésistible.

— OK, on y va. Couvre-toi bien et laisse un mot à Xavier pour le faire enrager.

*

Ils atteignirent sans peine le bourg de Puymoyen, laissant cependant la voiture d'Irwan garée à une centaine de mètres du Moulin du Verger.

Comme l'avait pressenti Maud, le tableau de la vallée sous la neige était d'une rare poésie : les arbres étaient nappés d'une dentelle de givre, le ruisseau accrochait à ses berges des cristaux de glace, et les hautes falaises grises paraissaient plus sombres dans cet écrin blanc, ce qui leur donnait un aspect presque inquiétant.

Évitant les abords de la champignonnière, ils marchèrent le long du chemin, et Irwan s'aventura jusqu'à la grotte du Lion pour fumer une cigarette à l'abri du vent. Après une seconde d'hésitation, Maud le suivit, et ils restèrent un long moment assis sur un bloc rocheux, protégés du vent froid qui soufflait en rafales.

— Alors, contente ? lui demanda Irwan sans la regarder.

— Oui, très contente. Finalement, cet endroit est moins effrayant l'hiver. J'en avais de mauvais souvenirs, mais ils viennent de s'effacer. C'est étrange, tu ne trouves pas ? C'est la magie de la neige.

Irwan haussa les épaules, renonçant à comprendre les subtilités de l'âme féminine. Lui, ce qui le séduisait dans ce site si particulier, c'étaient ces profondes cavernes qui avaient abrité des générations d'hommes depuis des milliers d'années.

Il se souvenait également de son équipée souterraine en compagnie de Daniel, qui lui avait révélé un précieux secret, en l'occurrence une série de galeries étroites reliant la vallée de l'Anguienne à celle des Eaux-Claires. Sans bien savoir pourquoi, Irwan n'avait pas envie de divulguer l'existence de ce passage. Xavier et Olivier étaient au courant, mais ils lui avaient promis d'être discrets à ce sujet. Une petite toux forcée le ramena à la réalité, indiquant que la jeune femme assise près de lui devait s'inquiéter de son mutisme.

— Excuse-moi, Maud, je sais que ça ne m'arrive pas souvent, mais je rêvais… Au fait, n'oublie pas que le Salon de la bande dessinée commence dans huit jours, toi qui l'attendais avec impatience depuis ton arrivée ici.

— Je ne risque pas d'oublier : il y a des affiches dans tout Angoulême.

— Moi, à cette période, à moins d'être de service, je préfère rester chez moi ou aller à la pêche. Il y a vraiment trop de monde en ville.

— À ce point ? s'inquiéta Maud.

— Tu verras, répondit Irwan d'un ton évasif qui laissa Maud perplexe.

*

Irwan n'avait pas exagéré. La semaine suivante, pendant plus de trois jours, Angoulême sembla prise d'une aimable folie, comme chaque année à la fin du mois de janvier, depuis la création de ce salon international qui attirait fidèlement des milliers de bédéphiles. De vastes chapiteaux, installés aux endroits stratégiques de la ville, abritaient les stands des éditeurs, où les auteurs dédicaçaient leurs albums à des admirateurs de tous âges.

La foule envahit les rues, de l'hôtel de ville à la place du Champ-de-Mars, du musée au théâtre, sans oublier, bien sûr, le temple moderne de la bande dessinée, tout de verre et d'acier, le CNBDI[1], immense bâtiment évoquant la forme d'un livre entrouvert.

Maud découvrit ce lieu unique avec un sentiment d'enchantement, car jusqu'alors elle n'avait jamais eu le loisir d'en franchir les portes. Elle parcourut le cœur

1. Centre national de la bande dessinée et de l'image.

battant les salles d'exposition, où des mises en scène soigneusement étudiées mettaient à l'honneur l'œuvre d'un dessinateur ou le talent d'illustrateurs étrangers. Grâce à l'indulgence du commissaire Valardy, Maud profita pleinement de ces heures d'exaltation que partageaient d'un air ébloui les passionnés de dessin. Les cafés, restaurants et hôtels ne désemplissaient pas, des inconnus s'adressaient la parole au sujet d'un trait de crayon, s'agglutinant devant une planche de Franquin ou une esquisse de Manara.

— Je suis épuisée, mais comblée, déclara enfin l'inspecteur Delage à son collègue Xavier Boisseau.

Tous deux étaient installés à une petite table, dans un salon de thé bondé de l'artère piétonne.

— C'est le dernier jour, Maud. Tu es sûre d'avoir tout vu ?

— Presque, il ne me manque plus que l'exposition des bandes dessinées faites par les enfants, mais c'est tout près d'ici, à la Caisse d'épargne.

— Je suis désolé. Je ne pourrai pas t'accompagner. Je dois être au central dans un quart d'heure, dernier délai. Consigne du patron.

— Rien de grave ? interrogea Maud, un peu déçue.

— Non, un délit mineur, un contrôle de routine. D'ailleurs, j'y vais.

Maud se leva peu de temps après, et aussitôt deux jeunes filles se précipitèrent à la table enfin libérée, se laissant tomber sur les chaises avec un soupir de soulagement.

La journée de dimanche touchait à sa fin, la nuit tombait, et maintenant on circulait sans peine dans le hall de la Caisse d'épargne. Maud accorda une attention émue à ces modestes créations qu'elle examina une à une en souriant de plaisir. C'était devenu une sympathique tradition depuis la naissance du Salon : les écoles du département organisaient des concours de bande dessinée, et les œuvres sélectionnées étaient exposées, à la grande joie des apprentis illustrateurs. Enfant, elle aurait volontiers participé à ce genre de compétition. Tout la séduisit : les couleurs franches, le sens du mouvement, certains petits détails comiques ou attendrissants.

Dans un angle plus reculé de la banque, d'autres planches étaient visibles, d'un style plus graphique, des croquis au crayon repassés à l'encre de Chine. Ici, de toute évidence, étaient mises à part les meilleures réalisations, celles qui avaient dû demander des heures d'application à leurs auteurs, dont Maud imaginait sans peine la main crispée par l'effort, le visage concentré.

Soudain, elle s'immobilisa devant l'une d'elles, comme hypnotisée. Très lentement, son regard bleu étudia un à un chaque détail, tandis que sa respiration s'accélérait, jusqu'au malaise. En bas de la feuille, un nom était inscrit, qui ne la surprit nullement.

Seul Francis Paoli, le petit frère de Jean-Louis, pouvait signer ces étranges dessins.

*

Le lendemain, vers 10 heures, l'inspecteur Delage se présenta à l'école primaire de La Couronne.

Ce fut bientôt le moment tant attendu de la récréation et, dès que la sonnerie retentit, une bruyante volée d'enfants s'élança à travers la cour. Maud, précédée de la concierge, demanda à parler au petit Francis Paoli.

— Je suis désolée, madame, l'informa l'institutrice, mais je ne peux pas accepter. Cet enfant est très sensible et, d'ailleurs, depuis trois mois, son père m'a donné certaines consignes que je respecte.

— Mais je connais M. Paoli. Je veux seulement discuter quelques minutes avec Francis. Je vous en prie, faites-moi confiance.

L'institutrice dévisagea Maud.

— Si vous connaissez la famille de cet enfant, pourquoi venir ici, et non à son domicile ?

— Je n'ai pas le temps d'attendre ce soir. C'est très grave. Bon, voici ma carte : inspecteur Delage, je travaillais sur l'enquête.

— Ah ! Je comprends. Cela ne me plaît pas, mais je vous amène Francis.

Le jeune garçon n'était pas loin. Ayant reconnu la visiteuse, il attendait la fin de la conversation entre les deux femmes pour s'approcher.

Bientôt, ils furent seuls sous le préau, à se regarder intensément.

— Dis-moi, Francis, chuchota Maud. Est-ce que tu as quelque chose à me reprocher ?

L'enfant sautilla sur un pied, joua avec la fermeture de son blouson. Il répondit enfin, d'un ton hésitant :

— Non, madame.

— Alors, pourquoi tu me regardes comme ça ? J'ai l'impression que tu m'en veux.

— Non, j'vous en veux pas. Mais j'ai pas envie de rigoler, c'est tout.

En disant ces mots, Francis tourna le dos à la policière, mais elle le vit s'essuyer les yeux d'un geste brusque. Il ressemblait à une petite créature désespérée qui n'avait aucun gîte pour se cacher.

— Francis, n'aie pas honte. Tu as le droit d'avoir du chagrin, tu as le droit de pleurer.

Maud lui prit la main, l'attira doucement vers elle pour caresser son petit visage en larmes, qui achevait de la bouleverser.

— Ça va aller, Francis, je ne veux pas te faire de mal, au contraire, je veux t'aider. Hier soir, j'ai vu ta bande dessinée en ville. Elle est très belle. Tu vas sûrement devenir un grand dessinateur.

— C'est vrai, elle vous a plu ? Je l'ai faite pour mon frère. Vous avez vu ? On le voit quand il escalade, et sa copine, elle est pas mal. J'ai raté sa tête, mais c'était le plus dur.

L'enfant semblait se réveiller. Il esquissa un sourire. Oppressée, Maud lui demanda le plus naturellement possible :

— Et ton papa, il a vu ces dessins ?

— Non. Mon père, il savait pas que j'allais là-bas à vélo. C'était défendu. Alors, j'ai pas pu lui montrer. C'est logique, non ?

— Oui, c'est logique.

— À la rentrée, mon frère était plus là. Alors, j'y suis pas retourné. Et puis un jour, papa, il m'a dit que Jean-Louis était mort d'un accident. Je l'ai pas cru. J'avais écouté quand vous êtes venue avec le grand policier. Dès que j'ai pu, j'ai acheté un journal en cachette, avec mon argent, et j'ai lu l'article.

— Et la deuxième fois, quand je suis revenue, tu savais la vérité, tu étais malheureux. Tu n'as rien dit à personne…

Francis approuva en silence, jetant des regards impatients du côté des fenêtres de sa classe. Maud sentit qu'elle ne pouvait pas le retenir plus longtemps.

— Écoute, Francis, je voudrais absolument savoir si tu as vraiment vu tout ce que tu as dessiné. Tu as vu cet homme, et la voiture aussi ? Sur ce chemin, tu es sûr ? Je t'en prie, essaie de te rappeler, c'est très important.

— Ben oui, j'ai tout vu, pourquoi ? La voiture, c'était au mois de juillet. Il faisait vachement chaud. Après, au mois d'août, j'étais en colonie de vacances.

— Merci, Francis, je te laisse tranquille, et surtout continue à dessiner.

Maud effleura la joue de l'enfant d'un baiser affectueux. En échange, elle reçut une petite bise timide qui lui donna exactement la dose de courage dont elle avait besoin.

12

Trois jours passèrent. Chaque soir, dans le calme de son appartement, Maud s'interrogeait sur ce qu'elle devait faire. Un curieux concours de circonstances l'obligea à trouver seule des réponses aux questions qui l'obsédaient. Irwan était en vacances chez un copain, au bord du lac de Vassivières, dans le Limousin. Quant à Xavier, il jouait les abonnés absents depuis qu'une nouvelle stagiaire était arrivée au central.

« De toute façon, je n'ai pas envie de leur en parler, se dit Maud en soupirant. Je me fais peut-être des idées, j'ai trop d'imagination. Il y a tant de gens qui vont aux Eaux-Claires pendant l'été. C'est sans doute un hasard. Si je racontais ça à Irwan, il se moquerait de moi. »

Vainement, une petite voix tenta de se faire entendre, mais Maud secoua la tête, chassant ce signal d'alarme qui lui répétait : « Et si Irwan ne se moquait pas de toi, s'il te prenait au sérieux ? Appelle-le ! »

Il suffirait de dissiper un doute, d'en discuter avec une personne objective. Un instant, Maud songea au commissaire Valardy, mais changea vite d'avis. Enfin, ne supportant plus cette incertitude, persuadée d'avoir choisi la bonne solution, elle chercha une carte de visite dans son sac, la regarda longuement.

*

Le détective privé ne l'avait pas oubliée. Il avait la même voix grave et caressante. Son invitation à dîner à la Taverne irlandaise tenait toujours.

Maud s'examina dans le miroir de la salle de bains, haussa les épaules, ébouriffa ses cheveux et, pour finir, tira la langue à son reflet en se traitant d'idiote. Un détective privé et un inspecteur de police… Quel drôle de couple !

Dans la nuit hivernale, la grande brasserie évoquait ces refuges aux chaudes clartés où l'on est heureux de s'attarder, comme le voyageur transi de froid appréciait jadis le décor rassurant des auberges.

C'est un peu ce que ressentit Maud ce soir-là en passant le seuil de la Taverne. La jeune femme était en avance et, à la vue de la salle bondée, elle esquissa un mouvement de recul. Mais aussitôt le maître d'hôtel l'accueillit en lui demandant si elle avait réservé. C'était un jeune homme mince, élégant, qui s'empressa de la guider vers une table à deux couverts dès qu'elle lui donna le nom d'André Balducci.

Maud se retrouva seule dans une partie agréable du restaurant, du côté non fumeur. Les luminaires dispensaient une clarté rose très agréable et, non loin de là, dans le vivier, un des homards, magnifique spécimen d'une taille impressionnante, se promenait en agitant ses pinces. Les conversations faisaient un doux ronronnement, de délicieuses odeurs s'élevaient des plats servis aux tables voisines, éveillant l'appétit de Maud. Pour une fois, elle s'était habillée avec une recherche évidente, mais celui qu'elle attendait ne semblait guère pressé.

— C'est bien mademoiselle Delage ! Je craignais de faire erreur ! L'inspecteur Vernier n'est pas avec vous ce soir ?

Le patron du restaurant paraissait enchanté de revoir la jeune policière. Il lui proposa un apéritif, s'enquit de son ami Irwan, puis s'absenta cinq minutes pour revenir accompagné d'une ravissante personne, au sourire radieux, aux cheveux auburn :

— J'ai le plaisir de vous présenter Annick, mon épouse.

Maud s'empressa de tendre la main à la dame.

— Je suis ravie de vous rencontrer. J'aime beaucoup l'atmosphère qui règne ici.

Les deux femmes sympathisèrent immédiatement et se mirent à discuter de la décoration de la Taverne, reconnaissant toutes deux que le bois, les tables carrelées et le velours rouge composaient une harmonie chaleureuse indispensable à ce genre d'établissement.

L'arrivée d'André Balducci mit fin à leur conversation. Il se perdit en explications pour excuser son « impardonnable retard » et, inquiet de l'air gêné de Maud, se permit de lui faire un baisemain audacieux, faisant rêver celles qui en furent témoins, mais déconcertant la principale intéressée, qui rougit de confusion.

— Vous êtes très jolie. Encore plus que dans mon souvenir. Je pensais que vous aviez perdu ma carte. J'étais déçu.

André Balducci semblait sincère. Il étudia tranquillement le menu et commanda une bouteille de champagne. Maud l'observa, un petit sourire au coin des lèvres, avant de murmurer :

— Et votre fiancée, comment va-t-elle ?

— Ce n'est plus ma fiancée. Elle m'a quitté pour un futur médecin. Je peux vous appeler Maud ?

— Oui, bien sûr.

— Je vous conseille les fruits de mer, Maud, ils sont excellents.

— Je n'ai pas très faim. Je me contenterai d'une assiette périgourdine et d'un dessert.

— Comme vous voulez. Je vais goûter la choucroute de la mer et son beurre blanc.

Ils dînèrent en bavardant, cédant peu à peu à un délicieux bien-être. Maud savoura un sorbet. Elle avait chaud, troublée d'être admirée sans retenue par son compagnon de table, et une légère ivresse lui fit oublier ce qui la préoccupait tant une heure plus tôt.

— Un café, Maud ?

— Avec plaisir. J'aime le café.

— Moi aussi.

— Décidément, encore un point commun ! s'exclama Maud avec un sourire surpris. Je vais bien en trouver un autre... Ah ! je sais. J'adore me promener dans la vallée des Eaux-Claires, pas vous ?

André Balducci avala d'un air songeur une dernière cuillerée d'île flottante avant de répondre :

— Je n'ai jamais mis les pieds là-bas. Je n'aime pas la campagne. Perdu.

Maud se mordilla les lèvres pour ne pas montrer sa déception.

— C'est dommage..., murmura-t-elle.

Tout en sucrant son café, Maud se répéta cette petite phrase, « C'est dommage ». André aurait pu lui plaire. Il dégageait une rare sensualité, il avait des yeux noirs, veloutés, des mains racées. Mais il avait menti, car Maud savait pertinemment qu'il était déjà allé aux Eaux-Claires.

Sur la bande dessinée de Francis, Maud avait très bien reconnu la silhouette du détective, debout à côté d'une voiture, une BMW. Le talent précoce de l'enfant l'avait poussé à reproduire certains détails d'une rare précision, comme ce grain de beauté qui marquait le visage d'André Balducci, près du nez, et qui n'avait pas échappé à la policière lors de l'interrogatoire à son domicile. Que dire alors de la scène où il parlait à une jeune fille, le sosie d'Anaïs ? Francis avait même reproduit le lourd pendentif que portait encore la malheureuse, une fois morte. Un pendentif de métal argenté, avec un motif d'oiseau en vol.

— Je vous ramène chez vous, Maud ?

La voix d'André Balducci la tira d'une pénible songerie. Il était presque 23 heures. Dans la brasserie, un calme heureux succédait à la joyeuse agitation des débuts de soirée. Maud éprouva une véritable panique à l'idée de quitter ces lieux hospitaliers.

— Non, je vous remercie, ma voiture est près des Halles. C'est à côté. Il n'y avait pas de place devant la brasserie quand je suis arrivée à 20 heures, et j'ai horreur des parkings souterrains.

— Vous avez raison, on ne sait jamais. En revanche, ma voiture est juste en face, là, à deux pas, la BMW blanche. Je vais vous déposer, il fait si froid.

Comment refuser une offre aussi innocente sans paraître ridicule ? Pour ne pas éveiller de soupçons, Maud accepta.

*

Le moteur de la puissante voiture tournait déjà, et le cœur de sa passagère imprévue battait au même rythme. André fit le tour de la place New York, puis longea le jardin de l'hôtel de ville, roula lentement vers la place des Halles. Maud, qui venait d'apercevoir sa petite voiture, commença à se dire qu'elle était un peu sotte d'avoir eu si peur et prêté à l'intérieur douillet de la BMW blanche des allures de piège redoutable. D'un ton plus léger, elle dit en souriant :

— Ma voiture est là, la rouge, en face de cette boulangerie. Merci beaucoup, André, pour ce charmant dîner. Je vous téléphone.

Le détective, qui avait tout d'abord ralenti au maximum, venait d'appuyer souplement sur la pédale de l'accélérateur. Il repassa devant le marché, puis tourna devant l'ancien hôtel de France, plongeant vers le carrefour de l'Éperon avant de remonter à vive allure la rue de Montmoreau.

— On ne va pas se quitter comme ça, déclara André Balducci en allumant sa première cigarette de la soirée.

— Pourquoi pas ? répondit Maud d'une voix cassée.

La BMW dévala le boulevard de Bury, rejoignit sur sa lancée le boulevard Liédot et ses alignements de marronniers, amorça un virage nerveux vers la route de Périgueux.

— Je vais vous faire découvrir les beautés cachées de la Charente, ma jolie petite Maud.

Elle s'efforça de ne pas céder à une panique dangereuse. Tout était encore normal, banal. André Balducci, avec ses manières équivoques, pouvait passer pour un simple dragueur.

La terreur qui la submergea et lui noua le ventre n'avait pas de causes précises, à part les pulsations affolées de ce que l'on nomme l'instinct de conservation.

— André, c'est gentil de vouloir prolonger la soirée, mais ma mère est chez moi en ce moment. Elle est venue pour se changer les idées, elle est très angoissée. Je peux l'appeler ? Si on rentre un peu plus tard, je dois lui expliquer.

Apercevant une des dernières cabines téléphoniques de Soyaux, elle sortit une carte de son sac et, prenant une expression détendue, guetta le ralentissement de la voiture, une main sur la poignée. Balducci ne s'arrêta pas.

— André, la cabine était là. Il n'y en aura plus maintenant. Après, c'est la campagne.

Riant de sa plaisanterie, Balducci alluma une veilleuse et, se penchant un peu, décrocha un téléphone de voiture, un modèle sophistiqué dont on soupçonnait difficilement la présence.

— Tenez, vous n'aurez pas à vous geler dans une cabine. Allez-y, prévenez votre maman.

Maud se sentit coincée, comme écrasée par une certitude atroce. Jouant le tout pour le tout, elle ne fit aucune remarque, composa nonchalamment le numéro de Xavier, qui, à cette heure tardive, devait être rentré chez lui.

— Allô, maman, c'est Maud. Oui, je fais un petit tour en voiture avec André Balducci. Ne t'inquiète surtout pas, d'accord ? Bisous… Non, pas loin, on suit un peu la route de Périgueux.

— Une vraie mère poule, fit le détective d'une voix moqueuse.

— Oui, mais elle est si gentille, précisa la jeune femme, qui aurait aimé hurler de rage, tant elle maudissait sa propre imprudence.

Maud venait de jouer la comédie en s'adressant au répondeur de son collègue, mais elle se sentait en danger et elle n'avait pris ni son arme ni sa paire de menottes. Afin de se rassurer, elle se dit que, si André la reconduisait bien vivante vers la place des Halles, elle en serait quitte pour avoir commis la pire des erreurs : vouloir faire cavalier seul avec, comme accessoires, son sourire malicieux, un manteau de velours noir et un ensemble moulant en laine angora de la couleur de ses yeux.

— Maud, vous avez oublié de souhaiter une bonne nuit à votre maman, lui dit soudain le jeune homme. Elle va être triste.

Un frisson électrisa la colonne vertébrale de Maud. Ses nerfs la trahissaient, car André, goguenard, venait d'appuyer sur la touche « recomposition » du clavier, sans oublier d'utiliser le haut-parleur.

« Vous êtes bien chez Xavier Boisseau, je suis absent pour le moment, mais… »

— Xavier Boisseau… C'est bien ce petit homme brun, avec une moustache ridicule, qui est venu avec vous pour m'interroger ?

La BMW s'arrêta sur un chemin caillouteux après avoir quitté la nationale à hauteur du bourg de Sainte-Catherine et s'être fourvoyée sur une départementale déserte.

— Alors, inspecteur ? Des questions ?

Maud comprit qu'il était inutile de feindre la surprise, ou de menacer. Une seule chose lui parut capitale : elle devait réussir à déclencher la touche enregistreuse de son magnétophone miniaturisé, qu'elle avait caché dans la poche de son manteau, et faire parler celui qu'elle soupçonnait désormais d'être le véritable meurtrier de Jean-Louis et d'Anaïs.

De même, si tout allait bien, ses doigts, qui se faufilaient vers un compartiment de son sac, ne tarderaient pas à se poser sur une bombe lacrymogène, sa toute dernière chance.

— Pas de questions, Maud ?

— Si, bien sûr : pourquoi avez-vous tué Jean-Louis et son amie ?

— Vous croyez que c'est moi ? Eh bien, cette fois, vous avez gagné le gros lot !

Son regard se transforma soudain et il se mit à rire férocement. Le charmant jeune homme qui avait partagé un repas avec elle s'était complètement évaporé.

— Pourquoi ? Oui, pourquoi donc ? Pour l'argent d'abord. Je n'en ai jamais assez. J'aime les belles voitures, les restaurants de luxe, tout ce qui est cher, ce qui est beau. C'est simple : Anaïs n'a pas voulu de moi, alors, elle a dû payer. Quand son père m'a dit de la filer, j'ai trouvé aussitôt leur nid d'amour. Je me planquais le soir sur le plateau en face, avec ma longue-vue, et je voyais tout ce qui se passait « chez eux ». Ce qu'ils fumaient, ce qu'ils mangeaient, ce qu'ils faisaient. Je ne pouvais plus m'arrêter de les observer. Ils étaient heureux, ils vivaient presque nus dans leur abri de sauvages. J'avais déjà servi ma petite histoire à René Melville, en lui rendant son fric, car je ne voulais pas qu'il sache où était sa fille. J'attendais de pouvoir parler à Anaïs, mais elle était rarement seule. Un jour, j'ai constaté qu'elle n'allait plus travailler et j'ai enfin pu l'approcher, lui dire tout ce que je savais sur eux, les problèmes avec Rudy, leur cachette, le petit commerce de « savonnettes » de

Jean-Louis. En la voyant trembler, prise de panique, j'ai trouvé la meilleure façon de la dominer.

Paralysée, muette, Maud attendit la suite.

— Je l'ai menacée, je l'ai fait chanter. C'était facile. Elle a toujours eu peur de son père, et sa majorité n'y changeait rien. Elle m'a supplié de me taire, de la laisser tranquille, mais j'ai tenu bon. Je lui ai proposé deux solutions pour acheter mon silence : me donner de l'argent ou « payer en nature », comme on dit. Bien sûr, elle a choisi l'argent. Ce n'était pas très compliqué pour elle. Ce qui m'amusait, c'était de penser au jour où elle n'en aurait plus. Anaïs, je la voulais. Je l'avais trop vue dans les bras de ce gringalet, ce Jean-Louis qui montait aux arbres comme un singe. Ce petit jeu a duré jusqu'au 20 août. Là, je lui ai dit qu'il me fallait l'argent et puis... le reste. Encore trente mille francs[1] et elle, tout de suite.

— Elle a accepté ? demanda Maud d'une petite voix qui se voulait neutre.

— Oui et non. Elle a voulu me tromper. Elle m'a promis l'argent et le reste pour le 30 août, affirmant qu'elle serait seule le soir. Je l'ai crue. Je suis parti au Maroc, avec l'argent d'Anaïs d'ailleurs. À mon retour, elle avait pris des forces et elle était encore plus jolie.

— Et le 30 août, que s'est-il passé ?

— À bout de nerfs, elle avait dit la vérité à Jean-Louis. Ils m'attendaient tous les deux devant la champignonnière. Lui, bien sûr, il voulait me démolir. Il était vraiment furieux et prétendait que j'avais torturé Anaïs tout l'été. Mais moi aussi, j'étais furieux. Elle m'avait trahi et me jetait des regards méprisants. Jean-Louis a sorti un rasoir. Il croyait me faire peur. Comme j'ai fait des arts martiaux, je l'ai aussitôt désarmé et plaqué au sol. Là, je l'ai assommé et j'ai pris le rasoir. Anaïs est tombée dans les pommes quand je me suis approché d'elle. Alors, je les ai emmenés à l'intérieur, dans un coin tranquille, et

1. Plus de quatre mille cinq cents euros

je les ai égorgés, Jean-Louis le premier, ensuite Anaïs. Je n'avais plus envie d'elle. Je la trouvais laide, je lui en voulais. Je ne me suis même pas sali les mains : j'avais gardé mes gants. J'ai pris l'argent dans le sac d'Anaïs. Je pensais bien qu'on accuserait Rudy. Un mec accro à l'héro est capable de tout.

— Je ne comprends pas, balbutia Maud. Les tuer froidement, comme ça... Pour rien, les traîner dans cet endroit horrible, les laisser pourrir...

Glacée, secouée de spasmes nerveux, elle le dévisagea avec dégoût. Il rit.

— Donnez-moi votre sac, Maud. Je sais que vous cachez un magnétophone.

Elle voulut sortir la bombe, l'aveugler en l'aspergeant, mais il fut beaucoup plus rapide, bloquant son poignet d'une main, lui arrachant le sac de l'autre. La dernière chance de Maud fut jetée violemment sur la banquette arrière, hors de portée.

— Où est le magnétophone ? Vous avez au moins pris cette précaution. Je ne suis pas stupide, inspecteur. Vous me téléphonez après trois mois de silence, vous me faites du charme, et quand je vous emmène vers la campagne pour une promenade amoureuse, vous êtes défigurée par la peur. Vous appelez « maman » un de vos collègues et, quand je passe aux aveux, vous m'écoutez sagement, une main dans votre sac. Où est le magnéto ?

Tout à coup, Balducci brandit un rasoir, dont la lame coupante, argentée, brillait sous la faible lumière de la lune.

— Vous avez dû le chercher, hein ? Mais je l'ai gardé et nettoyé. Où est le magnétophone ? Il faut me le donner gentiment.

Il passa la lame le long des joues de Maud, devant sa bouche, sous son menton. Elle recula doucement, se dominant pour ne pas hurler d'épouvante.

Tentant l'impossible, elle ouvrit la portière, se jeta brusquement en arrière, roula sur l'herbe craquante de givre et courut comme un pantin malhabile, au hasard. Devant elle, une gueule immense et d'un noir intense : l'entrée d'une carrière souterraine. Maud revit le panneau sur la route, Sainte-Catherine, des kilomètres sous la terre, le salut ou la mort.

Elle se précipita dans les ténèbres et, tout de suite, perçut le ronronnement cruel de la voiture blanche.

Sous les collines endormies commença alors une poursuite, une chasse à courre insolite, entre un fou rivé à son volant et une jeune femme terrorisée.

À travers un dédale de salles gigantesques s'étendant à gauche, puis à droite, s'inclinant ici, remontant là, toutes délimitées par d'énormes piliers carrés taillés dans le roc, la course prit des allures de cauchemar. Les phares de la BMW faisaient reculer l'obscurité, balayant l'espace d'un faisceau avide.

Pour continuer à fuir, Maud avait besoin de cette lumière qui l'aveuglait, car, sans elle, le labyrinthe de pierres l'engloutirait dans son univers où le noir était absolu. Quant à André Balducci, il ne voulait surtout pas éteindre son moteur, se priver de cet autre lui-même que représentait sa voiture. Grâce à elle, il suivait à peu près les déplacements de Maud.

Il fonça dans sa direction, roula sans précaution dans ce monde étrange qui n'en finissait pas. Imperceptiblement, le chasseur et sa proie revenaient vers la vaste ouverture qui les avait comme dévorés. Maud, la gorge sèche, le cœur brisé d'un désespoir insupportable, tenta de s'élancer à l'extérieur, courant en zigzag dans la lumière des phares.

Elle réussit, sentit le vent glacé, foula l'herbe, quand soudain un bruit de ferraille, sourd et net, auquel succéda un étrange silence, la paralysa : la BMW venait de heurter de plein fouet une des parois latérales.

Les phares étaient restés allumés et ils permettaient à Maud de voir la forme inerte d'André Balducci, toujours assis derrière son volant. Du sang coulait sur son visage.

D'un pas vacillant, elle s'approcha de la voiture accidentée, situa l'emplacement du téléphone. Un sursaut de frayeur stoppa ses mouvements : et si Balducci mimait la syncope pour mieux la tromper ? Maud avait un besoin presque vital d'entendre une voix amie.

Vite, s'emparer du téléphone. Sa main tremblait convulsivement, car à un centimètre du combiné reposait le rasoir déplié. Si l'homme jouait la comédie, il pouvait le saisir.

À bout de nerfs, elle allait renoncer, mais elle revit le visage de Francis, son regard éperdu de chagrin, ses larmes vite essuyées. Combien de temps porterait-il le deuil de son frère, ce petit garçon à vélo qui avait croisé sans le savoir le meurtrier de Jean-Louis et de sa trop douce compagne ?

Elle décrocha le téléphone sans quitter des yeux le détective fou, composa le 17. Le son était mauvais, la roche devait faire écran. Un grésillement vague la fit haleter d'un espoir insensé. Une voix jeune lui répondit enfin. C'était le standard du central.

13

Xavier ramena Maud chez lui, et elle dormit plus de quatre heures sur un canapé, une chaude couverture la dissimulant presque entièrement. Il s'était assis dans un fauteuil, à ses côtés, pour veiller sur son sommeil.

« Elle aurait pu mourir ! » se répétait-il avec incrédulité et angoisse. Xavier revit cet instant merveilleux où elle était apparue dans la clarté blanche des phares, en larmes, courant vers lui les bras tendus. Ils étaient arrivés à temps, avant qu'André Balducci ne reprenne connaissance, avant que Maud, à l'extrême limite de sa résistance nerveuse, ne perde sa dernière chance de s'en sortir. Dans la voiture de police qui les ramenait au Gond-Pontouvre, Xavier l'avait tenue serrée contre lui, et elle s'était libérée de sa peur, lui racontant tout sans quitter une seconde l'asile de ses bras.

Il avait su ainsi qu'André Balducci était le véritable meurtrier de Jean-Louis et d'Anaïs, un fauve prudent et incroyablement rusé sous ses allures de jeune homme convenable. Jamais il ne l'aurait soupçonné d'un tel acte de cruauté.

Avant de s'endormir, Maud avait tenu à tout lui expliquer : la bande dessinée du petit Francis, le dîner à la Taverne irlandaise, l'horreur dans la BMW. En l'écoutant, Xavier avait vraiment regretté de ne pas avoir passé la soirée chez lui. Il aurait pu répondre à son appel, lui éviter le pire.

En se réveillant, Maud vit un mince rai de soleil se glisser par un interstice du volet. Très vite et avec une violente sensation de joie, elle reconnut le salon de Xavier. Une douce odeur de café brûlant flottait dans la pièce.

— Je suis rue Kléber, chez ce cher Xavier, mon meilleur ami sur terre.

L'ami en question avait tout entendu et s'approchait un plateau à la main. Se moquant bien de ses yeux cernés, de ses cheveux emmêlés, Maud lui offrit son plus joli sourire. D'ailleurs, telle qu'elle était, Xavier la trouvait adorable.

— Et voilà un bon petit déjeuner pour récupérer après toutes ces émotions : jus d'orange, croissants, confiture de fraises et café au lait. Tu vois, Maud, je ferais un mari parfait.

— Je vais réfléchir, Xavier. Promis. Dis, tu sais ce qui me ferait plaisir quand j'aurai avalé tout ça ? Ce serait de me promener avec toi, pour voir le soleil sur le fleuve, les arbres…

— Mais il fait très froid, Maud.

— Ce n'est pas grave. Tu m'as dit si souvent que la Charente n'était pas loin de ta maison, qu'en suivant la rue, on découvre au bout un charmant petit lavoir, un chemin…

*

Il la guida vers les eaux glacées du fleuve, et ils marchèrent sur le chemin, contemplèrent le petit lavoir, se tenant par la main, dans la vive luminosité d'un matin d'hiver.

— C'est déjà la campagne ici. Regarde comme l'eau brille. J'avais un tel besoin de lumière, de clarté, d'air pur, si tu savais, Xavier. J'ai connu cette nuit la plus grande frayeur de mon existence.

— C'est fini, Maud.

Ils firent demi-tour pour apercevoir aussitôt la silhouette élancée d'un homme qui venait à grands pas à leur rencontre. Il portait une lourde veste de chasse, et son visage révélait une étrange expression, si bien qu'ils mirent un instant à le reconnaître.

— Irwan ! s'exclama Maud.

Elle se retrouva à moitié étouffée, victime d'une étreinte forcenée, le nez enfoui dans un col de fourrure qui dégageait un parfum familier.

— Alors, lui dit-il à l'oreille, on fait des folies dès que j'ai huit jours de vacances ?

— Oui, des folies... Je n'ai pas osé t'appeler. J'avais peur de te déranger, d'avoir l'air ridicule avec mes soupçons.

— Tu as pris un risque insensé, tu n'avais pas le droit de jouer avec ta vie. Tu sais ce que je viens d'apprendre en passant au central ? Le patron a fait ouvrir l'appartement de Balducci après l'écoute de ta cassette. Ils ont découvert une jolie rousse dans un placard, égorgée elle aussi, rangée avec méthode dans une housse pour les fringues... Tu entends, Maud ? Ces recherches, on les aurait faites sans risque dès que tu aurais parlé de la bande dessinée du petit Francis.

— Je suis désolée.

— Ne fais plus jamais ça, dit fermement Irwan.

*

Ils se réunirent autour d'une Thermos de café, évoquant une nouvelle fois la tragique aventure qui avait failli abréger la carrière de Maud.

Elle parla de son émotion lorsqu'elle avait aperçu les dessins de Francis exposés à la Caisse d'épargne.

— Imagine ma surprise, Irwan, quand j'ai reconnu la vallée, le rocher où vivait Jean-Louis. Son petit frère avait même dessiné les bijoux d'Anaïs, et la BMW avec le sigle, le grain de beauté sur le visage du détective. Cela m'a fait réfléchir et j'ai reconsidéré l'enquête.

Elle s'interrompit, le regard dans le vide.

— La rousse du placard..., reprit-elle. C'est sans doute Alicia...

— Ça, on n'en sait rien, indiqua Xavier. On aura des précisions cet après-midi. Tu vas voir, le patron va te tirer les oreilles avant de te féliciter.

— Sans doute, fit-elle, penaude.

Elle se tut, tandis que Xavier et Irwan rivalisaient d'œillades inquiètes et de mots câlins.

— Je vais vous avouer quelque chose de bizarre, qui m'étonne moi-même, déclara enfin leur si séduisante collègue, leur prenant à chacun la main.

— Tu vas quitter la police ! s'exclamèrent d'un air complice les deux hommes.

— Non, au contraire. Je doutais parfois de ma vocation, je songeais au mariage. Eh bien, cette nuit a tout changé : je vais rester célibataire et me consacrer totalement à ma carrière...

UN CIRCUIT EXPLOSIF

1

Angoulême, septembre 1996

— Maman, regarde celle-là. C'est la plus belle. La toute rouge…

Un gamin d'une dizaine d'années venait de crier à tue-tête son admiration pour l'Alfa Romeo qui était passée au ralenti devant les barrières de sécurité. Maud Delage, inspecteur de police en balade, ne put s'empêcher de sourire devant l'excitation du petit garçon, qui se tenait debout contre sa mère, presque collé à elle, tant la foule était dense.

C'était d'ailleurs la première fois depuis son arrivée en Charente que la jeune femme assistait au fameux Circuit des remparts, une des plus importantes manifestations de la ville d'Angoulême, au même titre que le Salon de la bande dessinée. Auparavant, Maud avait fait ses armes en Bretagne, là où elle était née, plus précisément à Port-Louis, près de Lorient. Si elle avait souffert de mélancolie lors de sa nomination au cœur du Sud-Ouest, ce genre d'état d'âme appartenait désormais au passé.

Bien sûr, au commissariat, les mauvaises langues chuchotaient que c'étaient surtout les amabilités de l'inspecteur divisionnaire Irwan Vernier et les assiduités de Xavier Boisseau, simple inspecteur, qui avaient aidé Maud à s'acclimater. Il faut dire que Maud avait de quoi retenir l'attention : bien proportionnée, de taille moyenne, alliant vigueur et grâce, elle portait mi-longs des cheveux d'un châtain clair, qui s'accordait à ravir avec son visage hâlé aux traits harmonieux. Âgée d'une trentaine d'années, vive et enjouée, elle avait introduit à l'hôtel de police une touche inestimable de charme et de féminité.

Pour l'instant, elle n'était qu'une spectatrice comme les autres, une de ces silhouettes qui se pressaient le long des balises délimitant le tracé de la course. Le mois de septembre, encore chaud et lumineux, s'achevait. Les arbres de la promenade, non loin de la cathédrale Saint-Pierre, avaient à peine pris quelques reflets dorés, et le ciel avait gardé son éclat estival.

Le public était si nombreux que sa masse colorée et mouvante semblait être emprisonnée là, entre l'esplanade de Beaulieu et les rues abruptes qui descendaient vers le quartier Saint-Martin.

Il y avait plus de quatorze ans que la ville d'Angoulême avait décidé de faire revivre le Circuit des remparts, une ancienne compétition automobile, ayant connu jadis un vif succès et accueilli des coureurs prestigieux comme Trintignant, Manzon, Fangio...

La formule avait changé, diverses attractions et démonstrations s'étant greffées sur l'ancienne organisation, mais la fascination des spectateurs était restée la même. Maud l'avait compris dès le matin, lorsqu'elle était venue assister aux essais des pilotes.

Elle-même avait éprouvé un grand plaisir à contempler les magnifiques voitures des participants, les Talbot-Lago, les Maserati et les Delahaye. À présent, les festivités allaient bientôt se terminer, en apothéose cependant, car après le défilé commençait le Grand Prix parrainé par le quotidien *Charente libre*.

L'événement avait traditionnellement lieu le dimanche après-midi. Les bolides d'un autre âge, qui se contentaient pour l'instant de rouler bien sagement sous les applaudissements de la foule, rivalisaient d'élégance, à la manière d'une série de pièces de collection mystérieusement animées. Les pilotes manœuvraient avec art, afin de se placer sur la ligne de départ. Les chromes impeccables, les carrosseries lustrées aux couleurs vives, le ronronnement même des moteurs, chaque particularité des modèles présentés retenait l'attention et séduisait aussi bien le spectateur novice que le plus fidèle des passionnés.

Maud, savourant cette journée de détente, en oublia de guetter l'éventuelle arrivée de Xavier, qui lui avait promis de la rejoindre. Ils s'étaient donné rendez-vous devant la cathédrale, un quart d'heure avant le départ du Circuit. Les coureurs étaient déjà en tenue, casqués et bien protégés par des visières ou des lunettes. L'un d'eux, au volant d'une Bugatti bleue, avait cru bon de s'envelopper le bas du visage d'un foulard beige.

« En voici un qui doit avoir peur d'avaler des moucherons », pensa alors la jeune femme en observant d'un air amusé l'attitude un peu crispée du conducteur. Du côté des tribunes, les personnalités angoumoisines admiraient elles aussi la lente progression des voitures, et la voix d'un speaker résonnait sur les remparts, dominant le tumulte ambiant.

— Maman, il fait chaud, je peux aller acheter une glace ?

— Non, Alexandre, reste ici. Il y a trop de monde. Tu serais bousculé. Attends un peu.

Maud jeta un regard attendri sur son petit voisin qui soupira, déçu. Elle le regarda mieux. Il avait une frimousse adorable, auréolée d'une crinière brune, frisée, un nez retroussé, de jolis yeux noirs.

— Pauvre gosse. Il ne sait pas à quel point sa mère a raison de le garder auprès d'elle. Vous ne croyez pas, mademoiselle ? Il y a une telle foule chaque année…

L'homme qui venait d'adresser la parole à Maud portait la combinaison bleue des mécaniciens. Favorisé par sa tenue, il avait dû se glisser jusqu'au premier rang, car elle ne pensait pas l'avoir remarqué auparavant. Très grand, mince, il la dévisageait de ses prunelles noires où dansait un sourire malicieux, auquel il était difficile de ne pas répondre :

— Oui, les enfants sont souvent en danger dans ce genre de manifestation, rétorqua Maud en le regardant plus attentivement. Vous êtes un vrai mécano ?

Elle avait insisté en riant sur le mot « vrai », et son interlocuteur hocha aussitôt la tête d'un air résigné :

— Hélas… Je suis épuisé. C'est incroyable, mais il faut vérifier la voiture de mon boss toutes les cinq minutes. Il est maniaque. C'est celle-là, regardez, la MG verte.

Maud suivit la direction indiquée, contempla le véhicule aux lignes élancées, puis lança au jeune homme un regard bleu océan, un de ceux que Xavier et Irwan qualifiaient d'irrésistibles. Il faut dire que la lumière de cette belle journée contribuait à donner à ses yeux une rare séduction qui ne pouvait laisser personne indifférent.

— Ils sont en place. On va donner le départ ; je vais être obligé de vous quitter, déclara le mécanicien d'un ton désolé. Si vous voulez admirer des voitures de plus près, venez me voir après la course. Je serai dans le parc réservé aux concurrents, place New York. Demandez Franky à l'entrée. Je viendrai vous voir. On ne peut pas y pénétrer sans une carte spéciale.

Plus tard, Maud expliquerait à ses collègues du commissariat combien ces instants s'étaient imprimés dans sa mémoire par une multitude de détails infimes et insolites.

Pour l'instant, elle écoutait en souriant les derniers mots de Franky. Brusquement, une monstrueuse déflagration les paralysa dans un réflexe de terreur et d'incrédulité. Un souffle brûlant leur parvint ainsi que des hurlements horrifiés. Un cri général, une sorte de rumeur s'imposa enfin, stupéfiant tout le monde.

— Une voiture a explosé ! La Bugatti bleue !

Un mouvement de frayeur provoqua une forte poussée loin des barrières de sécurité. Maud tomba à genoux.

Tout près d'elle, un enfant gémit : le petit Alexandre était blessé. Sa mère le prit contre sa poitrine, sanglota en remuant la tête. Comme tout le monde, elle ne comprenait pas ce qui s'était passé.

— Il est seulement évanoui, madame, ne pleurez pas, les secours vont arriver.

Malgré la panique, Maud avait vite repris ses esprits, rassurant de sa voix douce la femme affolée. Un homme apostropha violemment les curieux pour faire de la place autour de l'enfant. C'était Franky, manifestement ahuri et furieux. Les mains en porte-voix, il cria à la cantonade :

— Calmez-vous ! Les pompiers ne vont pas tarder. Il faut rester calme. Il y a des blessés. Dégagez, par pitié.

Maintenant, chacun pouvait voir les hautes flammes qui dévoraient avec frénésie ce qui restait de la Bugatti, que l'explosion avait littéralement transformée en une bombe meurtrière. La chaleur qui se dégageait du brasier était insupportable. Beaucoup de gens n'osaient pas regarder le corps du malheureux coureur recroquevillé à l'intérieur.

Avant de s'éloigner, Maud jeta un regard épouvanté vers l'endroit du drame, près de la porte sud de la cathédrale. Quelqu'un l'arrêta en la secouant un peu rudement : c'était encore Franky. Ses yeux noirs lançaient des éclairs de rage, tandis qu'il murmurait :

— Je n'ai jamais vu une voiture brûler comme ça. C'est pas possible, mademoiselle, je vous le jure. Ça, c'est pas un accident, ça non.

— Vous êtes sûr de ce que vous dites ?

L'inspecteur Delage transparaissait derrière la jolie fille moulée dans un jean et un tee-shirt noir. Sans laisser au mécanicien subjugué le temps de réagir, Maud fonça à travers la foule.

Le petit Alexandre serait vite confié aux pompiers. Le plus urgent, si Franky disait vrai, était donc de prévenir Irwan. Elle se glissa avec difficulté jusqu'au bureau de tabac, resté ouvert pour l'occasion, demandant aussitôt à téléphoner.

— Irwan, c'est toi, tu es là, quelle chance ! Viens tout de suite à la cathédrale. Une voiture a explosé. Je pense que cela nous concerne, je t'expliquerai. OK. Je retourne là-bas, je suis inquiète pour un pauvre gamin qui était à côté de moi. Il a l'air mal en point.

Elle raccrocha avec un soupir. Elle était en état de choc, son cœur battait la chamade, ses jambes la soutenaient par habitude. Une vision l'obsédait, effaçait même l'image du pilote se consumant dans un amas de tôles incandescentes : le visage livide du petit Alexandre, le filet de sang marquant son front et sa joue gauche, ses paupières closes, lui qui n'était que joie et vigueur cinq minutes plus tôt.

Les hommes du service de sécurité, qui s'étaient précipités sur le lieu de l'accident, firent l'impossible pour maîtriser l'incendie. Des panneaux de toile entouraient ce qui restait de la voiture, dissimulant aux yeux du public les détails de la tragédie. Un périmètre de protection fut créé en attendant les ambulances. D'un coup d'œil, Maud, qui tentait de rejoindre rapidement l'endroit où elle avait laissé Alexandre et sa mère, enregistra par habitude le parfait déroulement des opérations tout en écoutant dans les haut-parleurs une voix rassurante et posée informer la foule de l'état de santé des blessés. On cita deux noms de pilotes légèrement commotionnés, bientôt en route vers l'hôpital de Girac.

« Rien de grave », précisa-t-on encore. Seul Alain Chesnais, la troisième victime, avait été évacué d'urgence. Franky venait de réapparaître auprès de Maud. Il haussa les épaules.

— Ouais, évacué d'urgence. Directement à la morgue, voilà la vérité. Ça, mademoiselle, vous pouvez en être sûre. Il a été déchiqueté, le pauvre gars. Je viens d'aller voir là-bas : c'est pas joli-joli.

Maud n'avait qu'une envie : se boucher les oreilles pour ne penser qu'au petit garçon déjà installé sur une civière. Un infirmier affichant un sourire confiant était penché sur lui :

— Il est juste choqué par le souffle. La coupure au front est impressionnante, mais il a dû se la faire en tombant. Dans quelques heures, ce garnement sera sur pied.

La maman d'Alexandre lança un regard éperdu de reconnaissance à ceux qui l'entouraient. Maud éprouva également une joie sincère et soulagée. Elle n'eut plus qu'une idée : retrouver Irwan qui ne devait pas être loin.

— Franky, restez avec moi, je vous prie. J'attends l'inspecteur Vernier d'une minute à l'autre, et il voudra sans doute vous parler.

— Et qui l'a prévenu, cet inspecteur ? s'étonna le mécano.

— C'est moi qui lui ai téléphoné. Je travaille sous ses ordres. Vu votre tête, Franky, il est temps de me présenter : inspecteur Maud Delage.

— Ça alors, vous êtes flic ?

— En effet, vous ne pouviez pas mieux tomber, si vous pensez vraiment que ce n'est pas un accident.

Le ton de Maud était sans réplique, mais ses yeux bleus avaient une lueur malicieuse qui n'échappa pas à Franky.

— Remarquez..., fit-il en faisant une moue admirative. Je préfère un inspecteur comme vous, c'est plus agréable.

Irwan, qui fit irruption à cet instant précis, ne perdit pas une miette des propos du jeune homme. Grand, mince, les cheveux blond foncé coupés court, les yeux aussi clairs que son humeur était sombre, il dévisagea sa charmante collègue d'un air furieux, puis s'interposa avec un soupir excédé.

— Me voilà.

— Franky, laissez-moi vous présenter mon collègue l'inspecteur Vernier. Irwan, je t'ai appelé à cause de Franky. Il m'a affirmé qu'une voiture ne peut pas exploser avec cette violence. Il ne croit pas à un accident.

Irwan plongea son regard vert et or dans les prunelles sombres du jeune mécano. Le personnage lui semblait sérieux, franc, le type même de l'honnête homme.

— Bien, Franky, je suppose que vous maintenez votre déclaration ?

— Tout à fait, inspecteur. La Bugatti était presque à l'arrêt lorsqu'elle a explosé. Si encore elle avait capoté ou heurté quelque chose… Et même dans ce cas, elle n'aurait pas flambé comme ça. Les mecs de la sécurité ont eu du mal à maîtriser les flammes.

— Compris. Ne bougez pas d'ici, je vous verrai tout à l'heure. On m'attend à la tribune : il y a un gros problème au niveau de l'organisation du circuit. Tu viens, Maud ?

2

— Non, messieurs, il n'y aura pas de courses cet après-midi. Je suis désolé, mais, à mon avis, c'est impossible. Il est 14 h 30, j'ai déjà fait quadriller les lieux du drame, et nous devons relever les emplacements exacts de chaque morceau de ferraille. La carcasse de la voiture est récupérée par nos soins en vue d'analyses.

— Inspecteur, comprenez-nous : il y a des centaines de personnes ici qui attendent leur spectacle. Nous sommes navrés que ce tragique événement ait eu lieu, mais, par chance, il n'y a eu que des blessés légers grâce aux grillages.

— Des blessés et un mort..., ajouta Irwan d'un ton froid. Je le reconnais, le pire a été évité, les protections mises en place se sont montrées d'une parfaite efficacité. Cependant, je ne peux autoriser la reprise de la compétition tant que nous n'avons pas fini notre travail. Vous comprendrez sans doute qu'une telle affaire, car nous sommes bel et bien en présence d'un meurtre prémédité, mérite toute notre attention. L'explosion de la Bugatti ne peut pas être accidentelle, puisque selon les premières déductions quelqu'un a placé sous le réservoir d'essence juste ce qu'il fallait pour réduire Alain Chesnais en poussière.

Maud retint son souffle. La querelle qui opposait Irwan et les responsables du Circuit semblait prête à dégénérer en pugilat. Déjà, la foule était agitée, une conséquence logique du mouvement de panique engendré par l'événement. En une demi-heure à peine, il s'était passé tant de choses : l'arrivée des pompiers chargés d'évacuer les personnes nécessitant des soins, le va-et-vient des gardiens de la paix tentant de calmer le public en état de choc, sans oublier l'épouvantable vision du pilote carbonisé, dont le corps avait été pratiquement disloqué.

Maud ne savait plus quel parti prendre. On sentait que beaucoup de gens attendaient la reprise des courses, et ils se moquaient bien des scrupules de l'inspecteur divisionnaire. Quant aux émotifs que la mort tragique d'un homme avait profondément choqués, ils s'étaient empressés de quitter les lieux, commentant l'incroyable accident avec force détails.

— Ah ! Voici du renfort. On va pouvoir demander conseil au patron.

La voix d'Irwan trahissait un soulagement intense : il venait d'apercevoir, à une dizaine de mètres de là, deux silhouettes familières, celles du commissaire Valardy et du procureur. Les suivant d'un air soucieux, Xavier Boisseau arriva enfin. C'était un célibataire endurci, frisant les trente-six ans, moustachu, porté sur la plaisanterie et avouant une tendance à la gourmandise.

— À vous de trancher le débat, patron ! lança Irwan. Ces messieurs, me citant pour exemple d'autres cas similaires, tiennent absolument à poursuivre la manifestation prévue, à offrir au moins une course au public. Qu'en pensez-vous ? Et vous, monsieur le procureur ?

Maud et Xavier assistèrent en témoins aux conciliabules qui suivirent. Irwan, quant à lui, préféra se remettre au travail. Secondé par deux stagiaires appelés à la rescousse, il était très occupé sur la piste, se livrant à diverses mesures.

Xavier, familier des humeurs de sa jeune collègue, l'attira à l'écart pour lui parler d'un ton protecteur :

— Excuse-moi. Tu as pu constater que j'étais encore une fois en retard. J'ai dû garer la voiture à l'autre bout de la ville. Et, en passant devant l'hôtel de ville, on m'apprend qu'il y a eu une explosion terrible près de la cathédrale. J'étais inquiet pour toi. De plus, comme tout le quartier est bouclé, je t'assure que j'ai eu des difficultés à me faufiler jusqu'ici.

Elle sourit sans conviction. Elle était pâle.

— Tu te sens bien, Maud ?

— Pas vraiment. Je n'ai pas pu encore en parler à Irwan, mais, sincèrement, ce que j'ai vu est atroce. C'est un miracle qu'il n'y ait pas eu de morts dans l'assistance. Un vrai miracle. Et je vais te dire quelque chose : je voudrais bien être chargée de l'enquête, avec vous deux, de préférence. Ceux qui ont fait le coup sont des monstres.

Elle pensa encore au petit Alexandre, à la folle angoisse qu'avait dû éprouver sa mère. Une main compatissante se posa sur son épaule.

— Chasse tes idées noires, lui chuchota Xavier. Regarde notre cher Irwan. Aucun détail ne va lui échapper, tu peux en être sûre. De toute évidence, il va prendre les choses en main et, comme il a un faible pour sa petite Bretonne aux yeux bleus, je suis persuadé que tu vas faire partie de l'aventure.

Maud ne put s'empêcher de sourire, sensible qu'elle était à la voix chaleureuse de son ami et collègue, ce « brave Xavier », comme elle le surnommait avec affection. En vérité, respectant ses idées et sa sentimentalité toute féminine, il savait toujours comment la réconforter.

— Ne t'inquiète pas, Xavier. Je ne suis pas triste. Simplement pressée d'agir.

— Tiens, voilà Irwan. Tu vas être renseignée, mais je crois qu'il est un peu nerveux.

Irwan affichait en effet son air des mauvais jours. Ses yeux clairs avaient une expression farouche. Il tenait à la main un carnet, sur lequel Maud distingua des croquis, et semblait bouleversé.

— Je vis à Angoulême depuis plus de vingt ans et je n'ai jamais vu une chose pareille. C'est un véritable attentat. Maud, je t'en prie, commence à te renseigner sur l'identité du pilote, ses habitudes, son adresse, etc. Pour ma part, je retourne voir le patron. Il veut mes impressions à chaud.

Irwan était prêt à s'élancer vers le commissaire Valardy lorsque Maud le retint par le bras :

— Dis, Irwan, je fonce obtenir tous les renseignements que tu veux, mais tu me prends comme équipière si le patron te confie l'affaire.

— Promis. Va vite. Ton beau Franky doit s'impatienter. C'est un témoin capital.

Elle haussa les épaules en souriant, puis lança à Xavier :

— Considère que je suis de service ! À plus tard.

L'inspecteur Boisseau poussa un soupir exaspéré.

— Mais qui est « le beau Franky » ?

— Tu verras, un mécano super-musclé. C'est lui qui a pensé tout de suite à un attentat.

— Je viens avec toi. Ne discute pas. Il y a un criminel dans la ville, peut-être même plusieurs. Je ne te quitte pas.

Franky les vit arriver d'un pas décidé et, une fois de plus, il put apprécier la charmante silhouette de la jeune femme. En revanche, celui qui l'accompagnait lui était d'instinct beaucoup moins sympathique.

— Il était temps que vous reveniez. On m'attend, moi. Le boss va me passer un savon. Je dois revoir le moteur avant la course.

— Quelle course ? demanda Maud. Je crois qu'il n'y aura pas de compétition cet après-midi. Et je dois vous interroger tout de suite au sujet du pilote tué.

— Si vous le permettez, je pourrai vous renseigner plus tard, car je vous assure d'une chose : la course va avoir lieu, c'est la règle du jeu.

— Oui, je sais, le spectacle doit continuer. Dites-moi au moins, très rapidement, ce que vous saviez de cet homme.

Franky hésita, dévisageant Xavier sans aucune amabilité.

— Et le moustachu, il fait aussi partie de la police ?

La question était posée d'un ton moqueur, comme si une telle hypothèse était un peu ridicule. À cran, Xavier énonça nettement son identité et sa fonction, et en profita pour exiger les papiers du mécanicien.

— Je n'ai rien à cacher, m'sieur. Mais j'en ai assez de rester à la disposition des uns et des autres. Le pilote, tout le monde vous le dira, c'est un habitué du Circuit. Ça fait cinq ans au moins qu'il y participe, et il a plusieurs voitures. Un monsieur très riche, si vous voyez le genre. Un financier ou un industriel. Il ne se vantait pas vraiment de ses activités, mais l'argent lui coulait des doigts. Remarquez, mademoiselle, si vous alliez interroger son mécano, il serait peut-être plus bavard que moi. Allez faire un tour du côté des écuries et demandez à voir l'assistant de Chesnais. C'est un petit blond, je crois.

— OK, je m'occupe de cette piste, mais je compte bien vous faire parler aussi. Dans moins d'une heure, ici même.

Maud se jugea stupide de ne pas avoir pensé elle-même à cette solution, une des plus évidentes. À ses côtés, Xavier, morose, ruminait de sombres pensées. Ils suivaient à présent le trottoir longeant la cathédrale, escortés par un gardien de la paix dont la présence dissuasive s'avérait presque indispensable, car la foule semblait avoir repris densité et impatience.

Par le biais des haut-parleurs, la voix du speaker annonça qu'une course aurait lieu dans trente minutes environ, précisant ensuite que les pilotes hospitalisés étaient hors de danger. Sur le malheureux Alain Chesnais, pas un seul commentaire. Pourtant, ceux qui avaient vu l'accident devinèrent sans peine la raison de ce silence.

En longeant le trottoir de la cathédrale, Maud jeta un regard amusé dans le jardinet en contrebas. Quand elle était passée là deux heures plus tôt, un clochard, ayant sans doute réussi à échapper aux contrôles, s'y installait. Un de ceux qui sont à cette place tous les dimanches, afin de ne pas manquer la sortie de la messe, espérant recevoir un peu de monnaie. Mais le dimanche du Circuit, il n'y avait pas d'office religieux et le portail était fermé, ce qui avait dû obliger ce pittoresque personnage à changer de refuge.

L'homme était toujours là. Il s'était assis, hochant la tête. Maud, qui avait pensé tout d'abord qu'il devait apprécier lui aussi le spectacle du Circuit des remparts, était vaguement déçue. De toute évidence, le clochard digérait un litre de vin, abandonné vide à ses pieds, et se désintéressait de la manifestation. Il se contenta de répéter, avec des ricanements stupides : « Ah ! Y a eu du bruit, un vrai coup de canon. »

— Pauvre homme, chuchota Maud en le désignant à Xavier d'un mouvement de tête.

— Ouais. Il a dû avoir du mal à arriver jusqu'ici. Allez, viens vite. Je commence à te connaître : tu vas aussitôt chercher à aider cette « pauvre victime de la société », et nous avons d'autres chats à fouetter. Irwan attend son rapport, au cas où tu l'aurais oublié.

— Je n'oublie rien, monsieur Boisseau, mais je suis encore libre de mes faits et gestes. Je peux encore m'attendrir sur un misérable clochard à demi sonné par un attentat. Enfin, je pense…

Cinq minutes plus tard, on les conduisit devant une forme écroulée en travers d'une botte de paille.

— Mais qui est-ce ? chuchota Maud à celui qui les avait accompagnés jusque-là.

— C'est Michel Harcombe, le mécanicien de Chesnais. Il encaisse mal le coup. Faut se mettre à sa place.

Xavier s'approcha de l'homme, que des sanglots agitaient encore, et lui tapota l'épaule :

— Police. Nous avons quelques questions à vous poser, monsieur Harcombe.

Alors que Maud s'apprêtait à reprocher vertement à son collègue ses méthodes expéditives, le mécano se redressa comme un diable sortant de sa boîte. Il tourna vers l'assistance une face bouffie par les larmes, un visage lunaire auréolé de cheveux blonds, que la sueur avait plaqués en mèches raides. En bredouillant, il leur lança rageusement :

— Ah ! La police, ça, je m'y attendais. J'étais sûr qu'elle allait me tomber sur le dos aussitôt. Je suis le coupable idéal, c'est ça ? Le seul qui pouvait placer la bombe.

— Monsieur, calmez-vous. Dans un premier temps, nous venons vous interroger sur votre employeur. Aucune charge ne pèse pour l'instant contre vous.

Maud avait parlé d'une voix douce, mais ferme, autoritaire. Michel, impressionné par ce ton sans réplique, s'était levé, passant une main noirâtre sur son front. Xavier l'observa en plissant les yeux, pour murmurer ensuite à l'oreille de Maud :

— Il a pourtant le profil parfait du suspect n° 1, qu'en pensez-vous, inspecteur ?

— Je pense que tu perds la tête, Xavier, et ce n'est pas le moment de plaisanter, répondit-elle en colère. Bon, Michel, je peux vous appeler Michel ? Venez avec moi, nous allons discuter un peu. Vous recevrez ensuite une convocation pour un entretien avec l'inspecteur Vernier.

Le mécanicien, âgé d'environ vingt-cinq ans, soupira en suivant Maud. Il n'était guère plus grand qu'elle et marchait le dos voûté :

— Michel, écoutez-moi : votre employeur, Alain Chesnais, avait-il des ennemis, des problèmes personnels pouvant créer une atmosphère de haine ?

— Non, je crois pas, mais, vous savez, c'est la première année que je travaille pour lui sur le Circuit. Avant, c'était Tim. Il l'a viré, je ne sais pas pourquoi, et puis, en août, il m'a embauché pour m'occuper de ses voitures.

— Vous le connaissiez donc très peu ?

— Ça oui, et il était pas bavard. Par contre, il avait peur, oui, peur de tout. La Bugatti, il la vérifiait lui-même après mes vérifications. Un maniaque… Et pourtant, toujours parti à gauche et à droite. Enfin, il me payait bien, et, je vous assure, quand j'ai entendu le bruit de l'explosion, j'ai pas pensé une minute que ça pouvait être lui. Et puis les copains m'ont appris la nouvelle. Là, j'ai rien compris, rien du tout. La Bugatti, elle était en parfait état, j'avais tout examiné, je l'avais essayée.

— Alors, pourquoi réagir aussi violemment, puisque vous n'avez rien à vous reprocher ?

— Je sais pas, je me suis dit que j'avais mal fait mon boulot, que j'allais être mis en cause aussitôt. Tenez, avant vous, les gars de la sécurité du Circuit sont passés me voir pour m'interroger. J'ai compris à leur tête qu'ils n'avaient pas envie de plaisanter. Mais je suis un gars sérieux. Vous pouvez demander des renseignements à mon ancien employeur, M. Castelli. Il dirige la concession Ford au Gond-Pontouvre, GPS Automobiles, vous ne pouvez pas vous tromper. Lui, il m'aimait bien. D'ailleurs, il est peut-être là, en spectateur.

— Oui, sans doute. Je vais prendre ses coordonnées. Vous comprenez, cette histoire est d'une gravité exceptionnelle. Les organisateurs sont bouleversés. C'est la première fois qu'il y a un mort sur ce circuit, ajouta Maud. Et c'est un attentat, nous en sommes certains. Vous n'aviez pas regardé sous le réservoir de carburant, ce matin ?

Le mécano la regarda bien en face. Ses yeux fatigués se firent plus durs.

— Je connais mon métier, inspecteur. Excusez-moi, mais on regarde rarement sous les réservoirs, surtout que celui-ci était neuf. Je l'avais remplacé au début du mois. Je pouvais pas savoir qu'un malade allait placer un explosif dessous ou à côté, je vous jure !

— Ne vous fâchez pas. Allez vous reposer, mais ne quittez pas la ville, d'accord ? Nous serons obligés de vous interroger de nouveau.

Le ciel s'était couvert et un petit vent frais descendait des remparts. Maud avait rejoint Xavier qui, d'un doigt, lui indiquait la cathédrale : on entendait là-bas des bruits de moteur, des cris de joie et des applaudissements frénétiques qui couvraient la voix du speaker.

— Mais... ils donnent le départ d'une course ! C'est étrange. On dirait qu'il ne s'est rien passé, s'étonna Maud.

Puis elle poussa un soupir désolé :

— Irwan doit nous chercher.

D'un pas décidé, elle entraîna Xavier le long des barrières. Soudain, le gardien de la paix qui les escortait toujours les arrêta :

— Je suis navré, mais on va devoir attendre un peu. Les voitures vont passer ici dans un instant. Les gens ne nous laisseront pas avancer. Profitez-en pour jeter un coup d'œil. C'est joli à voir.

Maud et Xavier s'inclinèrent devant ce cas de force majeure et guettèrent l'arrivée des bolides. Déjà, on les entendait, puis, dans un festival de couleurs et de chromes étincelants, ils apparurent, comme aplatis sur la route pour mieux bondir vers la victoire, laissant deviner, derrière les volants, la tête casquée des pilotes.

L'inspecteur Delage ne put s'empêcher, en les admirant, de penser au malheureux qui avait péri brûlé. Un habitué du Circuit, avait-on dit de lui, un de ces fous de voitures anciennes qui sacrifiaient parfois des millions à leur passion. D'où l'engouement du public pour cette manifestation, qui lui permettait de contempler des modèles uniques de véhicules de collection.

À l'instar des autres participants, Alain Chesnais venait pour courir, pour s'amuser, et il était mort de façon particulièrement atroce. Une fois de plus, Maud se demanda qui avait pu préméditer un tel meurtre et pourquoi.

Apparemment moins préoccupé par cette énigme, Xavier la prit par l'épaule en s'extasiant :

— Regarde ce bijou ! Sublime. Une Alfa Romeo, un modèle rare.

— Oui, elle est super. Mais je préfère la MG verte. C'est celle du patron du beau Franky, fit sa collègue avec malice.

— Bof. C'est une question de goût. De toute façon, tu n'y connais rien, répliqua l'inspecteur Boisseau d'un ton vexé. Moi, je suis un Charentais pure souche, ma famille est installée au Gond-Pontouvre depuis des générations. J'étais haut comme trois pommes quand j'ai vu le célèbre Fangio remporter la victoire, avec sa Maserati peinte aux couleurs de l'Argentine, son pays natal. Une vraie vedette, cet homme, un fou de vitesse. C'est formidable de pouvoir assister encore à de telles courses. Tu sais, le Circuit a repris depuis plus de dix ans et, personnellement, je trouve ça prodigieux : les gens viennent de toute l'Europe, et ça ne va guère de soi à maintenir, ce genre de manifestations. Il faut des soutiens solides.

Maud laissa son collègue bavarder, se contentant de l'écouter en souriant. Elle le savait agacé par son allusion au sujet de Franky. Elle n'était pas vraiment d'humeur à plaisanter, mais ce genre d'attitude l'aidait à tenir le coup chaque fois que sa profession la confrontait à une mort violente. Tous les moyens étaient bons pour oublier les images insupportables.

Quand le gardien de la paix leur fit signe de le suivre à nouveau, elle n'eut plus qu'une idée en tête : savoir si, oui ou non, elle travaillait sur l'affaire en compagnie d'Irwan. En l'apercevant près des tribunes, son cœur battit un peu plus vite. Par chance, il leva la tête au même instant, et, de loin, lui dédia un clin d'œil complice. Maud n'eut plus aucune crainte : ils allaient pouvoir se lancer ensemble sur la piste de l'assassin… ou des assassins. L'inspecteur divisionnaire lui confirma d'ailleurs ce pluriel dès qu'elle le rejoignit.

— Ah ! vous voilà. Regardez ça. Un bout de papier où est inscrite en lettres autocollantes une revendication. Un des mécanos a trouvé ça épinglé sur la veste de Chesnais, là où il l'avait laissée avant la course. J'ai pensé une seconde à une mauvaise blague, mais ça confirme la thèse de l'attentat, et le public n'est pas au courant des problèmes personnels de Chesnais. Lisez ça. C'est incroyable. C'est un règlement de comptes digne des *Pieds Nickelés.*

Ils lurent attentivement, en silence, le ridicule message : *Nous t'avons eu, vieux requin. Les Vengeurs.*

Irwan était froid, déterminé.

— Le patron n'a pas vu d'inconvénient à ce que les courses reprennent, dit-il très vite, mais il veut mener lui-même l'enquête. Je l'assiste donc pour le plus gros du travail. Toi, Maud, ne fais pas cette mine angoissée, tu me secondes partout où c'est nécessaire, avec l'aide de Xavier, bien sûr. Il faut se méfier de ces revendications hâtives, mais s'ils existent, ces prétendus Vengeurs sont sûrement de dangereux personnages, et je ne veux pas qu'on prenne des risques inutiles. C'est bien compris, inspecteur Delage ? Pas d'initiatives stupides, pas de balades nocturnes en solitaire dans les champignonnières de Charente…

Maud soupira, exaspérée par le ton paternaliste que prenait Irwan pour lui reprocher encore une fois sa mésaventure de l'hiver dernier. Elle s'écria, d'un air outré :

— J'en ai assez de m'entendre répéter cette histoire ! Elle date de plus de huit mois et je n'ai pas pris une seule initiative du même genre depuis ce fâcheux incident. Je me suis montrée disciplinée et efficace, dixit notre cher patron, le commissaire Valardy.

Irwan ne répondit pas à la réplique de la jeune femme. Silencieux, il réfléchissait au moindre détail, cherchant à ordonner les premiers éléments de son enquête.

A priori, les indices étaient maigres, et le rapport de Maud n'ajouta rien à ce qu'il savait déjà. Le mécano de Chesnais n'était pas le seul à évoquer les peurs – hélas justifiées – du financier.

D'après le secrétaire du Circuit, qui le connaissait un peu, c'était un homme très nerveux, toujours persuadé d'être la proie de machinations obscures.

Réalité menaçante ou simple fantasme paranoïaque, se demandaient ses proches. Son décès tragique semblait à présent lui donner raison. La Bugatti bleue qui aurait pu le conduire à la victoire était devenue l'instrument de sa mort, et tous ceux qui l'avaient vue se transformer en une masse incandescente avaient éprouvé la même sensation d'horreur et d'impuissance.

— Bon. Les enfants, on file donner une convocation à Franky, puis je vous emmène au bureau. Nous n'avons pas de temps à perdre. Je sais que vous n'êtes pas de service, mais vu la situation et la frénésie du patron, j'ai besoin de vos lumières.

— Nous vous suivons, chef. Mais ce soir, je vous invite à dîner chez moi, déclara Maud d'un ton suppliant. Après ce qui s'est passé aujourd'hui, je n'ai pas envie de manger mon plat de lasagnes toute seule. J'étais vraiment aux premières loges et, telle que je me connais, je vais ressasser ce que j'ai vu toute la soirée.

— Pas de problème, Maud. On sera au rendez-vous, lui assura Xavier tendrement. Enfin, moi, tu peux en être sûre, quant à Irwan, je devine en l'observant qu'il ne résistera pas à un plat de lasagnes fait maison.

L'inspecteur divisionnaire esquissa un sourire distrait avant de répondre à son tour :

— Xavier a raison. Mais il ne faudra pas s'attarder. Je pense que la nuit va être longue.

Pourtant, dès leur arrivée à l'hôtel de police, ils comprirent tous trois que ce petit repas risquait d'être sérieusement compromis.

3

— Rendez-moi Alain ! Je vous en prie, je veux Alain, je veux le voir !

Dressée comme une statue vivante du désespoir devant le commissaire Valardy, une éblouissante créature, néanmoins échevelée et en larmes, s'agitait en convulsions incontrôlables.

Maud, Irwan et Xavier la découvrirent avec incrédulité. Le plus ennuyé semblait bien le patron, qui ne savait comment calmer cette furie à la voix suraiguë.

— Maud, aidez-moi. Madame est à bout de nerfs. Je ne sais plus quoi faire.

Certaine de se trouver en présence de la femme ou de la fiancée du défunt pilote, l'inspecteur Delage s'approcha très doucement en souriant.

— Venez avec moi, mademoiselle. Vous allez vous rafraîchir à côté. Vous pourrez me parler ensuite. Je comprends votre chagrin.

Maud ne mentait pas. Elle avait déjà aimé et pouvait parfaitement imaginer la douleur de cette jeune femme confrontée à la mort violente d'un être cher. Mais, décidément, la journée continuait à égrener ses surprises, car une gifle magistrale s'abattit sur sa joue, suivie d'un concert de rugissements.

— Vous, laissez-moi tranquille, espèce de petite conne ! Je n'ai rien à faire de votre pitié, je veux Alain ! Si vous aviez fait votre boulot, bande d'incapables, il ne serait pas à la morgue. Il serait encore avec moi.

Maud avait reculé d'un bon mètre en frottant sa joue meurtrie, sous les regards furibonds de ses collègues, qui n'avaient guère apprécié le geste de la belle éplorée. Grande, mince, dotée d'une magnifique chevelure blond platine, Sabine Régnier possédait un corps superbe, mis en valeur par une robe noire qui lui collait à la peau. Quant à ses yeux, malgré quelques rougeurs diffuses, ils évoquaient deux émeraudes au dessin ravissant. Autant d'atouts en sa faveur qui firent vite oublier ses cris furieux et ses manières de princesse outragée.

Xavier, qui s'était absenté un instant, venait de réapparaître. L'air nonchalant, d'un pas rapide, il rejoignit Sabine Régnier, la saisit par un bras pour l'obliger à s'asseoir dans le fauteuil du patron, puis, d'un mouvement vif, lui jeta le contenu d'un verre au visage. L'eau fraîche se révéla efficace. La femme poussa un petit cri vexé et se tut brusquement. Le commissaire en profita pour prendre la parole :

— Irwan, je vous présente Mlle Sabine Régnier, la compagne d'Alain Chesnais… Elle est en état de choc. Un mécanicien lui a appris la nouvelle sans ménagement. Je suis désolé pour son geste inconsidéré, Maud. Ce sont ses nerfs qui ont lâché.

— Je comprends très bien, patron. Ce n'est pas grave, je ne sens plus rien.

Irwan retint un sourire amusé, car la joue de Maud portait toujours l'empreinte de la gifle.

— Excusez-moi, mademoiselle, je ne savais plus ce que je faisais. Je ne peux pas accepter la mort d'Alain. Je l'imagine dans les flammes… Cette vision m'obsède.

Sabine, qui semblait se réveiller d'un mauvais rêve pour replonger en plein cauchemar, avait parlé en ravalant ses larmes, d'un ton gêné. Elle dévisagea à tour de rôle ceux qui l'entouraient, mais soudain ses forces la trahirent, et elle s'écroula mollement au milieu du bureau.

Maud se précipita auprès de la jeune femme, lui tapotant les joues :

— Il faut appeler un médecin, vite ! Elle est glacée. C'était peut-être imprudent, le coup du verre d'eau. Elle est durement choquée.

Le commissaire Valardy tournait en rond, embarrassé. Les accusations de Sabine Régnier concernant la police locale, même si elles étaient injustifiées, le dérangeaient. Alors que le standard annonçait l'arrivée du docteur Meurisse, il lança aux trois inspecteurs :

— Nous ne pouvons pas être tenus responsables de cet accident, puisque ce sont les services de sécurité du Circuit qui veillent sur les voitures en compétition. En revanche, nous devons retrouver très rapidement le ou les coupables, qui que ce soit. Vous avez compris, les enfants ? Je compte sur vous. On fonce. Réunion ici même dès que madame est rétablie et qu'elle se trouve en lieu sûr.

Sabine Régnier quitta le commissariat la tête haute, cachant ses yeux meurtris sous des lunettes noires. Lorsqu'elle avait repris connaissance, ses premiers mots avaient été pour Alain Chesnais. Elle l'avait appelé avant de gémir sourdement. Maud l'accompagna à son hôtel, où le médecin devait la rejoindre, afin de lui administrer une piqûre sédative.

— Mademoiselle, lui dit Maud en la quittant. Soyez courageuse. Comme vous viviez avec M. Chesnais, vous êtes la seule à pouvoir nous aider. Il faut trouver qui a fait ça, le plus vite possible, vous comprenez ? Vous allez dormir ; nous viendrons vous rendre visite demain matin. C'est d'accord ?

Sabine répondit par l'affirmative d'un signe las, puis elle déclara à voix basse :

— Vous n'avez qu'à chercher ces soi-disant Vengeurs. Ce sont sûrement des gens d'ici. Moi, je suis parisienne. Alain me disait toujours qu'on le haïssait en Charente. Les éternelles jalousies de province. De toute façon, que vous arrêtiez les coupables ou non, je ne reverrai jamais celui que j'aimais...

Quinze minutes plus tard, la réunion prévue par le commissaire Valardy débuta à une heure crépusculaire. Irwan, Xavier, Maud et Marcel, un inspecteur stagiaire, étaient debout autour de lui, devant un bureau encombré de documents :

— Bon, nous allons faire le point afin de voir la situation sous tous les angles. Je tiens à prendre en main cette enquête et j'ai besoin de vous dès ce soir, car les interrogatoires vont commencer. De nombreuses personnes, concernées ou non par le Circuit, seront entendues. Il y a déjà un certain Franky Tillet qui attend à côté.

Irwan se permit d'intervenir :

— C'est moi qui l'ai convoqué, patron. Quand il a vu l'explosion, il a tout de suite pensé à un attentat. De plus, d'après le rapport de Maud, il connaissait un peu Chesnais.

— Très bien. Nous l'interrogerons dans deux minutes. Résumons : Alain Chesnais, industriel assez connu dans le monde de la finance, un homme assez bourru dont on ne cite guère l'amabilité. Passionné d'anciennes voitures de course, il participe depuis cinq ans au Circuit des remparts. Il courrait cette année avec une Bugatti bleue. Comme tous les autres véhicules en compétition, la voiture a passé la nuit sous bonne garde dans la cour de l'hôtel de ville.

— Qui les surveille ? intervint Maud, novice en la matière.

— Les services de sécurité du Circuit, lui répondit Irwan. J'ai vérifié. L'équipe de vigiles n'a pas quitté les voitures des yeux. Ce sont des étrangers, de grands blonds du genre armoire à glace, qui parlent à peine le français et sont assistés par des chiens. Il ne fait donc pas bon rôder autour des voitures. Il paraît que les pilotes eux-mêmes n'ont plus le droit d'entrer quand les grilles sont fermées.

— Ouais, soupira Xavier, depuis des années ces mesures draconiennes sont efficaces. Là, de toute évidence, la charge explosive a été placée peu de temps avant la course.

Le commissaire secoua la tête, songeur, avant de prendre une feuille sur son bureau.

— Tu peux à juste titre évoquer une charge explosive, mon petit Xavier. Il y avait sous le réservoir de la Bugatti juste ce qu'il fallait pour la mettre en pièces. Pas plus, pas moins. Mais placé de telle sorte qu'il y a eu une intense combustion ; une vraie bombe dont le souffle a fait quelques dégâts...

Maud, très pâle, revit la scène. Près d'elle, Irwan serra les poings.

— Je suppose que vous avez eu le résultat de ces premières analyses, patron ?

— Exact, Irwan, et je vais vous apprendre une chose étonnante...

À cet instant précis, on frappa à la porte, et Antoine, un jeune inspecteur, fit une timide apparition.

— Commissaire, il y a là un monsieur qui proteste énergiquement et demande à être reçu. M. Franky Tillet. Il a dit qu'il partait dans cinq minutes si on n'avait pas besoin de lui. À mon avis, il m'a l'air de ne pas aimer la station immobile.

Le commissaire hésita, prêt à piquer une de ses célèbres colères, puis se reprit :

— Bon, faites-le entrer. Avec toutes nos excuses.

Le mécanicien ne leur apprit rien d'exceptionnel et repartit au bout de dix minutes sans avoir omis de jeter à Maud des regards appuyés. Sa déclaration n'avait qu'un intérêt : asseoir la thèse de l'attentat, puisque Franky fit état des craintes de Chesnais à ce sujet et indiqua que la victime avait des gardes du corps.

— À vérifier, déclara Irwan en fronçant les sourcils. Mais cela pourrait expliquer pourquoi on a choisi de piéger sa voiture. C'était sans doute trop difficile de l'approcher en temps ordinaire.

— Je n'en suis pas si sûr, dit doucement le commissaire. Il a dîné jeudi soir en ville, aux Terrasses ombragées. J'y étais aussi et je l'ai vu en compagnie de Sabine Régnier. Il n'avait pas du tout l'air anxieux, malgré la présence de nombreux voisins de table et du va-et-vient habituel. Je partageais la table du célèbre pilote Bernard Davray et de Paul Arcanel justement, un des principaux organisateurs du Circuit, comme vous le savez. Ce sont des amis de longue date.

— Paul Arcanel, je vois de qui vous parlez, patron. J'ai eu affaire à lui au sujet de la reprise des courses, dit Irwan. C'est un homme d'une quarantaine d'années, les cheveux poivre et sel, avec des lunettes, sympathique et énergique.

— Tout à fait ça, très bonne fiche d'identification, plaisanta le commissaire Valardy avant de reprendre un air soucieux.

Maud profita de cet instant de silence pour poser la question qui lui brûlait les lèvres :

— Patron, qu'aviez-vous de surprenant à nous dire ? Antoine vous a interrompu.

— J'y arrive, Maud, j'y arrive. Examinez ce morceau de tissu. C'est un échantillon que m'a confié le président du Circuit. Les combinaisons des pilotes sont confectionnées dans cette matière qui est ensuite ignifugée. D'après ce que j'ai entendu, la sécurité est de plus en plus exigeante suite aux graves accidents qui ont récemment endeuillé le sport automobile. Les casques sont traités aussi. Quant aux voitures, le dimanche matin, elles sont examinées par les services compétents du Circuit. Le président est donc convaincu que Chesnais ne portait pas une combinaison conforme aux normes, car les gars de la sécurité ont eu de gros problèmes pour freiner la combustion des vêtements. Ils en sont malades. Entre l'explosion et le feu, nous disposons de peu d'éléments, le corps d'Alain Chesnais – enfin ce qu'il en reste – étant dans un état affreux.

Irwan se redressa, soucieux. Quelque chose lui échappait ou lui paraissait inconcevable. Maud et Xavier, qui devaient éprouver la même sensation, se dévisageaient, perplexes, sans intervenir. Enfin, l'inspecteur divisionnaire se décida à parler :

— Ce qui voudrait dire, patron, que ceux qui ont réussi à placer une charge explosive sous le réservoir de la Bugatti sont parvenus également à changer la combinaison de Chesnais et le casque. Ça ne tient pas debout. C'était un pilote chevronné. Il aurait bien vu qu'il n'enfilait pas le bon vêtement.

— En revanche, ceux qui lui en voulaient n'ont reculé devant rien, et leur plan devait être préparé avec minutie, ajouta Maud.

— Et avec de nombreux complices, poursuivit Xavier.

Tous l'approuvèrent en silence.

— Des complices efficaces, renchérit le commissaire. Bon, voici comment nous allons procéder... Il est presque 21 heures. Allez manger un morceau. Ensuite, Maud et Xavier, vous faites un tour à l'hôtel du Marché. Chesnais y avait pris une chambre. Renseignez-vous auprès des employés sur les systèmes de fermeture, les entrées et les sorties, la routine, quoi. Irwan et Marcel, allez fureter du côté du parking concurrents. Je vous rejoins là-bas. Vous interrogerez les mécanos, les autres pilotes. Vous avez un sacré boulot ; il y a du monde.

Maud attendit ses collègues sur le parking. Dès que les trois hommes la rejoignirent, elle proposa à Marcel de se joindre à Irwan, Xavier et elle pour dîner.

4

Maud apprécia les compliments de Marcel sur sa cuisine. Il était en stage à Angoulême depuis un mois seulement. Selon les termes exacts du commissaire Valardy, c'était un garçon plein de promesses, et Irwan lui-même vantait ses qualités de logique et d'initiative. Xavier, pour sa part, l'avait éloigné d'office de la catégorie des « possibles rivaux », car Marcel souffrait d'un léger strabisme.

Une fois le repas fini, les quatre collègues se séparèrent.

— Viens Maud, on file à l'hôtel du Marché, dit Xavier. On prend ma voiture.

— D'accord. À plus tard, Irwan. On vous rejoint place New York. N'oublie pas de questionner Michel, le mécano de Chesnais. Il n'a pratiquement pas quitté la Bugatti entre 12 et 14 heures.

Irwan lui fit un signe de tête affirmatif, suivi d'un petit clin d'œil complice. Puis, d'un mouvement souple, il monta dans sa vieille voiture noire qui démarra aussitôt dans un infernal bruit de ferraille.

Lorsque Maud et Xavier se présentèrent à l'accueil de l'hôtel du Marché, on leur remit sans discuter les clés de la chambre d'Alain Chesnais. Le veilleur de nuit se permit une seule recommandation : ne pas faire de bruit, car la chambre de Mlle Régnier, qui avait besoin de repos, communiquait avec celle du pilote.

— Ne vous inquiétez pas, lui répondit Maud avec un sourire d'ange. Nous savons être discrets. C'est moi qui ai reconduit Mlle Régnier ici. Je sais qu'elle est très choquée par la tragédie.

— Ça, vous pouvez parler d'une tragédie ! s'écria le jeune homme en roulant des yeux effarés. Un attentat aussi violent à Angoulême, on n'avait jamais vu ça. Une chance qu'il n'y ait pas eu de blessés graves.

— Veuillez nous excuser, coupa Xavier d'un ton professionnel. Nous avons du travail.

En pénétrant dans la pièce obscure, une étrange émotion les paralysa un instant : Chesnais avait séjourné là récemment et reposait maintenant à la morgue, horriblement mutilé. Une odeur de parfum masculin les saisit, et ce fut d'un geste précautionneux que Xavier appuya sur le commutateur. La lumière blanche les éblouit un peu, éclairant un décor agréable : le lit spacieux, le mobilier moderne au design original, les fauteuils de style anglais, et, entre les deux fenêtres que dissimulait un luxueux voilage chamarré, le poste de télévision.

— Du courage, Maud. Il faut faire notre inspection. Je m'occupe de la penderie.

— Et moi des tiroirs de la table de nuit et de la salle de bains.

Les deux inspecteurs furent vite déçus, car rien de particulier ne les attendait dans cette chambre déserte. Tout était désespérément ordinaire : produits de toilette à l'emplacement traditionnel, un paquet de cigarettes de marque américaine dans un des tiroirs, quelques vêtements dans l'armoire... Pas un carnet d'adresses, pas un seul petit indice confirmant la tendance d'Alain Chesnais à s'entourer de diverses précautions.

— Il n'y a même pas de pistolet d'alarme ou de bombe lacrymo. Rien, chuchota Maud.

— Ce n'est pas lui qui devait être armé, mais ses fameux gardes du corps qui semblent s'être évaporés, lui dit Xavier tout bas.

— Je vais quand même jeter un œil sous le lit. Il y a encore des gens qui utilisent ce genre d'endroit pour cacher quelque chose. C'était même une de mes manies quand j'étais petite.

Elle s'agenouilla, pencha la tête et s'immobilisa aussitôt dans une contemplation qui eut le don d'intriguer son collègue. Il fit donc comme elle et resta pétrifié, une exclamation de surprise au bord des lèvres. Tout près de lui, le ravissant visage de Maud exprimait une angoisse toute naturelle, qu'il comprenait aisément : un corps était allongé sous le lit, à première vue privé de la moindre étincelle de vie.

— Nous allons le sortir de là-dessous ! s'écria Xavier. D'abord, va vite voir dans la chambre voisine. Je commence à avoir de sérieuses craintes pour Sabine Régnier. Je vais essayer d'appeler Irwan.

Maud s'était relevée, livide. Sans un mot, elle ouvrit la porte à double battant, qui n'était pas fermée à clé, et s'absenta un instant. Quand elle réapparut, Xavier l'interrogea du regard.

— Tout va bien. Elle dort. Sa respiration est faible, mais régulière. Ce doit être l'effet de la piqûre…

Xavier soupira de soulagement tout en faisant de gros efforts pour dégager leur macabre découverte :

— Viens m'aider. Je n'arrive pas à le tirer à moi. Il doit peser au moins cent kilos, et je peux t'assurer qu'il est mort, par strangulation d'après ce que j'ai cru voir. Je me demande bien qui c'est, et pourquoi il est là. Soulève un peu le sommier, là, à droite.

L'homme qui gisait à présent à leurs pieds dégageait une impression de force étonnante malgré son statut de cadavre : vêtu d'un costume gris, c'était un vrai colosse.

— Regarde ça, fit Xavier.

Un carré de papier était épinglé sur la poitrine de l'individu. Xavier s'accroupit et lut le message inscrit à l'aide de lettres autocollantes, comme celui trouvé sur la veste de Chesnais : *Il ne faut pas protéger les crapules. À bon entendeur, salut ! Les Vengeurs.*

Là encore, le caractère du texte déconcerta les deux inspecteurs, qui restèrent songeurs.

— C'est bizarre, commenta enfin Maud. Il y a une fausse note dans ces messages. On dirait l'œuvre d'un gosse, tu sais, du genre fana du Club des Cinq. Ou bien ce sont des brutes stupides qui laissent des signatures d'un degré intellectuel désolant.

— Ouais, je vois ce que tu veux dire, mais en fait, un assassin, par définition, n'est pas toujours un être évolué. Il y a une autre solution : ce ton idiot est peut-être voulu, pour brouiller les pistes justement.

— Il faut absolument joindre Irwan et le patron. Tu les as appelés ?

— Non, pas eu le temps. Écoute, je reste là. Va les chercher, ce sera plus rapide. Le parking concurrents est tout près d'ici. Tu prends les clés de la voiture, je ne bouge pas, je ne touche plus à rien.

Maud, qui s'apprêtait à sortir de la chambre, éprouva un pincement au cœur, une oppression inexplicable : Xavier lui semblait soudain vulnérable, seul dans cette pièce sous une lumière trop vive, avec ce mort inconnu d'une carrure peu commune.

— Xavier, tu es armé, n'est-ce pas ? lui demanda-t-elle en ouvrant la porte donnant sur le couloir. Je ne suis pas tranquille. Cette histoire me paraît de plus en plus compliquée.

Pour une fois, l'inspecteur Boisseau ne répondit pas en plaisantant. Il se contenta de sourire gravement, ses yeux bruns se teintant de douceur :

— Pars sans crainte. Un flic en service ne sort pas sans son arme. J'ai moi-même vérifié que tu avais bien la tienne. Et ce n'est pas ce monsieur qui va me faire du mal.

— OK, mais sois prudent. Tu penses comme moi ? C'est un des gardes du corps de Chesnais, n'est-ce pas ?

— Oui, j'en suis sûr. Tu vois, ils ne se sont pas tous évaporés. Il en restait un.

Maud se décida à sortir. Le couloir lui parut très long jusqu'à l'ascenseur. Dans le parking souterrain de l'hôtel, une petite peur sournoise l'envahit. Ces lieux lui déplaisaient vraiment depuis sa mésaventure dans les carrières, où un fou dangereux l'avait poursuivie, utilisant sa voiture telle une arme monstrueuse et vengeresse. Mais son métier l'avait habituée à dominer ce genre d'émotion, et c'est d'un pas assuré qu'elle se dirigea vers la voiture de Xavier.

Cinq minutes plus tard, elle se gara à une dizaine de mètres de la statue Carnot, à l'extrémité sud de la place New York. Les Angoumoisins avaient donné ce nom à l'ancienne promenade de la Belle Époque, avec son kiosque à musique, aujourd'hui disparu, et sa double rangée d'arbres. En cette fin d'été, le décor avait bien changé. Des projecteurs éclaboussaient d'une clarté crue l'étendue du parc Concurrents, jouant sur les carrosseries luisantes et sur les visages las de ceux qui se trouvaient réunis derrière les barrières de l'enceinte.

Très vite, la jeune policière reconnut la silhouette d'Irwan, non loin du théâtre. Il discutait avec le commissaire et un autre homme qu'elle n'identifia pas tout de suite.

Quand l'inspecteur divisionnaire la vit s'approcher d'eux, il s'avança galamment et dit à son interlocuteur :

— Monsieur Arcanel, j'ai le plaisir de vous présenter l'inspecteur Maud Delage, une jeune et charmante recrue de nos services. Elle a quitté sa Bretagne pour notre Charente, mais elle ne s'en plaint pas.

Paul Arcanel serra la main de Maud et lui fit un sourire chaleureux. La jeune femme lui sembla cependant mal à l'aise, tendue.

— M. Arcanel est un des principaux organisateurs du circuit avec Gérard Roquevert, continua Irwan. Il nous a donné de précieux renseignements sur Alain Chesnais, notamment l'adresse de sa résidence secondaire, à quelques kilomètres de Cognac.

— Enchantée de faire votre connaissance, monsieur, dit très vite Maud, lançant à Irwan des regards implorants.

Il l'attira à l'écart, et ils échangèrent quelques mots à voix basse.

— Patron ! s'écria aussitôt Irwan. Excusez-moi de vous interrompre, M. Arcanel et vous, mais il y a du nouveau. Nous devons rejoindre Xavier à l'Hôtel du Marché le plus vite possible.

Le commissaire fronça les sourcils et nota la mine défaite de Maud qui, de toute évidence, n'avait pas pu parler librement devant Paul Arcanel.

— Bon, nous te suivons. Monsieur Arcanel, passez demain matin à mon bureau pour votre déposition. Excusez-nous et merci.

Ils s'éloignèrent tous les trois à grandes enjambées.

— Nous avons fouillé la chambre de Chesnais et nous avons trouvé un cadavre sous son lit, précisa Maud. Ce doit être un des gardes du corps. Il y avait un message sur lui : toujours les Vengeurs... J'ai laissé Xavier seul là-bas, mais je commence à croire que c'est une erreur, non ?

— Ce n'est guère prudent d'agir ainsi, Maud, mais notre brave Boisseau en a vu d'autres, et le meurtrier n'a pas dû s'attarder à l'hôtel, marmonna le commissaire Valardy.

Puis il s'exclama en se grattant le menton :

— Vous parlez d'une drôle d'histoire. Je me demande vraiment qui se cache derrière ces Vengeurs. Il faut absolument les arrêter, et vite, sinon ils vont semer la terreur.

Marcel venait de les rattraper au pas de course. Il prenait des notes, après avoir posé les questions d'usage à un mécanicien, lorsqu'il les avait aperçus, en apparence très pressés.

— Commissaire, qu'est-ce que je fais maintenant ? Vous partez ?

— Tu tombes bien, Marcel. File appeler le PC radio et envoie l'identité judiciaire à l'Hôtel du Marché. Ensuite, rejoins-nous là-bas, chambre 223. Fais vite, il y a une nouvelle victime !

Le nouveau stagiaire se mordit les lèvres, retenant une exclamation, avant de s'acquitter de sa tâche avec célérité.

Maud, Irwan et le commissaire suivaient maintenant le couloir de l'hôtel, où régnait un silence pesant. Ils ouvrirent la porte de la chambre 223, certains de découvrir la physionomie familière de leur collègue Xavier Boisseau. Mais la lumière était éteinte. Irwan sortit son arme et alluma. À part le mort défiguré par la strangulation, il n'y avait personne.

— Où est Xavier ? demanda Maud très bas, cachant mal son anxiété. Regardez, la porte donnant chez Sabine est ouverte. Quand je suis partie, elle était fermée.

Ils se précipitèrent, les doigts crispés sur leur arme, le cœur serré. Dans la chambre de Sabine, qui dormait toujours paisiblement sous l'effet des sédatifs, un autre corps gisait sur la moquette, les bras en croix : Xavier n'avait même pas eu le temps de se défendre.

*

— Je me suis fait avoir comme un bleu, se lamenta Xavier en effleurant d'un doigt le pansement qui lui couvrait la moitié du crâne.

Il était de retour sain et sauf à l'hôtel de police après un bref passage au centre hospitalier de Girac. Quand ses amis l'avaient trouvé inanimé, ils avaient aussitôt demandé une ambulance. Xavier avait vite repris connaissance sous les doigts du médecin qui l'examinait.

— Tu nous as fait une peur ! commenta Maud en lui tapotant l'épaule avec tendresse. Tu vois, mon pressentiment en te laissant seul là-bas était justifié.

Irwan intervint, cachant mal son émotion, car lui aussi avait cru un instant que son vieux copain avait « passé l'arme à gauche », selon ses propres termes. Le commissaire Valardy lui-même avait poussé un juron retentissant qui les aurait tous beaucoup surpris en d'autres circonstances. Les traits tirés par la fatigue, il était d'ailleurs auprès du blessé.

— Alors, Xavier, il est temps de nous raconter le plus exactement possible ce qui t'est arrivé. Nous nous heurtons dans cette affaire à des individus qui ne reculent devant rien. Je suis surpris que tu t'en sois tiré à si bon compte.

— C'est complètement idiot, patron, et je ne suis pas fier de moi. Voilà les faits : Maud s'en va. Je reste donc dans la chambre, avec mon drôle de compagnon. Je pensais à l'enquête et soudain j'entends un léger bruit dans la pièce voisine, où dormait Sabine. C'était un bruit bizarre ; cela ne pouvait pas venir d'elle, de son lit. C'était différent. Aussitôt, je me suis dit qu'elle était peut-être en danger et très doucement je suis allé voir.

Maud imagina si bien la scène qu'elle éprouva un sentiment d'angoisse rétrospectif. Xavier, qui paraissait épuisé, poursuivit son récit en regardant d'un air gêné le commissaire :

— C'est là que j'ai fait une erreur. La chambre de Sabine était très sombre, je n'y voyais rien. Je ne voulais pas la réveiller, mais je n'avais pas ma lampe de poche miniature. Je me dirigeai à tâtons vers la fenêtre, pour ouvrir un peu les rideaux, quand j'ai eu l'impression que ma tête explosait. J'ai reçu un coup d'une violence incroyable. Ensuite, le trou noir, et je me suis réveillé à Girac.

Irwan enfonça ses mains dans ses poches d'un geste rageur et poussa un soupir agacé. Il lui semblait que tout allait trop vite, et pas à leur avantage. Il y avait déjà deux morts, sans oublier Xavier qui s'était fait surprendre comme un débutant sans que la belle Sabine ouvre un œil ou s'agite. D'ailleurs, l'intensité de son sommeil en avait intrigué plus d'un. Toute cette agitation n'avait même pas fait cligner une paupière de la jeune femme, sans aucun doute sous l'effet d'une médication plus qu'énergique. Maud avait songé un instant qu'elle était peut-être dans le coma, mais un des infirmiers venus au secours de Xavier lui avait affirmé le contraire. Il restait donc à espérer qu'elle serait en état de répondre aux questions de la police le lendemain matin.

— Bon, les enfants, il faut agir. Il est 1 h 30 du matin. Nous avons une urgence : découvrir qui était vraiment Alain Chesnais. J'ai demandé des renseignements qui devraient m'être faxés cette nuit. Deux d'entre vous vont aller inspecter la maison de Cognac. Pour déclencher une haine pareille, il n'y a que deux solutions : c'est une histoire de gros sous ou une histoire de femme. À nous de frapper juste et de démêler l'écheveau. Quant au mort de l'Hôtel du Marché, c'est bien un des deux gardes du corps de Chesnais, un dénommé Giorgio Carloni, de nationalité italienne, au service du pilote depuis trois ans. Nous saurons à quelle heure il est mort dès que le légiste aura fait son boulot. D'ailleurs, il m'attend pour commencer. J'emmène Marcel.

Le commissaire reprit son souffle, les regardant à tour de rôle d'un air confiant. Comme ils avaient rarement été confrontés à une affaire de cette envergure, il était donc impératif de travailler dans une parfaite coordination et de se montrer d'une efficacité exemplaire. C'est d'un ton paternel qu'il acheva de leur dicter ses consignes :

— Xavier va aller se coucher. Il en a assez fait pour aujourd'hui. Irwan, tu vas partir tout de suite avec Maud vers Burie. Voici l'adresse exacte de la propriété. Le gardien est prévenu, il vous attend. Mais attention : faites dans la douceur. Enquête d'environnement, la routine. Chesnais est un enfant du pays. Je crois que ses obsèques auront lieu là-bas. Alors, du doigté, de la diplomatie.

Maud mit son blouson de jean sur son bras ; Irwan était déjà dans le couloir. Elle s'apprêtait à le rejoindre, mais un détail la tracassait : elle oubliait quelque chose, une petite question qu'elle voulait poser au commissaire depuis plusieurs heures. Or, chaque fois, un fait nouveau la distrayait. Là encore, elle se dit que la mémoire lui reviendrait plus tard et, après avoir fait au pauvre Xavier un signe de la main compatissant, elle s'élança de son pas léger vers l'inspecteur divisionnaire Vernier, manifestement d'une humeur noire.

Ils descendirent sans s'adresser un mot et, sur le parking, Maud s'efforça de suivre Irwan, mais il marchait si vite qu'elle dut faire deux foulées de course pour le rejoindre.

— Qu'est-ce qui ne va pas ? Tu n'es pas obligé de passer tes nerfs sur moi ! lui lança-t-elle d'un ton agacé.

— Rien ne va plus. Je pense à ce qui est arrivé aujourd'hui, et cela me donne envie de mordre. Allez, monte, dit-il plus gentiment en ouvrant la portière de sa voiture du côté passager.

— On va les trouver, les coupables. Toi, tu voudrais toujours brûler les étapes.

— Oui, je sais. Mais ces Vengeurs me font l'effet d'une sinistre mascarade, et je ne dormirai pas avant d'avoir mis la main dessus.

5

Alain Chesnais était un enfant de la région de Cognac et, dans son jeune âge, un écolier discret de la commune de Burie. Né dans une famille de viticulteurs, il appartenait par ses origines à cette branche de la bourgeoisie, assez importante en province, qui tire ses richesses de la terre. Des générations avaient vécu et prospéré entre les murs du charmant domaine bâti à flanc de coteau, non loin d'une courbe de l'Antenne, un affluent du fleuve Charente.

Son père pensait qu'il prendrait sa suite, mais, à la surprise générale, l'adolescent aux beaux yeux noirs, brillamment reçu au baccalauréat, choisit une voie différente en se lançant dans de hautes études de commerce et de gestion. Cette décision l'exila des années du foyer. Il était fils unique. Ses parents supportèrent mal cette désaffection : sa mère mourut peu après d'un cancer et le domaine périclita. Avant de s'éteindre à son tour, son père vendit les vignes.

Jouissant déjà d'une fortune considérable, amassée grâce à des transactions commerciales que tous croyaient honnêtes, Alain Chesnais hérita de la maison familiale. Il en fit une luxueuse résidence secondaire, aménageant l'intérieur, y apportant confort et élégance, installant une piscine et veillant avec un soin jaloux sur les plantations destinées à embellir le parc. De nombreuses conquêtes féminines vinrent séjourner dans ce décor idéal, et la dernière en date s'appelait Sabine Régnier, un top model en pleine ascension.

À Paris, dans le milieu de la finance où il exerçait ses talents, on disait souvent du séduisant quadragénaire qu'il avait deux passions fatales : les voitures et les femmes. Les voitures se devaient d'être des modèles somptueux, anciens ou à la pointe des progrès technologiques ; quant aux femmes, il les aimait peu bavardes, jolies et douces. Seule la blonde Sabine démentit ces rumeurs. Soit, elle était très belle, mais sa personnalité était affirmée, tout le contraire des jeunes femmes insipides gravitant habituellement autour du pilote.

Il l'avait rencontrée au cours du Circuit des remparts, deux ans auparavant, alors qu'elle participait à un défilé de mode organisé par une boutique de luxe. Il courait à cette époque avec une autre Bugatti bleue, et Sabine avait vite assorti sa toilette à la couleur du véhicule. Séduit par cette sirène des temps modernes, Chesnais avait succombé à un amour fou malgré leur grande différence d'âge. Selon leurs amis, elle l'aimait aussi, mais avait sur lui une influence étonnante. De plus, leurs caractères s'accordaient, car ils avaient les mêmes goûts, celui de la victoire et de l'argent, d'une vie facile sans grand souci de moralité ni d'honnêteté.

Mais tout cela, Maud et Irwan, en route vers l'ancien domaine de la famille Chesnais, l'ignoraient encore.

Dans la lueur des phares, les talus bordant la chaussée prenaient des reflets argentés. La nuit était fraîche, exhalant de fugaces parfums d'automne. Maud, qui avait baissé sa vitre de quelques centimètres, savourait ces odeurs de sous-bois. Ils traversèrent la campagne silencieuse et des villages endormis. Irwan avait choisi d'éviter la nationale, qui conduisait directement à Cognac, pour emprunter des routes secondaires.

— C'est un peu moins rapide par là, mais tellement plus agréable, expliqua-t-il à sa collègue. Le ciel est clair ; on profite mieux du paysage.

Songeuse, elle l'approuva d'un mouvement de tête. La voiture d'Irwan était loin d'avoir des amortisseurs au point, mais le ronronnement du moteur engourdit peu à peu la jeune femme.

— Eh ! Maud ? Tu dors ? Ce n'est pas encore le moment. Dans un quart d'heure, on arrive.

— Je ne dors pas, je me repose. J'ai envie de discuter avec toi, mais j'ai peur de t'ennuyer, protesta-t-elle mollement.

— Tu ne m'ennuies jamais. Si tu as envie de discuter, ne te gêne pas, je suis à ton entière disposition.

— D'accord. Pourquoi êtes-vous entré dans la police, inspecteur Vernier ?

Maud avait posé cette question d'une manière si directe que son collègue fut pris au dépourvu, car il ne s'attendait pas à aborder un sujet de ce genre. Il hésita un instant avant de répondre d'un ton sérieux :

— En fait, je ne sais pas bien ce qui m'a poussé à choisir ce métier. Peut-être le regret d'une autre époque, où j'aurais pu me révéler un preux chevalier, défendre les faibles, combattre l'injustice. J'ai toujours eu ce désir de traquer les mauvais sujets. Mon père a dû m'influencer également. Il était brigadier-chef au commissariat de Brest, mais, en vérité, il avait toujours rêvé d'être commissaire. Moi, il m'imaginait tout de suite au sommet de l'échelle, le type incorruptible, une sorte d'Eliott Ness en somme, mais breton.

Maud éclata de rire, puis dévisagea Irwan qui avait soudain un petit air nostalgique.

— Tu es presque en haut de l'échelle, Irwan. Inspecteur divisionnaire, ce n'est pas si mal à ton âge. De plus, tu es le successeur tout désigné du patron.

— Ouais, je sais. Il y a autre chose que j'apprécie dans ce boulot, qui a pourtant des côtés pénibles, c'est que l'on peut bouger, rencontrer un tas de personnages. Et quand je vais à la pêche, dès que j'annonce aux personnes présentes que je suis inspecteur de police, elles me racontent des histoires insolites, ou me posent des questions sur mes enquêtes. C'est sympa, tu ne trouves pas ?

— J'aimerais bien que tu m'emmènes à la pêche, un jour. Tu m'as souvent parlé de petits coins tranquilles au bord de l'eau. J'apporterai le repas. Qu'est-ce que tu en penses ?

— Ce n'est pas impossible, il faudrait seulement que nos jours de congé soient les mêmes, et surtout que cette affaire soit élucidée.

Maud soupira. Elle avait presque oublié, en rêvant à une partie de pêche bucolique, qu'ils étaient sur la piste d'assassins. Irwan, qui l'observait du coin de l'œil, lui demanda d'une voix plus douce :

— Et pourrais-je savoir à mon tour ce qui a décidé une jolie fille comme toi à devenir flic ?

— Peut-être... Je n'aime pas trop en parler.

— C'est comme tu veux. Mais je t'avoue que j'étais vraiment surpris le jour où tu as débarqué dans le bureau du patron. Il m'avait prévenu de ton arrivée, pourtant.

Ils se mirent à rire spontanément, gardant tous deux en mémoire le souvenir de cette première rencontre : très intimidée, Maud avait fait son apparition dans le bureau du commissaire Valardy, qui l'attendait en compagnie d'Irwan. Vêtue d'une robe d'été qu'elle avait choisie pour le voyage, elle ressemblait plus à une touriste qu'à un nouvel inspecteur. Bronzée, les cheveux défaits, illuminant la pièce de son incroyable regard bleu océan, elle s'était aussitôt avancée vers Irwan pour lui serrer la main, lançant un énergique « Bonjour, commissaire » qui avait déclenché l'hilarité du vrai commissaire.

— Ah ! s'exclama Irwan, je te vois encore... Tu ne savais plus quoi dire. Tu avais rougi, tu étais charmante, mais je t'assure que je me suis vraiment demandé si ce n'était pas une blague du patron.

— Eh non, ce n'en était pas une. Est-ce que je t'ai déçu depuis ?

— Non, pas du tout, au contraire. Tu t'en sors à la perfection.

Maud eut un faible sourire et fixa, les yeux dans le vague, la route qui défilait.

— Tu veux savoir pourquoi je suis flic ? Cela remonte à des années. J'étais encore collégienne, en classe de troisième. J'avais deux amies, Virginie et Geneviève, on était voisines et on faisait souvent le trajet ensemble. Un jour, mes parents sont venus me chercher à la sortie des cours. C'était assez exceptionnel : nous devions aller chez le médecin. Nous avons pris Virginie avec nous. Geneviève a refusé de venir, affirmant que sa mère ne serait pas d'accord, qu'elle allait prendre le bus. Une histoire toute bête. Mais je n'ai jamais revu Geneviève, à part dans le journal, une petite photo en noir et blanc. Elle avait été violée puis étranglée par un de ces mecs à moitié fous qui traînent dans les rues, parfois près des écoles. Je n'ai pas su pourquoi elle l'avait approché, pourquoi il l'avait torturée. J'ai souffert, Irwan, moins qu'elle, certes, mais je me suis répété cent fois que si j'avais insisté, si, je n'étais pas allée chez le médecin ce jour-là, et si, et si... sans cesse. J'adorais Geneviève. Elle était mignonne, gentille, gaie. Tout le monde a essayé de me raisonner, de me consoler. La seule chose qui m'a aidée à retrouver goût à la vie, fut de me répéter qu'un jour, je serais dans la police, du côté où l'on traque les bêtes sanguinaires, pas du côté des proies. Mes parents ne voulaient pas, puis ils se sont inclinés. J'avais si peur qu'il m'arrive la même chose que j'ai fait du karaté, j'ai appris à tirer. J'aime bien les armes, maintenant. Voilà, tu sais tout.

Irwan ne dit rien, mais la voiture ralentit avant de se garer devant un monumental portail de bois sombre.

— Nous sommes arrivés, inspecteur Delage. Voici le domaine d'Alain Chesnais.

Maud reprit sa respiration et rejeta une mèche rebelle en arrière. Soudain, Irwan se pencha vers elle et, d'un doigt, lui caressa la joue.

— Tu as bien fait de tenir bon, d'aller au bout de tes convictions. Tu sais, je suis peut-être souvent un sacré grognon, mais je t'admire sincèrement. Tu peux me croire.

Elle ne répondit pas, se contentant de lui sourire.

— On y va ? fit-il.

— On y va, chef.

Irwan sonna deux fois. Un pas traînant fit crisser les graviers, et un vieil homme leur ouvrit une porte latérale de taille modeste, les introduisant dans un parc qui devait être magnifique en plein jour. On le devinait à la hauteur des arbres, à l'ordonnance des massifs. Des réverbères semés çà et là diffusaient une clarté jaune qui se heurtait à de nombreuses zones d'ombre absolue.

— Pauvre M. Chesnais, vous parlez d'une affaire. Lui qui venait d'acheter cette Bugatti... Il en était tout content. Si c'est pas malheureux de finir comme ça, ronchonna leur guide qui, d'une démarche hésitante, suivit l'allée menant à la maison.

Maud regarda Irwan. Elle voulait dire quelque chose, mais, jetant des regards explicites vers le vieux gardien, il lui fit signe de n'en rien faire. Elle approuva d'un regard : en effet, l'homme semblait bavard. Il était préférable de le laisser parler. Ils en apprendraient peut-être autant de cette façon. Une enquête aussi importante demandait un maximum de renseignements.

La résidence secondaire de Chesnais avait gardé sous son vernis de luxe son ancienne silhouette de ferme charentaise – cossue cependant. C'était un corps de logis imposant, construit dans ce calcaire tendre et lumineux propre à la région. Les toits de tuiles adoucissaient la rigueur de l'architecture, et l'on sentait entre ces murs épais tout un passé prêt à resurgir. Le gardien sortit une clé.

— C'est beau, hein ? dit-il. M. Chesnais comptait se reposer ici après le Circuit. S'il avait pu prévoir ce qui l'attendait…

L'intérieur de la maison ne leur apprit rien de plus, car ils ne pouvaient pousser trop loin leurs investigations. En fait, ils s'attendaient tous deux à trouver là le second garde du corps, mais les lieux étaient vides de toute présence. Quelques affaires personnelles témoignaient de visites occasionnelles, mais l'ambiance générale était celle d'un endroit fréquemment inhabité.

— Et ses voitures, où sont-elles ? Je n'ai pas vu de garage, s'étonna Irwan à la fin de la visite. On m'a dit qu'il avait une collection impressionnante.

— Ah ! Vous voulez voir les voitures. Elles sont dans les anciens chais. Je vous y conduis. Suivez-moi. Au fait, je vous ai pas dit mon nom : Roland Maury, au service de la famille depuis cinquante ans. Monsieur Alain, je l'ai vu naître. Tenez, il a fait ses premiers pas sous le tilleul, je m'en souviens. J'ai pas eu de gamins, alors, pensez si je m'en occupais du petit.

— Vous devez avoir beaucoup de chagrin, monsieur. Nous sommes désolés de vous déranger si tard, lui dit alors Maud doucement.

Elle commençait à se reprocher son manque de tact à l'égard de ce pittoresque personnage.

— Bien sûr que j'ai du chagrin ! Le maire lui-même est venu m'apprendre la nouvelle et ça m'a fichu un sacré coup !

Vu son haleine alcoolisée, Roland avait dû employer la manière forte pour surmonter le choc, ce qui expliquait également sa démarche incertaine. Comprenant soudain qu'il devait cacher sa peine par pudeur, Irwan et Maud éprouvèrent à l'égard du vieux gardien un vif élan de sympathie. D'ailleurs, il était à présent intarissable au sujet des jeunes années d'Alain Chesnais et, quand il poussa enfin la porte des chais, Roland Maury se frotta les yeux d'un doigt tremblant.

— Voilà les voitures de Monsieur, dit-il en se raclant la gorge.

Maud réprima une exclamation de surprise, et Irwan laissa échapper un petit sifflement admiratif : une superbe collection de voitures anciennes se trouvait abritée là, mise en valeur par des projecteurs disposés à bon escient, transformant les pièces alignées en une série de jouets grandeur nature. Au fond du vaste local, une Saguax, un modèle tout récent, faisait figure d'intruse.

— Est-ce qu'elles sont toutes en état de rouler ? avança la jeune femme, séduite par la beauté et l'originalité des trésors exposés là.

— Non, pas toutes, il y a une De Dion-Bouton qui n'a plus de moteur, mais Tim devait en installer un, commenta Roland en haussant les épaules.

— Tim, c'était un de ses mécanos, c'est ça ? interrogea aussitôt Maud, qui avait en mémoire les déclarations de Michel, l'actuel mécanicien du pilote.

— Oui, un brave gars, et il l'a renvoyé à contrecœur, car c'était un as dans son boulot. C'est lui qui a bricolé la majorité des voitures que vous voyez ici. Mais comme Monsieur s'était mis en tête qu'il tournait autour de sa Sabine, il n'a pas hésité bien longtemps : il l'a congédié après cinq ans de bons services. Je lui ai bien dit qu'il faisait une bêtise, mais il n'a pas voulu m'écouter. Elle, de toute façon, ça l'amusait de le rendre jaloux.

Irwan intervint d'un ton neutre :

— Et d'après vous, c'était justifié, cette précaution ? Il n'y a pas eu une amourette entre Sabine et Tim ?

Roland Maury prit soudain une expression méfiante et toisa l'inspecteur Vernier d'un regard froid :

— J'en sais fichtre rien ! Sabine, elle aimait pas me voir dans la maison, et Tim, il avait ce qu'il lui fallait à Paris. Une belle brune, Agnès.

— Ne vous fâchez pas, fit Maud. Je vous rappelle que M. Chesnais a été tué. Nous cherchons les criminels. Il est normal de suivre toutes les pistes.

— Et Tim a peut-être mal digéré son renvoi, surtout pour cette raison, continua Irwan plus durement. Vous savez où on peut le trouver ?

— Pas du tout, ricana le vieil homme. Aux dernières nouvelles, il était dans la capitale. Demandez à Patrick. Il est peut-être mieux renseigné.

— Qui est Patrick ? demanda la policière en soupirant.

Elle commençait à éprouver une certaine fatigue, vu l'heure tardive, et les nombreuses émotions de ce dimanche peu ordinaire.

— Patrick Chavanne, c'est le garde du corps de Monsieur Alain. Il loge là, dans une petite pièce du fond. À cette heure-ci, il doit dormir, mais vous pouvez toujours frapper à sa porte. Il a un sommeil de plomb, celui-là.

Irwan traversa les chais, qui n'avaient gardé aucune trace de leur fonction précédente : les murs blancs étaient crépis, un bar en chêne massif occupait un des angles, avec tout ce qu'il fallait pour jouer au débit de boissons à domicile : machine à café, distributeur de cacahuètes, sans oublier une installation pour la bière pression.

Ce comptoir de bistrot implanté en pleine campagne sut distraire un peu Maud, qui, depuis quelques secondes, se demandait dans quel état ils allaient découvrir le fameux Patrick. De fait, elle frappa quatre fois, mais personne ne bougea.

Alors qu'Irwan s'apprêtait à entrer dans la pièce, s'attendant lui aussi au pire, un homme ouvrit la porte et se dressa devant eux, de toute évidence dans une colère terrible.

— Qu'est-ce que voulez, vous deux ? hurla-t-il en les observant attentivement.

— Inspecteur Vernier, inspecteur Delage, répondit Irwan. Vous devez savoir que votre employeur, M. Chesnais, a été tué. Votre collègue Giorgio Carloni est mort aussi. Il a été trouvé étranglé, dans la chambre de M. Chesnais justement. Alors, nous aimerions bien savoir ce que vous pensez de tout ça.

Patrick n'avait pas vraiment le profil d'un garde du corps. Il était de taille moyenne, trapu, mais sûrement vif, nerveux, agile. De plus, on sentait en lui une animosité sous-jacente qui devait faire de lui un bagarreur hors pair. Pourtant, en écoutant les paroles d'Irwan, il vacilla et ferma les yeux un instant. Secouant la tête de gauche à droite, il s'appuya au mur le plus proche en grondant comme un fauve blessé.

— Les salauds, ils ont eu Giorgio. D'abord, le boss, puis lui. Le prochain, c'est moi.

— De qui parlez-vous ? interrogea Irwan d'un ton moins rude.

— De ces ordures qui harcelaient le patron avec leurs lettres de menaces. Moi, je sais pas qui c'est, mais le boss, lui, il savait sûrement. Seulement, il est plus là pour vous le dire. Et mon pote Giorgio, je l'avais prévenu d'être sur ses gardes, mais il en rigolait.

— Ouais, reprit Irwan. Il en rigolait peut-être, mais je vous avoue que je ne vois pas pourquoi il a subi le même sort que M. Chesnais. Si c'est une vengeance personnelle, je dis bien, si c'est une vengeance personnelle, je ne vois pas l'intérêt de tuer également votre copain.

Patrick regarda l'inspecteur Vernier avec hargne. Il serra les poings, fit craquer ses phalanges, souffla bruyamment avant de s'écrier :

— C'est à vous de trouver la solution, pas à moi ! Giorgio travaillait pour le boss depuis un bon bout de temps. Il en savait sans doute plus long que moi sur bien des choses.

— Oui, sans doute, insista Maud, agacée par l'agressivité manifeste de l'homme. Mais vous allez encore nous dire qu'il n'est plus là pour en parler. Vous aimez la logique, n'est-ce pas ?

Irwan toussota et fronça les sourcils, indiquant ainsi à sa collègue qu'il n'approuvait guère son intervention. Ne pouvant réprimer un soupir vexé, Maud choisit donc de se taire jusqu'à nouvel ordre. Patrick eut un petit air ironique en observant les deux inspecteurs. Il alluma une cigarette, fit les cent pas devant eux en marmonnant.

— Moi, si j'étais vous, je fouinerais du côté des autres pilotes. Chesnais était toujours bien placé, et sa Bugatti était un vrai bolide. Ça pouvait attirer des jalousies.

— Je n'appuie pas du tout cette thèse, mon cher Patrick, gronda Irwan. Pour une bonne raison : au pire, que l'on trafique une voiture pour provoquer une panne matérielle, on peut l'imaginer, mais aller jusqu'à placer des explosifs sous le réservoir d'essence… Convenez avec moi qu'il y a dans cet acte une volonté forcenée de tuer. Pour gagner une course, je sais qu'il y a d'autres méthodes, et beaucoup moins expéditives.

— Je suis d'accord avec vous, intervint Roland Maury, que tous avaient oublié. Et j'ai jamais entendu parler d'une histoire pareille entre sportifs. Si Tim était toujours là, il dirait comme moi.

Irwan hocha la tête, réfléchit un court instant sans quitter des yeux le garde du corps. Puis il répéta doucement :

— « Si Tim était toujours là »… C'est vrai, j'allais oublier Tim. Patrick, savez-vous où on peut le joindre ?

— Aux dernières nouvelles, il était du côté de Paris, mécano dans un garage Renault. Un job de misère, lui qui gagnait bien sa vie ici. Mais vous faites fausse route en cherchant Tim. Il ferait pas de mal à une mouche. Toujours à plaisanter, à rendre service, affirma Patrick.

— Merci de vos conseils, mais c'est à moi d'en juger. Donnez-nous son adresse, je pourrai me faire une idée du personnage moi-même. Autre chose : si Alain Chesnais a gardé ces lettres de menaces, elles nous seront très utiles. Roland, vous n'avez pas une idée de l'endroit où je pourrais les trouver ?

— Ça, non. J'étais même pas au courant. Il venait ici en vacances. Il gardait rien dans cette maison. Ces papiers doivent être dans l'appartement de Neuilly. Ou dans son bureau à Paris.

Patrick émit un ricanement désagréable en précisant :

— Vous fatiguez pas, inspecteur. Le boss, il les détruisait, ces foutues lettres. Il les brûlait en insultant la Terre entière. Moi, je l'ai pas vu faire, mais Giorgio, si.

— Bien, de toute évidence, nous avons perdu un précieux témoin avec ce malheureux. Tant pis. Nous vous entendrons mardi, monsieur. Place du Champ-de-Mars, à l'hôtel de police d'Angoulême, à 11 heures dans mon bureau. Vous avez une journée pour faire travailler votre mémoire. Roland, j'aimerais retourner dans la maison, jeter un coup d'œil.

— Comme vous voulez, mais vous parlez d'un bazar. Il est presque 5 heures du matin. C'est même plus la peine d'aller se coucher.

6

Deux heures plus tard, Maud s'écroula sur son lit. Elle avait abandonné l'espoir de pouvoir dormir jusqu'à midi. Pourtant, le jour allait se lever. Elle n'en pouvait plus. En la déposant, l'inspecteur divisionnaire Vernier lui avait conseillé de se reposer un peu, puis de le rejoindre au commissariat pour assister à l'interrogatoire de Patrick Chavanne et taper le PV correspondant. Quand elle lui avait demandé pourquoi il n'avait pas apprécié son intervention auprès du garde du corps, il lui avait expliqué avec un sourire las que ce genre d'homme se fermait comme une huître si une femme, de surcroît appartenant à la police, se permettait de lui faire de telles remarques.

— Tu n'avais pas tort, dit Irwan, mais il était déjà sur des charbons ardents. Je n'avais pas envie que la situation empire. Excuse-moi. Cette histoire m'apparaît compliquée et pleine de contradictions. J'ai vraiment les nerfs à vif.

Maintenant, allongée sur sa couette, Maud, presque endormie, s'efforçait de revoir toutes les données de l'enquête. En somme, ils n'avaient que deux pistes, bien faibles d'ailleurs : Michel, le mécano de Chesnais, et ce Tim, parti travailler à Paris. Soudain, elle revit la voiture en flammes, la panique de la foule, le regard noir de Franky, le corps inerte du petit Alexandre. Celui de Xavier. Une dernière image lui traversa l'esprit : Sabine

Régnier en larmes dans le bureau du patron. Enfin, elle s'endormit sous l'œil vigilant de son chat Albert.

De l'autre côté de la ville, non loin de la route nationale menant vers Saintes et l'océan Atlantique, Jean-Pierre Varda et Léonard Demy, des commerçants d'Angoulême, s'apprêtaient à faire leur jogging matinal.

Leur magasin n'ouvrait qu'à 10 heures, et, depuis quelques jours, ils avaient décidé de consacrer un peu de leur temps libre au sport. La raison en était simple : ils s'étaient associés pour veiller à la bonne marche de Vidéo 99, leur entreprise, et en vérité, ils passaient tous deux de longues journées entre les jaquettes des cassettes vidéo et les écrans de téléviseur, parfois jusqu'à 23 heures, selon les besoins de la clientèle. En conséquence, ils appréciaient à leur juste valeur les activités de plein air, ce qui les conduisait désormais vers le plan d'eau de Saint-Yrieix, un vaste lac artificiel créé au bord de la Charente, là où s'étendait quelques années plus tôt une grande prairie très appréciée des cavaliers de la ville.

Délaissant la plage et les aires de jeux, ils affectionnaient les chemins sillonnant le parc environnant qui longeait fréquemment la rive pour l'agrément des promeneurs. En cette fraîche matinée de septembre, les baigneurs et les véliplanchistes étaient absents. Seul un pêcheur de sandre était à son poste, dans une zone peu fréquentée de l'étang, à une soixantaine de mètres d'une petite anse herbeuse, peu profonde.

Il était tôt, la banlieue environnante s'éveillait peu à peu, et le pêcheur goûtait la paix de ces moments où il pouvait se croire seul au monde. Des traînées de brume s'élevaient du lac, le ciel était gris, mais, à la douceur de l'air, on devinait que la journée serait belle. Jean-Pierre, d'une carrure plus imposante que son associé, courait devant lui, observant au loin, d'un œil amusé, les gestes du pêcheur. Soudain, il entendit Léonard pousser une exclamation angoissée :

— Bon sang ! Mais qu'est-ce qui s'est passé ?

Il stoppa net sa course et se retourna. Son ami semblait hébété. Livide, il regardait fixement le corps à demi immergé d'un homme. La face du mort était tournée vers le fond vaseux ; les cheveux clairs affleuraient à la surface. On aurait pu croire qu'il dormait dans cette étrange position.

— C'est pas possible. Qu'est-ce qui lui est arrivé ? Il n'a pas pu se noyer là-dedans, il y a à peine un mètre d'eau ! Et encore…

Jean-Pierre, lui aussi, découvrit le triste spectacle, mais sa première idée fut qu'il n'était peut-être pas trop tard pour sauver le malheureux.

Immédiatement, il entreprit de tirer le corps hors de l'eau, ce qui ne fut guère difficile, puisqu'il était à quelques centimètres du bord. En l'allongeant sur l'herbe, le dos au sol, Jean-Pierre constata avec amertume que l'homme était bien mort.

— Léonard, il faut téléphoner à la police. Tout de suite. Reste là, c'est préférable si d'autres gens arrivent. Tu leur expliqueras.

Sans attendre davantage, Jean-Pierre refit en sens inverse le chemin parcouru, se posant une multitude de questions, maudissant la fatalité.

Cinq minutes plus tard, il se précipitait dans une cabine téléphonique et composait le 17.

Lorsque Maud arriva à l'hôtel de police, nul n'aurait pu croire qu'elle n'avait dormi que trois heures. Vêtue d'un jean et d'un gros pull noir, ses cheveux châtain blond encore bouclés par la douche, elle semblait en pleine forme. Un seul détail trahissait sa nuit blanche : une ombre légère sous ses beaux yeux bleus, ce qui, en vérité, la rendait encore plus séduisante.

Irwan, lui, n'avait pas fermé l'œil. En la voyant entrer dans son bureau, il ne put réprimer un petit sourire de satisfaction.

— Tu es en avance. Ça tombe bien. On a du pain sur la planche. J'attends Xavier. Il va mieux. Je crois qu'il faudra jouer serré demain, pendant l'interrogatoire de Patrick Chavanne. Tiens, regarde ça d'abord : le rapport d'autopsie de Giorgio Carloni. Il est mort presque à la même heure que le pilote.

— Bizarre… Mais, sinon, il y a du nouveau ?

— Ouais, c'est le cas de dire, Maud, du nouveau. On a un troisième cadavre sur les bras. Remarque, ça va peut-être permettre de boucler l'enquête.

— Qui ?

— Michel, le mécano de Chesnais. On vient de le retrouver noyé dans le grand étang de Saint-Yrieix. Le patron est là-bas.

— Michel ? s'écria Maud en ouvrant des yeux incrédules. Ils l'ont tué aussi ?

— Je ne sais pas si cette mort est l'œuvre des Vengeurs, répondit Irwan d'un ton las. Selon les premières constatations de Marcel, qui vient d'appeler, il n'y a pas de signature comme les fois précédentes. En fait, c'est peut-être un suicide, d'après le patron. Il a interrogé Michel cette nuit, et le pauvre gars a craqué. Il jurait qu'il n'avait rien fait, qu'il ne savait pas comment cette chose avait pu arriver. Pourtant, c'est le coupable tout désigné. En théorie c'est le seul qui a pu placer la charge d'explosifs.

— En théorie, mais tu n'y crois pas…, dit doucement sa collègue.

— Je ne sais pas, mais si c'est lui qui a posé l'engin meurtrier, il n'a été qu'un instrument dans les mains de plus malin que lui. J'ai regardé la vidéo de l'interrogatoire. J'ai bien observé ses attitudes, ses réactions : il cachait quelque chose, il mourait de peur, c'était évident. Mais il n'a pas l'envergure suffisante pour être le vrai coupable. Réfléchis : il faut se montrer vraiment rusé et hardi pour concevoir l'assassinat de Chesnais.

Maud approuva, car elle avait eu les mêmes idées au sujet de Michel. Pourtant, le jeune homme blond était mort, sans doute parce qu'il ne supportait plus sa position de suspect n° 1.

— Enfin..., continua Irwan. Il doit être à la morgue maintenant. En compagnie des autres victimes. Une autopsie est prévue.

Si le commissaire Valardy attendait beaucoup des recherches du médecin légiste, aux yeux d'Irwan, le plus urgent était d'en apprendre davantage sur le jeune homme. Après avoir entendu le récit de Jean-Pierre Varda et de Léonard Demy, qui avaient raconté leur triste découverte avec force détails, il envoya Maud et Xavier route de Paris, afin d'interroger l'ancien employeur du mécanicien, M. Charles Castelli, le concessionnaire Ford.

L'inspecteur Boisseau entra le premier dans le vaste hall d'exposition, suivi de sa collègue. Tous deux étaient silencieux, troublés par ce nouveau décès relatif à l'affaire Chesnais. Soudain, Xavier poussa une exclamation ravie :

— Regarde, Maud, une Ford Mondeo. C'est ma voiture ! Celle-ci n'est pas de la même couleur, mais admire un peu la perfection de ces lignes.

La jeune femme, distraite, effleura d'un œil soucieux les modèles présentés : des Ford Fiesta, des Ford Escort, sans oublier les véhicules utilitaires. La Mondeo était sans conteste la vedette, ce qui enchanta l'inspecteur Boisseau.

À cet instant, un homme vint vers eux, un sourire aimable aux lèvres. Du genre sportif, grand, élancé, les cheveux châtains, il portait des lunettes qui n'arrivaient pas à dissimuler un charmant regard bleu.

— Voici M. Castelli, je le reconnais, indiqua Xavier.

— Bonjour, madame. Bonjour, monsieur. Que puis-je faire pour vous ?

— Inspecteur Delage, inspecteur Boisseau, dit Xavier. Vous me reconnaissez peut-être. Je suis un de vos récents clients, et un voisin en quelque sorte : j'habite rue Kléber.

— Oui, c'est vrai, votre visage ne m'est pas inconnu. Que se passe-t-il ? demanda plus sérieusement Charles Castelli, qui n'avait pas l'habitude de recevoir de telles visites.

— Rien de grave. Nous avons quelques questions à vous poser sur un de vos anciens employés, Michel Harcombe. Une formalité en somme.

— Michel Harcombe. Attendez, je vois qui c'est. Un jeune homme blond, assez timide. Oui, il a travaillé ici environ deux ans. Il m'a paru honnête. Aurait-il des problèmes ?

Maud soupira, songeant au destin étrange du petit mécanicien, tandis que Xavier expliquait rapidement la situation. Charles Castelli secoua la tête, de toute évidence navré d'apprendre la mort de Michel Harcombe, et ses causes manifestes.

— Pauvre gosse. Et vous pensez qu'il serait mêlé à cette histoire ? J'ai appris la mort de Chesnais en lisant *La Charente libre.* J'étais présent au Circuit. Comme je cours moi-même en Formule Ford, je ne manque pas ce genre de manifestation. Mais je n'étais pas à l'endroit de l'accident, car j'ai l'habitude de suivre les courses vers le virage en épingle à cheveux, celui du Marronnier. J'ai simplement entendu l'explosion. Je croyais qu'avec les nouvelles consignes de sécurité, le pilote s'en sortirait.

— J'ai vu brûler la voiture, le coupa Maud. C'était horrible. Un vrai brasier. Je n'avais aucune illusion sur le sort de la malheureuse victime.

— C'est une drôle d'affaire, dit Charles Castelli. Mais suivez-moi à l'atelier. Nous allons en discuter avec

Mathieu, mon préparateur. Il doit en savoir plus sur Michel.

Le dénommé Mathieu les accueillit lui aussi avec un large sourire et leur répondit sans interrompre son travail. Ils apprirent ainsi que le jeune homme, originaire de La Rochefoucauld, était apprécié de tous, sérieux dans son métier et à la ville.

Son seul défaut était une fascination pour l'argent et ses avantages, ce qui l'avait amené à faire partie de l'équipe d'Alain Chesnais, qui lui avait proposé un salaire étonnant pour entrer à son service.

— Nous l'avons laissé partir sans faire de commentaires, dit M. Castelli. Ici, nous recherchons avant toute chose une bonne ambiance, un climat de confiance. Michel était libre d'agir à sa guise. Sa mort me peine beaucoup.

En quittant l'établissement, Maud avait le cœur serré, maudissant la manie de certains jeunes de se jeter sur tout ce qui brillait… et de s'y brûler. D'une voix émue, elle confia ses idées à Xavier :

— Tu ne crois pas que Michel aurait dû rester là ? Ils sont tous sympathiques, solidaires. Il devait être moins nerveux ici. Enfin, nous avons l'adresse de sa famille.

De retour à l'hôtel de police, Maud consigna par écrit les résultats de leur visite au garage et relut tous les témoignages enregistrés. Elle tenta de joindre Sabine Régnier, mais la réception de l'Hôtel du Marché lui répondit que, sur les ordres de son médecin, cette personne ne pouvait être dérangée. Xavier la relaya et obtint enfin un rendez-vous pour le lendemain matin.

Dans le bureau voisin, le commissaire et Irwan enchaînèrent les entretiens avec les gens du Circuit : Gérard Roquevert, président de l'association organisatrice de la course, Paul Arcanel, le vice-président, sans oublier les pilotes, les employés de la ville, les vigiles et les mécaniciens. Tous s'accordaient à déclarer la même chose : ils n'avaient rien vu ni rien entendu d'insolite.

En fin de journée, découragé, l'inspecteur divisionnaire Vernier les rejoignit en soupirant de lassitude. Il n'avait pas fermé l'œil de la nuit et, sur les conseils du patron, rentra chez lui pour se reposer un peu.

— Mais je serai debout à 1 heure du matin, pour venir consulter ces papiers. Il y a bien une faille quelque part. Un indice qui nous échappe.

— Tu sais, Irwan, lui dit gentiment Maud. Nous avons la même impression d'échec que toi. Rien à signaler sur Michel Harcombe. Demain, nous devons rendre visite à sa sœur, à La Rochefoucauld. Marcel est allé lui annoncer la mauvaise nouvelle en début d'après-midi. Elle vit seule avec son père.

— Le seul renseignement intéressant glané aujourd'hui, ajouta Irwan d'un ton las, c'est le témoignage de Bruno Ricci, un coureur d'origine italienne, qui a gagné le rallye il y a quatre ans. Il connaissait bien Giorgio Carloni et me l'a décrit comme un type honnête, très porté sur l'honneur. Il m'a confié l'avoir vu se quereller sérieusement avec Chesnais samedi soir, avant le dîner de gala. Ils se sont éloignés, car leurs éclats de voix commençaient à attirer l'attention.

— Nous ne sommes pas près de savoir quel était le motif de leur discorde, émit Xavier. Ils sont tous les deux à la morgue.

— Tu as raison. Allez, à plus tard, les enfants.

7

Le lendemain matin, Maud se présenta dès 9 heures dans le bureau de l'inspecteur divisionnaire, qui l'accueillit en souriant, manifestement plein d'énergie. Après les discussions d'usage et la lecture des différents documents arrivés par fax, Irwan refit le point sur le programme de cette nouvelle journée :

— Maud, tu dois rendre une petite visite à Sabine, je crois. À ce propos, le patron a laissé un de ses hommes avec mission de surveiller la chambre. Il a jugé cela plus prudent.

— Oui, il a eu raison. Je vais d'abord rappeler l'hôtel pour savoir si elle est en état de me recevoir.

Maud téléphona, répondit à son interlocuteur par des phrases très brèves, puis raccrocha d'un air déçu.

— Mlle Régnier dort encore, d'après le type de la réception. Le médecin est passé l'examiner et a interdit qu'on la dérange avant 14 heures.

— Tant pis, dit Irwan. Mets-toi à ta bécane. Tu peux commencer à taper le PV sur Patrick Chavanne. Cet aimable individu ne devrait pas tarder. J'espère simplement qu'il est toujours vivant. Au rythme où nos principaux témoins disparaissent, on va finir bredouilles.

Bientôt, dans le bureau de l'inspecteur Vernier, on n'entendit plus que le bruit régulier de la machine à écrire. Xavier fit son apparition en silence, comme si le mutisme de ses deux collègues l'impressionnait. Rasé de frais, il avait ôté son pansement et portait un costume beige très élégant. Maud leva le nez en l'apercevant, lui dédia un sourire distrait et replongea dans son travail.

— Vous êtes dynamiques, aujourd'hui, les enfants ! lança Xavier qui imitait à la perfection la voix du commissaire Valardy.

— Mais oui. En pleine forme, mon vieux, seulement, on bosse, nous, rétorqua Irwan sans le regarder.

— Vous avez des nouvelles pour Harcombe ? C'est un crime ou un suicide ?

— On le saura dans le courant de la journée, indiqua Irwan en mordillant un stylo. Il a fallu envoyer des éléments à Toulouse.

Le commissaire, qui ouvrit la porte avec brusquerie, les fit tous trois sursauter. Il réprima un sourire et dit :

— Quel calme ici ! Je n'ai jamais vu ça. Bon, les petits, Patrick Chavanne attend dans le couloir. J'ai deux mots à vous dire avant de l'interroger.

— On vous écoute, patron, affirma Maud d'une petite voix d'enfant sage.

— Je viens de recevoir des renseignements sur Chesnais. C'est bête à dire, mais notre pilote a bien choisi son moment pour mourir. Il était dans de beaux draps. Moi qui pensais à une histoire de femme, je suis prêt à croire à présent que c'est plus une guerre entre truands.

— Une minute, patron. Vous insinuez que Chesnais était un truand ? s'étonna Irwan.

— Le mot est peut-être un peu fort, mais disons que c'était une sorte de requin de la finance, brassant des sommes énormes pas toujours gagnées honnêtement, loin de là. D'où la possibilité d'un règlement de comptes pour cause de gros sous. J'ai bien peur que l'affaire nous échappe. Les gars de la police judiciaire de Paris m'ont déjà appelé. Ils ont sûrement des raisons d'être aussi intéressés.

— Patron, le coupa Irwan. J'ai eu Timothée Jacquin, surnommé Tim, au téléphone. Il arrive ce soir par le

TGV de 19 h 51. C'est lui qui a pris la décision de venir, avant même de recevoir ma convocation. Il était au courant pour Chesnais et comptait de toute façon assister aux obsèques. Il est bouleversé par la mort violente de son ancien employeur et m'a vraiment donné l'impression d'être quelqu'un de bien. Le secrétaire d'Alain Chesnais, Constantin Tournier, débarque du même train.

— Formidable. Leurs témoignages seront certainement instructifs quant à la vie privée de notre pilote. Autre chose, pour le mécano, le médecin légiste a confirmé la thèse du suicide. La mort est due à une hydrocution, mais il y a eu une absorption massive de barbituriques. Vu son état nerveux, il a dû craquer, par peur de parler, ou parce qu'il ne supportait pas les conséquences de son geste. Il n'a pas avoué avoir placé les explosifs, mais il n'en menait pas large. Cela dit, il est hors de question que l'enquête s'arrête là. Ce n'est pas lui qui a pu tuer Giorgio Carloni, puisque nous savons l'heure de la mort, soit 15 heures, et que Michel était alors avec les autres mécanos. Il faut chercher du côté des relations parisiennes de Chesnais, avoir le nom de la dernière personne qui a souffert de ses agissements. Pour cela, nous pouvons aussi interroger Sabine Régnier. Je parierais qu'elle en sait long là-dessus. Et n'oublions pas l'agresseur de Xavier. Nous n'avons pas trouvé trace de lui, pas un seul indice. Le personnel de l'Hôtel du Marché n'a rien vu ni rien entendu. À croire que c'était un fantôme doté d'une sacrée poigne. En tout cas, c'est un complice ou l'assassin.

Maud indiqua au commissaire que, selon le médecin, nul ne pouvait approcher Sabine avant 14 heures.

— Moi, je commence à trouver ce sommeil prolongé un peu louche, patron, intervint Irwan. J'ai envie d'envoyer Maud et Xavier faire un tour à l'hôtel. Il est temps d'écouter la version de cette demoiselle. Qu'en pensez-vous ?

— Tu as raison. Allez-y. Nous allons nous occuper de ce M. Chavanne. Au passage, dites à Marcel de nous monter deux cafés. La nuit a été longue et je n'ai pas l'intention de fermer l'œil avant d'avoir au moins un indice digne de ce nom.

Maud se rendit au chevet de Sabine Régnier. Xavier, sur les conseils de sa collègue, était resté dans le couloir, au cas où la tenue de la jeune dame ne serait pas adaptée à cette visite matinale. Maud la trouva parfaitement éveillée, allongée sur son lit, un plateau posé à ses côtés. En guise de chemise de nuit, elle avait revêtu un large tee-shirt blanc qui dévoilait ses admirables jambes à la peau dorée.

— Vous revoilà, soupira la malade en la voyant entrer.

Elle daigna sourire faiblement en lui tendant la main.

— Je viens prendre de vos nouvelles et, bien sûr, vous poser quelques questions, lui dit l'inspecteur Delage avec beaucoup de tact. Vous nous avez fait peur dimanche soir. Il y a eu un vrai chambardement ici et vous n'avez rien entendu.

— Oui, je sais. La femme de chambre m'a tout raconté. Ce médecin a dû forcer la dose de sédatifs. J'ai la tête lourde et je me sens épuisée. On m'a dit aussi qu'un de vos collègues a été agressé dans cette pièce. C'est incroyable ! Et moi qui dormais tranquillement…

Maud réprima un soupir agacé. L'employée avait sans doute également parlé de la mort du garde du corps. Affichant pourtant un air neutre, elle observa la jeune femme, dont la beauté était fascinante, alliant une blondeur pâle à un teint mat, le tout rehaussé par un splendide regard émeraude.

— Mademoiselle, dit soudain Maud. Mon collègue est dans le couloir. Je suis dans l'obligation d'aller le chercher pour vous interroger. Si vous désirez vous habiller, je vais vous aider.

— Pourquoi faites-vous tant d'histoires ? Je suis mannequin, vous savez ? Ça ne me dérange pas de montrer mes jambes. Remarquez, c'est peut-être vous que ça dérange. C'est votre mari ?

— Non, pas du tout. C'était pour ménager votre pudeur, mais je dois être vieux jeu.

— Un petit peu provinciale, mais c'est charmant. Vous savez, la pudeur, c'est bon pour celles qui ont quelque chose de moche à cacher.

Maud, furieuse, éprouva une vague sensation d'humiliation sous le regard hautain de la belle créature étendue sur le lit. De plus, elle s'étonna de son attitude froide et presque sereine, très différente de l'avant-veille, comme si son terrible chagrin s'était envolé par miracle.

Décidément, Sabine était un étrange personnage, qui, vu sous un certain angle, avait pu éventuellement jouer un grand rôle dans toute l'affaire.

Une heure plus tard, Maud et Xavier quittèrent l'hôtel, ne sachant plus que penser de Sabine Régnier. Dès qu'ils avaient prononcé le nom d'Alain Chesnais, elle s'était effondrée en sanglotant et, quand ils lui avaient appris avec ménagement la mort de Giorgio et de Michel, elle avait pâli d'une manière spectaculaire, perdant presque connaissance. D'ailleurs, Maud avait pensé à cet instant précis que c'était l'unique fois où le top model lui avait paru sincère.

Dès qu'elle se retrouva seule avec Xavier, elle lui fit part de cette bizarre impression. À sa grande surprise, l'inspecteur Boisseau lui confia très sérieusement :

— J'allais te faire la même remarque, Maud. Elle n'a ni hurlé ni pleuré à chaudes larmes, mais a semblé vraiment choquée. Sinon, cette ravissante personne a le don d'éluder toutes nos questions.

— Irwan va nous traiter d'incapables, mais moi, je ne vois pas comment faire parler ce genre de nana. Elle s'est contentée de répondre « oui » ou « non » et, surtout, « je n'en sais rien ». C'est facile : elle n'est pas au courant des affaires de son amant, elle ne sait pas comment il gagnait son argent…

— Calme-toi. Je vais conseiller au patron de la placer sous surveillance. Je ne me fie pas à son grand chagrin. De toute façon, les obsèques de Chesnais se déroulent demain à Burie. Ça, note-le bien, elle était au courant. Il paraît que la famille du pilote lui a téléphoné ce matin : un oncle et un vague cousin. Elle veut s'occuper de la cérémonie aujourd'hui. Elle a du cran, malgré tout.

Maud se vexa, persuadée que la beauté de Sabine lui attirait souvent l'indulgence masculine. Ils étaient en voiture, direction le commissariat, et Xavier tournait déjà vers le parking.

— J'ai un peu faim, murmura-t-il. On file au rapport chez le patron et je t'emmène manger un sandwich quelque part. Tu es d'accord ?

— Pas vraiment, marmonna la jeune femme en claquant la portière. Mais j'ai faim.

— Alors, c'est oui. Si Irwan est là, on l'invite.

Ils déjeunèrent tous les trois dans un bistrot voisin tout en faisant le point sur l'évolution de l'enquête qui, d'après eux, piétinait lamentablement. Xavier commanda des cafés en regardant le va-et-vient des voitures autour de la place du Champ-de-Mars, puis, s'adressant à Irwan, il demanda, tout en sortant un carnet :

— Cet après-midi, expédition pour La Rochefoucauld. Pas de contre-ordre ?

— Non, et le patron m'a bien recommandé de ménager la sœur aînée de Michel, qui pour l'instant n'a rien à voir dans toute cette histoire. Elle est au courant depuis hier après-midi, mais elle n'a pas pris de congé. J'ai noté l'adresse de la chocolaterie où elle travaille. Attends… La voici. Nous préférons une simple visite sur le lieu de travail, la plus discrète possible, primo, pour mieux voir ses réactions à chaud ; secundo, pour lui éviter de se poser trop de questions. Ils étaient très proches, orphelins de mère, je crois. On ne connaît pas de fiancée au jeune homme.

— Bon, on va y aller, déclara Maud. Et les obsèques de Chesnais, tu as des nouvelles ?

— Ouais, c'est demain matin, vers 11 heures. Le patron vous délègue là-bas pour observer ceux qui viendront rendre hommage à ce malheureux pilote. France 3 devrait filmer quelques minutes de la cérémonie, et je suis chargé d'obtenir une copie afin d'étudier de près l'assistance. Le patron pense qu'il y a de fortes chances pour que l'assassin soit là.

— Et Patrick Chavanne ? demanda encore Maud. Vous avez réussi à lui faire dire quelque chose d'intéressant ?

— Non. C'est un véritable mur. Muet, farouche, effrayant. Il est reparti en grognant de vagues menaces parce que nous l'avions gardé trop longtemps. En revanche, soyez prudents pour Michel. En fait, on ne peut pas savoir si sa mort est un crime caché en suicide ou un suicide qui a une allure de meurtre. Dans le doute, parlez de suicide, essayez d'apprendre comment il se comportait depuis qu'il bossait chez Chesnais, s'il avait confié certains détails à sa sœur. Enfin, je vous fais confiance...

— En espérant que cette jeune personne sera plus coopérative que Sabine, marmonna Xavier.

— D'après ce que vous m'avez dit, cette beauté fatale est un drôle de numéro. Elle doit se méfier. Il est possible qu'elle soit mêlée aux affaires louches de son amant. Du côté des autres pilotes, c'est le calme plat : rien à signaler. De braves types qui avaient hâte de plier bagage et de rentrer chez eux.

Maud n'avait jamais vu Irwan si pessimiste. Il se passait souvent la main dans les cheveux, une de ses petites manies qui trahissaient bien son exaspération.

— Bien ! lança Xavier d'une voix enjouée, qu'il espérait propre à redonner courage à son ami et collègue.

Nous, on file sur La Rochefoucauld et on se retrouve tous au commissariat vers 18 heures.

L'inspecteur divisionnaire Vernier lança des regards agacés autour de lui, puis il décréta sans amabilité :

— Bonne promenade. Moi, je retourne à la morgue. Le patron m'attend là-bas.

8

— Et voici la charmante petite cité de La Rochefoucauld, où se dresse depuis des siècles la « perle de l'Angoumois ».

Xavier avait pris l'intonation exacte qu'ont certains guides face aux touristes, et Maud ne put s'empêcher d'en sourire. Ils avaient roulé doucement, discutant de choses et d'autres. Fidèle à son tempérament enjoué, l'inspecteur Boisseau avait égayé le trajet de ses commentaires pertinents :

— Regarde comme la campagne est jolie par ici. Voici la Tardoire, une rivière très bien classée pour la pêche. Irwan vient parfois jusqu'ici taquiner la truite.

Ils venaient d'arriver dans le centre qui, malgré la création d'une zone piétonne et certains aménagements modernes, avait gardé le caractère pittoresque des anciennes petites bourgades de province, à l'architecture si particulière. Une maison à colombages abritait une boutique de chaussures, non loin d'une fontaine et d'une terrasse de café. Une abondance de fleurs et de verdure conférait aux rues une gaieté printanière malgré l'approche de l'automne.

— Tu connaissais La Rochefoucauld ? s'enquit Xavier en se garant le long de l'église, en face du presbytère.

— J'y suis venue une fois, avec le patron, pour une histoire de vol dans une usine. Rien de passionnant. Nous ne sommes même pas entrés dans le centre.

— Marchons jusqu'à la chocolaterie. Tu verras, c'est un endroit charmant, au pied du château dont je te parlais tout à l'heure, la « perle de l'Angoumois », qui se mire dans les eaux de la Tardoire. C'est une bonne approche pour toi de découvrir La Rochefoucauld en simple piétonne. Les gens se méfient moins, tu les entends parler, tu peux t'imprégner de leur âme.

— Xavier, l'interrompit Maud en hochant la tête. Tu as vraiment retrouvé tous tes moyens. À quoi joues-tu ? Soit tu fais le guide féru d'histoire, soit le détective amateur. Un peu de sérieux.

Xavier ne répondit pas. Il haussa les épaules, feignant d'être vexé et, sans attendre sa collègue, traversa le parvis de l'église pour rejoindre la rue des Halles, qui s'allongeait jusqu'aux berges de la Tardoire.

Maud ne s'en formalisa pas, s'attardant devant les vitrines, admirant déjà, au-dessus des toits, la silhouette impressionnante d'un donjon.

Xavier surprit son regard et fit demi-tour pour lui chuchoter :

— Splendide donjon, n'est-ce pas ? Il réunit à lui seul plusieurs époques et, de là-haut, malgré la distance, on peut apercevoir Angoulême.

— Tu es sûr de ça ? Tu y es déjà monté ?

— Je t'ai dit que j'étais un enfant du pays. Ce château est fascinant. Je suis venu le visiter plusieurs fois. Un jour, un des guides m'a prêté une échelle et j'ai pu monter sur l'ancien chemin de ronde, avec les corneilles comme voisines. Un sacré point de vue que l'on a du mal à oublier.

Ces quelques minutes de promenade prirent vite des allures de vacances. Soudain, Xavier entraîna sa collègue dans un passage, sur leur droite, et la conduisit sous la galerie couverte d'un admirable cloître, que nul n'aurait soupçonné là, îlot de paix et de beauté avec son carré de pelouse ensoleillé, à trois pas de la rue commerçante et de son animation.

— Voici l'ancien couvent des Grands Carmes, qui a longtemps servi de collège. Il abrite désormais des expositions, ainsi que certains organismes, commenta l'inspecteur en lissant ses moustaches. Mais tu vas encore me comparer à un historien du dimanche, donc, je n'en dis pas plus. Tu devrais te pencher sur le passé de cette petite ville lors de tes heures de loisir. C'est intéressant et instructif, je t'assure.

— Promis. Maintenant, si nous allions travailler ? Nous ne devons plus être très loin de la chocolaterie ; la rivière est par là, je l'aperçois, et le château aussi.

Maud sortit du cloître et, douée d'un bon sens de l'orientation, se dirigea bientôt vers la rambarde de pierre surplombant la Tardoire. Le courant était assez fort à cet endroit, un barrage étant établi de l'autre côté du vieux pont qui reliait les deux rives. Des platanes gigantesques se dressaient vers le ciel. Ils avaient dû être témoins de bien des allées et venues, que ce soit lors des foires aux bestiaux de jadis ou lors des fêtes populaires se déroulant sur la vaste place qui s'étendait au pied du château.

Ce chef-d'œuvre érigé par la main patiente des hommes, monument immuable et majestueux, se découpait sur l'azur de septembre, avec ses tourelles, ses échauguettes, ses poivrières et ses murailles de titan.

Maud était subjuguée par le spectacle, et c'est d'un pas respectueux qu'elle passa le pont de pierre, découvrant enfin, sur sa gauche, la chocolaterie. Xavier n'avait pas tort : le cadre était agréable. En bon gourmet, l'inspecteur Boisseau avait déjà dû rendre une petite visite à ce lieu de délices à l'occasion des fêtes de Pâques ou de Noël.

— On entre directement dans le magasin ? murmura-t-elle à son collègue.

— Oui, c'est plus simple. Il y a un salon de thé en bas, au bord de l'eau. Nous serons tranquilles pour discuter avec la sœur de Michel, si elle est bien là aujourd'hui.

Une ravissante personne venait de pénétrer dans le magasin, par une large porte vitrée communiquant avec l'atelier tout proche. Maud sentit au passage un subtil parfum de chocolat et en demeura alléchée, car elle avait un faible enfantin pour cette confiserie qui avait conquis ses lettres de noblesse sous Louis XIV.

— Vous êtes bien Mireille Carel ? s'enquit Xavier en dévisageant son interlocutrice, qui avait l'allure d'une adolescente, mais semblait déterminée et de toute évidence la maîtresse de ces lieux enchanteurs.

— Oui, c'est moi. Vous désirez, monsieur ?

Les yeux clairs de Mireille Carel étaient magnifiques, d'une nuance rare, mi-bleue, mi-verte. La jeune femme attendait, sereine, debout derrière sa vitrine où étaient exposées des merveilles. Ici, sans aucun doute, le sucre et le cacao faisaient un excellent ménage.

— Bonjour, madame. Inspecteur Boisseau et inspecteur Delage. Vous avez comme employée saisonnière Madeleine Harcombe. Pouvons-nous lui poser quelques questions, au salon de thé par exemple, pour ne pas vous déranger ?

— Bien sûr. Je crois qu'elle est en bas justement. Elle fait un peu de ménage.

À ce moment précis, un homme aux cheveux bruns, vêtu de la veste blanche des maîtres artisans en gourmandises, fit glisser la porte de l'atelier. Il demanda d'un ton inquiet :

— Qu'est-ce qui se passe, Mireille ? Rien de grave, j'espère. Une réclamation ?

— Non, tout va bien. Ces personnes sont de la police. Elles viennent pour Madeleine. Sans doute à cause de son frère. Elle a tenu à venir travailler. Je lui avais proposé sa journée, mais c'est une fille courageuse.

Maud approuvait d'un signe de tête discret, tandis que Mireille Carel ajouta, en regardant tendrement le nouveau venu :

— Je vous présente mon mari, Albert.

Albert Carel entra dans le magasin, serra la main des deux inspecteurs. Lui aussi était très jeune et d'un dynamisme à toute épreuve. On comprenait, à observer ce couple, que la prospérité de leur commerce passait par la qualité et l'originalité.

Maud se fit cette réflexion en contemplant le bouquet de roses en pâte d'amandes qui ornait le comptoir : une symphonie de verts tendres, de tons pêche et framboise, le tout créé et disposé avec une délicatesse étonnante.

— Suivez-moi, je vous prie.

Mireille Carel les conduisit par l'extérieur jusqu'à la terrasse du salon de thé, sur la rive même de la Tardoire. Malgré le soleil encore brûlant de septembre, l'ombre du château apportait un peu de fraîcheur dans cette oasis de calme.

— Je vous offre un café ? leur proposa-t-elle gentiment, appelant d'un geste une serveuse, qui était sans aucun doute Madeleine Harcombe.

— Oui, volontiers, répondit Xavier. Je prendrais bien une de vos assiettes glacées, ajouta-t-il plus bas. Je suis venu cet été. J'accompagnais une de mes cousines au son et lumière du château. Vos glaces maison sont inoubliables.

— Merci du compliment, monsieur. Nous essayons en effet de servir à nos clients des produits conçus avec soin et capables de les conquérir. Ah ! Voilà Madeleine. Je vous laisse. Vous prendrez également un café, mademoiselle ?

Maud s'empressa d'accepter, penchant un peu la tête pour sourire à Mireille Carel. Ce gracieux mouvement fit glisser sa chevelure châtain clair d'une épaule à l'autre, et Madeleine, qui s'approchait de la table, se demanda tout d'abord qui était cette jolie fille assise en terrasse. En apprenant son identité, elle ne put retenir un sursaut de surprise :

— Vous êtes là pour Michel ? dit-elle d'une voix lasse.

C'était une jeune fille au regard craintif, aux cheveux châtains, légèrement bouclés, qui ressemblait beaucoup à son frère. Elle avait dû beaucoup pleurer, car ses paupières étaient encore rouges. Mireille Carel lui conseilla de s'asseoir en compagnie des deux inspecteurs.

— Vous auriez dû accepter de prendre un peu de repos. Vous ne tiendrez pas le coup, avança Xavier d'un ton apitoyé.

— Pour entendre pleurer mon père ou pour écouter les commentaires des voisins ? On habite en HLM, vous savez, sur la route de Limoges. Michel et moi, on a grandi là. Il a travaillé comme apprenti à la station-service en face de chez nous.

Madeleine avait envie de parler, cela se devinait. Pourtant, les mains crispées sur son torchon à vaisselle, elle osait à peine lever la tête.

— Mademoiselle, dit doucement Maud. Est-ce que votre frère s'est confié à vous récemment, par exemple depuis qu'il travaillait pour M. Chesnais ?

— Pas vraiment. Il le connaissait à peine, ce type. Certes, il payait bien Michel. Mon frère était tout fier, au début, de ramener tant d'argent à la maison. Mais…

Madeleine s'était tue. Elle jeta un bref regard à Maud, puis à Xavier.

— Continuez, je vous prie, l'invita l'inspecteur Boisseau, intrigué par l'attitude de la jeune fille.

— Mon frère n'aimait pas l'ambiance qui régnait chez Chesnais. Fin août, il a passé une semaine dans le domaine, pour préparer la voiture, et il m'a dit au téléphone que les gardes du corps passaient leur temps à lui chercher des ennuis, à le provoquer. Ils se moquaient de Michel à propos de tout, et M. Chesnais aussi, cela le faisait rire. La pire, là-dedans, il paraît que c'était la maîtresse de Chesnais : une vraie ordure, voilà ce que Michel en pensait.

— Intéressant, commenta Maud.

— C'est bizarre, dit soudain la jeune serveuse en reniflant nerveusement. On parle de Michel comme si rien ne s'était passé, alors qu'il est mort hier matin, tout seul. Dites, madame, vous y croyez au suicide ?

Ne sachant pas ce qu'elle devait répondre, Maud lança un coup d'œil inquiet à Xavier.

— Nous n'en savons pas plus que vous pour l'instant, répondit-il. Peut-être même moins que vous. Nous sommes certains qu'il a pris des comprimés en dose massive. Comme il était au bord de l'étang, il a dû tenter de se noyer et, vu son état, il a eu aussitôt un malaise. Quelqu'un a-t-il joué un rôle là-dedans ? C'est à prouver. Mais, justement, réfléchissez bien, mademoiselle. Vous n'avez rien de plus à nous dire sur les activités de votre frère ?

— Mais non, je vous assure ! Par contre, d'après moi, ce n'est pas lui qui a placé la bombe sous la voiture. Ça, je le croirai jamais, car Michel, c'était pas quelqu'un capable de tuer, je vous le jure. Je le connais, quand même !

Madeleine avait presque hurlé tout en se levant brusquement de sa chaise. Mireille Carel, qui arrivait avec les cafés, poussa un petit cri désolé.

— Madeleine, calme-toi, je t'en prie.

— Pardon, madame, je n'en peux plus. Si vous me permettez, je préfère rentrer à la maison.

— Une minute, mademoiselle, nous allons vous raccompagner. Je suis navré d'insister, mais l'affaire sur laquelle nous travaillons est extrêmement grave. Il y a déjà eu trois morts.

Le ton de l'inspecteur Boisseau étant sans réplique, Maud se sentit obligée de tempérer les choses. Elle passa son bras sous celui de la serveuse épuisée et la fit asseoir avec délicatesse.

— Madeleine, prenez mon café, cela vous remontera. Vous êtes très malheureuse, nous le comprenons, et vous n'avez aucune responsabilité dans cette histoire.

Si nous sommes là, c'est surtout pour y voir clair. Éventuellement, s'il y a lieu, nous pourrons innocenter votre frère, grâce à vous justement, à votre témoignage.

Madeleine redressa la tête et capta le regard bleu de Maud, lui adressant de silencieux appels au secours.

— Je comprends bien ce que vous voulez dire, pour Michel. Pourtant, maintenant qu'il est mort… Comment vous dire ?… Il ne me racontait pas grand-chose, on se voyait moins. J'ai un travail que j'aime ici, lui aussi était placé. En vérité, depuis quinze jours, il n'était même pas passé à La Rochefoucauld.

Albert Carel venait de les rejoindre. Il apportait deux assiettes de porcelaine où se dressait une fine cage de nougatine, elle-même posée sur des boules de glace. En constatant l'atmosphère tendue entre les inspecteurs et son employée, il soupira :

— Je crois que je tombe mal. J'avais reconnu en monsieur un de nos bons clients. Je voulais vous offrir une de nos spécialités glacées.

— C'est très aimable à vous, déclara Xavier, un peu ennuyé. Moi qui suis gourmand comme un chat, je ne sais plus quoi faire.

Mireille Carel, dont le sourire angélique faisait merveille, arrangea la situation :

— Mado va venir avec moi se rafraîchir. Ensuite, comme prévu, madame et monsieur la reconduiront chez elle. Nous en avons pour quelques minutes. Viens, Madeleine, tu as besoin de te reposer.

Elles s'éloignèrent rapidement vers le salon de thé intérieur, qui accueillait la clientèle les jours de pluie et durant la saison froide. Le cœur serré, Maud les observa en chuchotant :

— Madeleine a l'air en état de choc.

— Oui, elle adorait son frère, dit à voix basse Albert Carel. Bon, je vais rapporter mes glaces à l'atelier. Elles étaient au chocolat, quatre parfums différents, une exclusivité de la maison.

Xavier toussota, puis se décida :

— Tant pis, je vais les goûter. Les émotions me donnent faim, et je sens que nous allons avoir droit à une nuit blanche.

Sous le regard vaguement envieux de sa collègue, qui n'aurait rien pu avaler en de telles circonstances, Xavier fit honneur aux glaces, félicitant leur artisan d'un sourire comblé. Le jeune chocolatier semblait gêné. Il lança un coup d'œil vers le salon de thé et fit cette petite réflexion :

— Je ne sais pas si ce que j'ai à vous dire a de l'importance, mais hier soir, quand nous avons appris le décès de Michel, Mireille et moi avons été sincèrement peinés pour Madeleine. À vrai dire, nous ne l'attendions pas aujourd'hui. Lorsqu'elle est arrivée, ma femme lui a aussitôt dit de retourner auprès de son père. La pauvre s'est mise à sangloter, nous suppliant presque de la garder ici. Un peu plus tard, elle s'est enfermée longuement dans les toilettes. Inquiet, j'ai écouté une seconde à la porte avant de lui demander si tout allait bien. Je craignais je ne sais quoi. Elle pleurait en silence, mais je suis sûr de l'avoir entendue répéter tout bas : « J'ai peur, mon Dieu, j'ai si peur. »

— Vous êtes certain de ce que vous dites ? demanda Maud, alarmée.

— Certain. Sur le coup, je n'ai pas jugé cela bizarre, mais, après avoir lu le journal, je me suis posé des questions.

— C'est vrai que c'est étrange, décréta Xavier, brusquement grave. Merci, monsieur. Nous allons tenir compte de tout cela.

Une heure plus tard, ils roulaient vers Angoulême, tous deux moroses, angoissés. Ils avaient raccompagné Madeleine en bas des tristes immeubles où elle vivait depuis son enfance. Une drôle de scène avait eu lieu dans la voiture, les incitant à rentrer le plus vite possible au commissariat. Avant de descendre du véhicule, la jeune fille avait recommencé à pleurer, disant enfin, dans un souffle timide :

— Dites, si j'ai un problème, je peux vous téléphoner ?

En entendant ces mots, Maud avait foncé, sentant d'instinct qu'il fallait saisir cette occasion au vol.

— Madeleine. Faites un effort, avait-elle déclaré sans la quitter des yeux. De quoi avez-vous peur ? Vous êtes peut-être en danger. Si c'est le cas, vous serez protégée.

La jeune fille avait pâli, serrant les dents, tandis que l'inspecteur Delage continuait à parler :

— Madeleine, mon raisonnement est très simple. Il y a deux solutions. La première : votre frère a placé les explosifs, pour une forte somme d'argent, et, pris de remords, il s'est suicidé. La seconde : votre frère savait qui a placé l'engin de mort, et on l'a liquidé pour s'assurer de son silence. Dans les deux cas, nous sommes confrontés à des gens dangereux. Si vous pouvez nous aider à trouver le véritable coupable, vous devez le faire.

Xavier en était resté bouche bée, fasciné par la puissance de conviction de sa jeune collègue. « Un futur commissaire », avait-il pensé une seconde, alors que Madeleine, à bout de forces, débitait ces phrases d'une voix bouleversée :

— Je n'en peux plus... Je n'osais pas le dire, mais j'ai reçu un coup de fil hier matin, très tôt, avant la visite du type de chez vous, celui qui est venu m'annoncer la mort de Michel. De toute façon, j'étais déjà au courant et je vivais un cauchemar. L'homme qui m'appelait devait changer sa voix, mais je ne peux pas oublier ce qu'il m'a dit, d'un ton froid, effrayant : « On a eu ton frère, il était trop bavard. Boucle-la, sinon, tu y passes aussi. » Voilà ce que j'ai entendu, au réveil, et ça vous glace le sang, le cœur, tout. Pendant un instant, j'ai cru un peu à une méchante blague d'un voisin... Et puis j'ai commencé à avoir peur. Vous comprenez ? Parce que, moi, je veux bien la boucler, mais à quel sujet ? Je sais rien, je ne suis au courant de rien. Rien du tout.

Ils l'avaient rassurée, lui promettant d'envoyer immédiatement quelqu'un, afin d'assurer sa protection. Puis, tandis qu'elle entrait dans un des immeubles, ils s'étaient regardés une minute, devinant les pensées de l'autre sans aucune peine : l'affaire se compliquait encore, mais, pour la première fois, ils avaient une infime chance, celle de bénéficier bientôt d'un indice, d'une précieuse information.

— Pourvu qu'il ne lui arrive rien..., avait supplié Maud en joignant les mains.

Xavier l'avait observée en silence, ce qui était encore plus inquiétant que ses habituelles plaisanteries.

9

— Voilà les nouvelles, Irwan. Là, je crois que l'on a une petite chance de coincer ces fameux Vengeurs. Qu'est-ce que tu en penses ?

Xavier venait de raconter à l'inspecteur divisionnaire le résultat de leur visite à La Rochefoucauld. Marcel était déjà reparti là-bas avec un des hommes de la brigade, qui serait chargé de veiller sur la sécurité de la jeune serveuse. Irwan, lui, ne tenait pas en place. Manifestement, il avait dû abuser des cafés serrés du distributeur de boissons.

— Je fais mettre la ligne de Madeleine sur écoute immédiatement ! lança-t-il à Xavier. On la prévient tout de suite. Et il faut aussi lui demander à quoi ressemblait cette voix, s'il n'y avait pas un accent, ou une manière de prononcer les mots. Vous auriez pu y penser là-bas. Autre chose : si l'homme rappelle, elle doit paraître naturelle, faire durer la conversation si c'est possible. Nous devons absolument localiser son correspondant.

Maud soupira, n'appréciant guère l'état de nervosité de son supérieur. Pourtant, elle le comprenait, car la situation empirait. La presse insistait sur le côté énigmatique de ces tragiques événements, et rien de positif ne se dessinait à l'horizon.

— Tiens, Tim et Constantin Tournier ne vont pas tarder. Ils ont retenu des chambres à l'Hôtel Florette. C'est un établissement de la route de Bordeaux, précisa Irwan à l'intention de Maud.

Elle rétorqua en souriant qu'étant angoumoisine depuis plus d'un an, l'Hôtel Florette ne lui était pas inconnu.

— D'accord, grogna Irwan. J'ai relu le rapport d'autopsie de Michel. C'est étonnant, mais le légiste m'a affirmé qu'il s'agit bel et bien d'un suicide, par ingestion d'une haute dose de barbituriques. D'après nos premiers constats, il a pris les médicaments au bord de l'étang, puis s'est jeté dans l'eau. Il devait être dans un état comateux, ce qui explique qu'il ne se soit pas débattu et qu'on l'ait trouvé le visage immergé. Une drôle de mort, mais le patron pense comme moi : elle ne ressemble pas aux actions théâtrales des Vengeurs. Si quelqu'un avait voulu noyer Michel, nous l'aurions retrouvé dans deux ou trois jours, sûrement avec la note habituelle.

— Oui, sans doute. En tout cas, nous avons donné la même version à sa sœur, moins détaillée, indiqua Xavier.

— Attendez une minute. Je crois qu'on perd un peu la tête ! s'écria Maud. Irwan, tu nous dis que Michel s'est suicidé et qu'il ne s'agit donc pas d'un meurtre. Pourtant le type qui a téléphoné à Madeleine lui a dit : « On a eu ton frère. » Vous êtes bien d'accord ? Alors, comment tu expliques cette contradiction évidente ?

Irwan se passa la main dans les cheveux, respira à fond, réfléchit un court instant et fit l'effort de sourire à ses deux collègues.

— Maud, j'attendais ta réaction, car, au moment où tu m'as rapporté les propos de Madeleine, je savais déjà que Michel n'avait pas été assassiné. Vois-tu, à mon avis, ceux qui sont à l'origine de cette affaire cherchent à brouiller les pistes. Mais une chose est certaine : Michel savait quelque chose de grave. Soit on l'a menacé comme sa sœur, soit il a craqué, se sachant responsable de la mort de Chesnais. On a pu le payer cher pour placer la bombe. Nous n'avons aucune trace d'une importante somme d'argent sur son compte ni ailleurs mais il n'a peut-être pas eu le temps de toucher le prix de son crime. Nous avons des exemples célèbres dans le passé quant à ce genre de choses. On peut remonter jusqu'à Judas si le cœur vous en dit.

— Ouais..., marmonna Xavier. Mais pourquoi avoir dit à cette pauvre fille qu'ils avaient tué son frère ? Pourquoi la menacer ?

— À mon avis, reprit Irwan, c'est simplement parce que les salauds qui ont monté ce scénario sont là, surveillant tout le monde, et ça me rend fou. Ils devaient suivre Michel et l'ont vu se jeter dans l'étang. Rassurés sur son silence, ils se sont inquiétés de la sœur, imaginant qu'elle était au courant des histoires de son frère.

— Mais alors, Madeleine est vraiment en danger. Ils vont la tuer, Irwan. Et le pire, c'est qu'elle ne sait rien, j'en suis persuadée !

Maud avait presque crié. Ses yeux bleus exprimaient une crainte douloureuse qui troubla les deux hommes. Ils sentaient plus que jamais l'urgence de la situation, ainsi que leur impuissance.

— Calme-toi, dit Irwan d'un ton radouci. On va la placer sous protection rapprochée. J'ai pris également des nouvelles de Sabine. Elle semble surmonter le choc et m'a répondu très gentiment. Le déroulement des obsèques la préoccupe beaucoup. Je crois qu'en vérité, c'est une fille un peu paumée.

Maud sursauta, comme piquée au vif. Se relevant, elle tourna en rond dans le bureau, affichant une expression morose qui ne lui était vraiment pas familière.

— Paumée, Sabine ? Là, je ne suis pas d'accord. Elle ne me fait pas du tout cet effet. Je la juge froide et calculatrice. J'ai même songé un instant qu'elle pourrait être la personne qui a commandité ce meurtre.

Devant la mine ébahie de ses collègues, elle soupira. Ils l'observèrent avec ironie, puis Xavier déclara :

— Je crois que notre Maud n'aime pas les top models.

— Inspecteur Boisseau, ne dites pas de conneries. Je me moque qu'elle soit top model. C'est son caractère qui me déplaît, ce qui se dégage d'elle, un côté impitoyable, cruel. Mais vous, à ce niveau-là, vous êtes aveugles.

— Maud a peut-être raison, Xavier, on doit quand même surveiller cette fille de près. Après tout, elle ne veut rien dire sur sa vie passée avec Chesnais et, vu les progrès de l'enquête, qui sont au stade zéro, aucune piste n'est à négliger. OK ?

— OK, Irwan, fit l'inspecteur Boisseau, qui s'en voulait d'avoir provoqué Maud alors qu'il pensait en fait détendre l'atmosphère avec ses plaisanteries. Et Patrick Chavanne, tu as eu les renseignements demandés sur lui ? ajouta-t-il sobrement.

— Oui, rien à signaler, à part un diplôme de boxe française, obtenu il y a des années. Un homme ordinaire, totalement dévoué à Chesnais. Contrairement à Giorgio Carloni, qui restait souvent au domaine de Chantegrive, Chavanne suivait son patron partout.

— Je trouve qu'il n'a pas l'air très affecté par sa mort, remarqua Maud en feuilletant un dossier.

— Tu sais, il ne faut pas se fier aux apparences, commenta Irwan. Il joue peut-être les brutes insensibles. Enfin, il est bientôt 19 heures. On va mettre un peu d'ordre dans toutes ces paperasses en attendant la visite de Timothée Jacquin. Quant au secrétaire de Chesnais, M. Constantin Tournier, nous allons voir de quel genre d'homme il s'agit. Ils viennent ici dès leur arrivée à Angoulême.

— De mon côté, si vous n'avez pas besoin de mes services, je m'absente une petite heure, intervint Xavier. J'ai une course importante à faire en ville.

Peu après 20 heures, Irwan, Xavier et Maud virent entrer dans le bureau deux personnages tout en contraste. Le premier, un grand jeune homme mince, aux cheveux roux et aux yeux gris-vert, se présenta sous le nom de Timothée Jacquin. Le second, petit, doté d'un certain embonpoint, presque chauve, vêtu de noir, évoquait parfaitement l'image que l'on pouvait se faire d'un secrétaire dévoué. En revanche, dès qu'il prit la parole, on sentit en lui un homme d'affaires averti, connaissant parfaitement son métier et accoutumé aux relations mondaines. Mais c'était également un incorrigible bavard, qui n'allait pas tarder à les saouler de paroles. D'ailleurs, dès les présentations d'usage effectuées, il prit les choses en main :

— Inspecteur, comme j'ai réservé une chambre à l'Auberge du Lac, je tiens à vous inviter à dîner. Je n'ai rien mangé depuis ce matin et je serais ravi de vous avoir à ma table, surtout que M. Dassas est un de mes amis. Tim, lui, a réservé au Florette.

Irwan intervint d'un ton légèrement ironique :

— Je croyais que vous logiez tous deux au Florette ?

— Non, non, c'est une erreur de Tim. Quand j'ai su ce qui était arrivé à M. Chesnais, j'ai tenu à prévenir son ancien mécanicien, avec qui il avait toujours eu des rapports d'amitié. Tim a aussitôt décidé d'assister aux obsèques. Il pensait que je descendrais au Florette en sa compagnie. Mais j'ai besoin d'air pur, d'un peu de campagne. Bref, j'ai l'habitude de séjourner à l'Auberge du Lac. Ce détail n'est guère important, vous ne croyez pas ?

— Bien sûr, répondit Maud en souriant sans réel enthousiasme. Mais nous ne pouvons accepter votre invitation. Nous sommes en pleine enquête, il y a beaucoup de travail ici et…

— Allons, Maud ! s'écria Irwan en lui coupant la parole. Pourquoi ne pas honorer cette charmante proposition ? M. Tournier a certainement beaucoup à dire. Autant l'écouter devant un bon repas.

Maud observa discrètement Irwan, qui cherchait lui aussi son regard. Elle comprit en une seconde : ils ne savaient en effet rien de ce nouveau personnage, et il était a priori le mieux placé pour leur donner un portrait inédit d'Alain Chesnais.

— Dans ce cas, pas de problème, rétorqua-t-elle. Je vous suis.

— Mademoiselle désire peut-être se changer avant de nous accompagner, dit alors d'un ton suave le secrétaire.

Il ajouta très vite :

— Comment se porte cette chère Sabine ? Elle a dû mal supporter ce drame ?

— Elle va mieux, monsieur, déclara Maud. Et je n'ai pas besoin de me changer, je me sens très bien ainsi.

Sur ces paroles jetées d'une voix glaciale, elle quitta le bureau, laissant les quatre hommes médusés, surtout le pauvre Xavier qui ne l'avait jamais vue d'une telle humeur. Pour revenir sur une note plus légère, il suggéra aimablement :

— Prenons ma voiture, messieurs, elle est assez spacieuse pour nous loger tous les cinq.

Dix minutes plus tard, après avoir prévenu de leur absence le commissaire, qui avait deviné le plan d'Irwan, ils étaient en route vers Roullet, où les attendait l'Auberge du Lac, avec son décor champêtre d'un charme rare. Auparavant, ils avaient fait une courte halte devant l'Hôtel Florette, où Tim souhaitait déposer sa valise et faire un brin de toilette. Constantin Tournier, en homme revenu au pays, fier de ses nombreuses connaissances, avait tenu à saluer le gérant.

Irwan l'avait suivi avec « une allure de fin limier », avait chuchoté Xavier à Maud.

Ils étaient restés dans la voiture, et le crépuscule conférait aux beaux yeux de la passagère un éclat félin. L'inspecteur Boisseau se dit qu'il était vital de se faire pardonner, car depuis quelques heures il avait la conviction d'être amoureux de Maud.

Profitant de l'absence des trois hommes, il lui tendit prestement, sans un mot, un carton empaqueté d'un ruban bleu.

— Mais qu'est-ce que c'est ? dit-elle tout bas en examinant la boîte.

Une étiquette dorée la renseigna vite : « Jardin d'hier, Éliane Dumont, 96, rue de Paris, Toutes compositions florales, Angoulême. »

C'était la première fois que Maud recevait un cadeau de son collègue et ami. Troublée, elle ouvrit l'emballage, découvrant une ravissante orchidée rose, merveille de perfection offerte aux humains par l'infinie magie de la nature.

— Oh ! Xavier, mais il ne fallait pas ! s'exclama-t-elle, gênée.

— C'est pour me faire pardonner ma plaisanterie stupide de cet après-midi.

— À quel sujet ?

— Lorsque j'ai dit que tu n'aimais pas les top models. En fait, je cherchais sans doute à te rendre jalouse. Comme je devais repasser chez moi, je me suis arrêté chez cette adorable personne. Éliane m'a conseillé une orchidée, car je lui ai expliqué la situation. Il fallait quelque chose de discret et de beau. Je ne pouvais pas, hélas, t'apporter une gerbe de roses.

— Tu es fou, Xavier, mais j'avoue être touchée par ton geste. Tu sais, je ne suis vraiment pas jalouse de Sabine, loin de là. Soyons sérieux, Xavier, je compte rester célibataire encore quelques années, car mon métier me passionne et je ne me vois pas mener une vie de famille en demeurant inspecteur. Tu as vu nos horaires : il est indispensable d'être disponible, sans oublier les risques…

— Il n'y a pas que le mariage et la vie de famille. Si tu vois ce que je veux dire…

— Voilà Irwan ! s'écria Maud, soulagée. Merci pour l'orchidée. Elle aura sa place chez moi, près du téléphone. J'espère que mon cher Albert ne la croquera pas.

Irwan, qui s'installait à l'arrière de la Ford, aperçut la fleur dans sa boîte ajourée. Il ne fit aucun commentaire, mais, dans le rétroviseur, Xavier capta son expression amusée nuancée de dépit. Le retour de Constantin Tournier et de Tim leur évita toute discussion.

La route de Bordeaux, avec son terre-plein central planté de diverses essences d'arbres, les conduisit jusqu'à Roullet, un village typiquement charentais situé à l'écart de la nationale. L'Auberge du Lac, un bel ensemble hôtelier, installé dans les bâtiments d'une ancienne ferme familiale, était sans conteste un site préservé où l'on oubliait les agressions de la vie moderne.

Lorsqu'ils y parvinrent, le coucher de soleil embrasait le parc et la surface de l'étang. Les lumières du restaurant étaient allumées, et Maud ressentit une joie singulière. Elle s'imagina au siècle dernier, voyageuse épuisée trouvant sur son chemin une telle auberge, où l'accueil allait de pair avec le décor. La salle à manger vers laquelle les dirigea M. Dassas se révéla en effet une pièce chaleureuse, de style rustique. Des chandeliers étaient disposés sur les tables, diffusant une lumière douce, romantique. Malgré la température clémente de septembre, un petit feu brûlait dans la cheminée, donnant une atmosphère paisible, celle d'un élégant logis perdu dans la campagne.

— Cela vous plaît, mademoiselle ? demanda à Maud M. Dassas.

C'était un homme d'une soixantaine d'années, aux cheveux blancs, de haute taille, que l'on devinait empressé et d'une rare gentillesse.

— Oui, monsieur, beaucoup. C'est charmant. On se sent hors du temps ici, mais je suppose que cette impression s'arrête là, et que vous offrez tout le confort moderne à vos clients ?

— Oui, bien entendu. L'hôtel est équipé de tout le nécessaire : télévision, minibar, etc. Asseyez-vous, je vous prie. Constantin, prendrez-vous un apéritif ? J'ai toujours du pineau Plessis, rosé ou blanc.

Constantin Tournier commanda une bouteille de pineau rosé, puis établit un menu de choix. Il vanta les mérites de la gastronomie locale tout en détaillant avec intérêt la carte. Tim se montra singulièrement silencieux, mais son regard vert examinait chacun des convives.

Savourant leur pineau, Maud, Xavier et Irwan échangèrent également, grâce à des coups d'œil explicites, leurs pensées respectives. La jeune femme comprit que l'inspecteur divisionnaire soupçonnait le secrétaire d'être mêlé à l'affaire. Quant à Xavier, il leur désigna deux ou trois fois l'ancien mécanicien d'un imperceptible mouvement de tête, leur communiquant ses doutes à l'égard du jeune homme. Il est vrai que ces personnages, devançant les convocations du commissaire, accourant aux obsèques du pilote, faisaient figure de suspects. Tim, à cause des déclarations de Patrick Chavanne, qui l'accusait de vouloir séduire Sabine ; Constantin Tournier, en raison de son caractère obséquieux, de ses phrases toutes faites. Là encore, la méfiance était de mise.

— Avouez que c'est délicieux ! s'extasia le secrétaire dès les hors-d'œuvre. Un régal ! À Paris, je ne mange presque rien, mais je me rattrape quand je suis en Charente. Avec M. Chesnais, je venais souvent dîner ici. Alain aimait beaucoup cet endroit.

Tous l'écoutaient avec un sourire poli. Décidément, il était intarissable. Au dessert, Constantin Tournier leur confia ses origines :

— Je suis né près de Barbezieux, dans les années 1940. Mes parents avaient un commerce près du château, une bijouterie. Hélas, ils ont dû fermer pendant la guerre et n'ont pas repris. Mais j'avais tellement entendu parler de leur magasin, que j'ai voulu suivre la même voie. Je suis entré à la bijouterie Letuque à l'âge de vingt ans. Ma mère était fière de moi. C'était la plus belle bijouterie à Angoulême. Une maison fondée en 1892 par Ernest Letuque, un magasin superbe. J'ai des photographies de la vitrine en 1907. On voit déjà l'importance de ce commerce. Des gens passionnés par leur métier. Ils me traitaient comme un membre de la famille, je vous assure. Ah ! j'en ai vu, des merveilles, chez eux. D'ailleurs, j'y suis resté jusqu'en 1980.

Réprimant un soupir, Maud se permit de l'interrompre :

— Comment êtes-vous devenu le secrétaire de M. Chesnais ?

— Comment vous dire... C'est un hasard. La petite-fille du fondateur de la bijouterie Letuque a repris le flambeau en 1978, et cette année-là, M. Chesnais est venu acheter une montre de prix pour une de ses amies. Nous avons sympathisé, et il m'a fait une offre alléchante. Il cherchait une personne de confiance pour s'occuper de ses papiers. Moi, disons que j'avais envie de changement, de prendre l'air. Je l'ai suivi à Paris et, voyez-vous, je ne le regrette pas. Aujourd'hui, bien sûr, Alain n'est plus. Mais ses dispositions testamentaires me placent à l'abri de toute insécurité.

— C'est formidable ! commenta Irwan d'un ton équivoque. Vous êtes déjà au courant de son testament ?

— Inspecteur Vernier, j'étais son secrétaire, son confident. Je n'ai pas vu de mes yeux les textes remis à son notaire, mais je sais ce qu'ils contiennent.

— Et la fortune de M. Chesnais, qui est sérieusement compromise d'après nos renseignements, à qui doit-elle revenir ? demanda Xavier.

Constantin Tournier haussa les épaules.

— Si vous parlez des rumeurs stupides émanant de Paris, elles ne sont pas fondées. Pour ce qui est de l'héritage, naturellement, le domaine de Chantegrive ainsi qu'une grosse somme d'argent sous forme de rente viagère reviennent à Sabine Régnier. Ce sont les dernières volontés de M. Chesnais. Cela me semble évident, quand on sait que cette jeune femme attend un enfant de lui. Ils devaient se marier prochainement, vous ne le saviez pas ?

Prenant le temps d'assimiler cette information inattendue, les trois inspecteurs se regardèrent, stupéfaits.

— Ça non, nous n'étions pas au courant, répondit Irwan. Et Mlle Régnier n'a fait aucun effort pour nous apprendre ce petit détail. Elle a subi une injection massive de sédatifs. Je pense qu'il aurait été préférable de préciser son état au médecin.

— Ça, c'est vrai, murmura Tim d'un air ennuyé.

Le secrétaire toussota avant de dire d'une voix changée :

— Certes, ce n'était guère prudent. Je suppose qu'elle était très choquée et n'a pas songé à l'enfant. Sabine est une personne fantasque, parfois violente. Je vais l'appeler tout à l'heure pour bavarder un peu. Elle était heureuse de ma venue. Je dois veiller sur eux, maintenant.

— Eux ? s'étonna Xavier.

— Oui, reprit Constantin Tournier. Sabine et son enfant, le futur héritier de la maison Chesnais. J'avais promis à Alain de tenir ce rôle en cas de malheur.

Irwan sauta sur l'occasion pour poser une question :

— Et vous étiez au courant des lettres de menaces que recevait M. Chesnais ? Il était bouleversé par ces courriers, d'ailleurs introuvables.

— Des lettres de menaces ? Je ne vois pas de quoi vous parlez. Je l'ai eu au téléphone peu de temps avant sa mort, vendredi soir exactement. Ils venaient, Sabine et lui, de visiter l'exposition de voitures de collection, et je vous jure qu'il m'a paru en pleine forme. Je l'imagine mal me cachant l'existence de ces lettres.

— Vous ignorez donc l'existence de ces fameux Vengeurs ? insista Irwan.

— J'ai lu leur nom dans le journal que j'ai acheté à la gare. À mon avis, c'est une plaisanterie de mauvais goût. Et vous y prêtez foi, vous, des policiers ?

— On a trouvé leur message épinglé sur la poitrine de Giorgio Carloni, mort étranglé dans la chambre même de Chesnais, à l'Hôtel du Marché, permettez-moi d'en tenir compte, monsieur Tournier.

— Ah ! Bien sûr. J'ignorais ce détail.

Maud, qui écoutait attentivement, se redressa soudain. Elle venait enfin de se rappeler ce qu'il lui fallait absolument demander au commissaire Valardy.

10

En rentrant à Angoulême, ils déposèrent Tim devant l'Hôtel Florette. Il insista beaucoup pour leur offrir un dernier verre. Irwan, là encore, imposa sa décision, toujours en leur faisant comprendre qu'il jugeait cela intéressant.

D'ailleurs, à peine installés devant leurs consommations, Tim se montra moins discret qu'en présence du secrétaire de Chesnais.

— Je voulais vous parler tranquillement, car voyez-vous, je me méfie de Tournier. Ne faites pas ces têtes, ce bonhomme, je ne l'apprécie absolument pas, et j'ai une bonne raison : c'est à cause de lui que le boss m'a viré. C'est une vraie langue de vipère.

Maud, ravie de le voir enfin s'exprimer, s'empressa de l'encourager à poursuivre. Sensible à son charme, il parla d'une voix plus assurée.

— Oui, c'est lui qui a raconté à M. Chesnais que je tentais de séduire Sabine. Remarquez, je la trouvais belle, et elle me cherchait toujours pour un oui, pour un non. Quand elle est seule, elle s'ennuie facilement. À Chantegrive, la vue de la campagne la désolait. Si c'est bien elle qui hérite du domaine, vous pouvez être sûrs qu'elle le vendra le plus vite possible.

— Pourquoi dites-vous : « Si elle hérite du domaine » ? Vous doutez des paroles de M. Tournier ? demanda Irwan.

— Non, pas sur ce point, mais Chesnais avait beaucoup de dettes, et Tournier est au courant, même s'il dit le contraire. Sa mort tombe à pic pour lui éviter de gros ennuis, qui vont peut-être retomber sur Sabine.

— D'accord, je comprends mieux, affirma l'inspecteur divisionnaire d'un drôle d'air. Et vous n'avez rien d'autre à nous dire sur votre ancien employeur ?

— Non… Enfin, si. J'aurais voulu être là, vérifier moi-même la Bugatti pour lui éviter de mourir ainsi. Ceux qui ont fait une chose pareille, ils mériteraient d'y passer aussi.

— Vous saviez que la combinaison et le casque de Chesnais n'étaient pas traités pour résister au feu ? On a dû les échanger à un moment donné. Juste avant la compétition, par exemple.

— Vous parlez d'une histoire. J'étais avec lui au parking concurrents les autres années. C'est pratiquement impossible d'y pénétrer ou d'approcher des voitures.

— Oui, je sais, cela peut paraître incroyable. Pourtant, c'est bien ce qui s'est passé. Nous avons toutes les preuves. Alain Chesnais n'avait vraiment aucune chance d'en réchapper.

Ils discutèrent encore un moment, puis se séparèrent sur une franche poignée de main. En roulant vers la place du Champ-de-Mars, Xavier posa l'inévitable question :

— Qu'est-ce que vous pensez de Tim ? Et du très bavard Constantin Tournier ?

— Rien de spécial, répondit Maud, qui semblait particulièrement songeuse.

— Tim, un brave garçon, je l'imaginais tel que nous l'avons vu. Quant à Constantin Tournier, il m'est apparu un peu trop aimable, trop expansif, du genre prêt à collaborer à tout prix. Je ne lui fais pas confiance, en somme, pas plus qu'à Tim. De surcroît, il était le mieux placé pour jouer un sale tour à son « cher Alain ».

Irwan avait imité le secrétaire, et Xavier pouffa sur le volant. La nuit les entourait, donnant à Angoulême une allure un peu fantastique, ville haute tout illuminée, s'avançant dans l'ombre, sous le doux ciel aquitain.

— Demain, soyez un peu en avance à l'enterrement, dit Irwan plus sérieusement. Vous devez voir les gens arriver, observer leur physionomie, écouter. Et toi, Xavier, n'en profite pas pour t'arrêter acheter du cognac ou du pineau chez Duprat. Tu m'as fait le coup il y a un an ; on a perdu une heure. Monsieur est très porté sur les produits du terroir, Maud, surveille-le.

— Ne t'inquiète pas, Irwan, je n'y manquerai pas. Je commence à cerner le personnage, vois-tu, entre le guide touristique, l'historien et le fin gourmet.

— Il n'y a que les idiots qui ne s'intéressent à rien, rétorqua Xavier, contrarié. Et puis ces petits intermèdes agrémentent les enquêtes.

— Ne vous vexez pas, inspecteur Boisseau, ricana Irwan. Nous voici au central. Allons vite prendre des nouvelles du patron.

À leur grande surprise, le commissaire Valardy n'était pas là. Maud, très déçue, se mordit les lèvres de dépit. Sans donner d'explications à ses deux collègues, elle lui laissa un message, coincé sur le téléphone de son bureau.

— Vous pouvez lire, expliqua-t-elle à Xavier et à Irwan qui jetaient au bout de papier des regards intrigués, mais cela ne vous apprendra rien.

Sur ces mots énigmatiques, elle s'installa à sa machine à écrire et, une heure plus tard, elle rentra chez elle, dans son studio des Terrasses de Lavalette, où l'attendait fidèlement son chat Albert.

Le lendemain matin, vers 9 heures, la Ford Mondeo de l'inspecteur Boisseau se gara devant chez la jeune femme, et un coup de klaxon impératif retentit dans la rue. Maud descendit aussitôt, et Xavier sentit son cœur faire un petit bond bien agréable.

Exceptionnellement, pour assister aux obsèques du pilote, Maud avait mis une robe beige, assez longue, d'une élégance discrète, assortie à un charmant gilet de cachemire. Ses cheveux d'ordinaire rebelles à toute coiffure étaient relevés en chignon, et un léger maquillage apportait au ravissant tableau une touche finale de séduction. Lorsqu'elle monta à ses côtés, Xavier bredouilla :

— Mais il y a eu substitution de personnes durant la nuit ! Est-ce bien vous l'inspecteur Delage ?

— Tout à fait, cher ami. En route pour le pays du cognac.

La route était celle suivie depuis des décennies par les Angoumoisins pour se rendre au bord de la mer, notamment à Royan ou à Saint-Palais, des plages très fréquentées. Après Hiersac, aux abords de Jarnac, les prairies et les cultures faisaient place à la vigne, qui deviendrait omniprésente vers Cognac.

Maud découvrait ce paysage typique de la région qu'ils traversaient, car elle n'en avait pas eu l'occasion lors de sa randonnée nocturne vers Burie.

— C'est étonnant, dit-elle à Xavier. On ne voit plus que des vignes.

— Oui, et nous sommes au cœur des terres offrant les meilleurs crus. Le cognac a une longue histoire. Il est né de ces sols calcaires, de ce climat si doux des Charentes, avec ses hivers pluvieux, ses étés où le soleil n'est jamais trop violent. Regarde bien la lumière qui se dégage de ce paysage : elle est unique, tendre et sereine. Les fermes sont souvent de grands domaines, perdus au milieu des vignobles. De hauts murs les entourent, un large portail les préserve des indiscrets. Si tu connaissais les mystères de la distillation, tu comprendrais mieux le charme de cette région où, depuis trois cents ans, on crée du cognac.

— Et toi, bien sûr, tu connais tout cela.

— Je ne sais pas tout, mais je me documente. Tiens, je peux même citer le poète Marchadier, disant du cognac qu'il « était fait avec des rayons de l'aube distillés ».

— C'est joli, déclara Maud après un temps de réflexion, mais je préfère le pineau.

— Comme beaucoup de femmes. Avoue que le cognac est destiné aux hommes forts, moi, par exemple…

Elle sourit, heureuse de ces instants passés en compagnie de cet homme toujours amusant, cultivé, galant et plein d'humour. Les discours de son collègue étaient aussi en l'occurrence une précieuse diversion, car, sans savoir pourquoi, elle appréhendait la cérémonie des obsèques. Elle jugeait leur présence déplacée en une telle circonstance. De plus, le commissaire Valardy n'avait pas répondu à son message, et cela la surprenait.

— Et voici la ville de Cognac. Nous allons passer devant le parc François-Ier. Je vais te faire visiter les chais Duprat. Je me sers toujours chez eux ; c'est un grand nom du cognac. Ils exportent dans le monde entier. C'est une tradition familiale. Jadis, ils étaient fournisseurs des tsars.

— Tu oublies les ordres d'Irwan. Pas d'achats en cours de route, pas de visite. Je n'ai déjà pas très envie d'aller là-bas, ne me complique pas les choses. Nous devons arriver les premiers.

Malgré les protestations de Maud, la Ford Mondeo se gara devant des bâtiments impressionnants. C'étaient sans aucun doute possible les chais de la Maison Duprat, et l'entrée réservée aux visiteurs.

— Tu es têtu quand tu veux ! s'écria Maud, vraiment contrariée par la nonchalance de son collègue.

Sans se troubler, il ouvrit sa portière en souriant.

— Tu es si élégante ce matin, j'ai envie de parader à ton bras. De toute façon, il est à peine 10 heures, et nous sommes à quelques kilomètres de Burie. Allez, viens vite.

Maud le suivit et reconnut très vite que la visite méritait un petit détour.

— Tu vois, murmura Xavier, les fûts alignés là sont tous en chêne fendu du Limousin, et c'est le tanin du bois qui donne au cognac sa belle couleur dorée. Et ici s'effectue un stade capital, l'évaporation, durant laquelle une partie du volume de l'alcool disparaît, on l'appelle « la part des anges ». C'est plus joli.

Ils ne firent qu'un bref circuit dans un des chais de vieillissement, au sol de terre battue, écoutant les explications de la jeune fille qui leur servait de guide et avait un charmant accent anglais. Ensuite, Xavier acheta six bouteilles de cognac, du « XO », qu'il comptait tenir en réserve pour les fêtes de fin d'année. Maud préféra se procurer du pineau rosé, qu'elle espérait faire déguster à sa famille à Noël.

Enfin, ils reprirent la route menant à Burie, un village cerné par les vignes, dont le raisin atteindrait dès l'automne son degré idéal de maturité. Sous le soleil plus tendre de septembre, ce pays, marqué par l'incessant labeur de l'homme, semblait livré au regard du promeneur, collines et vallons alternant en un relief paisible qui s'étendait jusqu'à l'horizon.

— Nous sommes arrivés, indiqua Xavier. Voici le cimetière.

Une enceinte de pierres calcaires, des croix dressées ici et là, la silhouette sombre des ifs séculaires, le décor qui les attendait était en vérité immuable. Une voiture noire déboucha à son tour et se gara. Patrick Chavanne en descendit, une cigarette au coin de la bouche.

— Restons un peu à l'écart, suggéra Xavier. Ça nous permettra de voir ce qui se passe sans gêner la cérémonie.

— Tu as raison. Regarde : Patrick Chavanne nous a vus, mais il ne s'approchera pas. Un vrai fauve, cet homme.

Des gens du village ne tardèrent pas à entrer dans le cimetière, marchant lentement, observant ceux qui étaient déjà là. Vers 10 h 45, Sabine Régnier fit son apparition, toute blonde dans ses vêtements noirs, néanmoins d'un chic très parisien. Cachant ses admirables yeux émeraude derrière des lunettes fumées, elle dominait de sa taille élancée la plupart des personnes qui l'entouraient, que ce fût Chavanne, Constantin Tournier, Tim ou Roland Maury. Des personnalités angoumoisines étaient également présentes : Gérard Roquevert, qui présidait aux destinées du Circuit des remparts, Paul Arcanel, ancien secrétaire, maintenant vice-président, sans oublier des amis du défunt et quelques membres de la famille.

Maud, qui les observait attentivement, ne décela rien d'insolite parmi cette assemblée et, d'après son expression morose, il semblait en être de même pour Xavier.

— Certains ont l'air triste, d'autres semblent s'ennuyer. Ils viennent de l'église, dit-il à voix basse. La messe a dû être longue. Tiens, Roland nous fait un signe de tête. Il n'est pas fier, lui. En revanche, Constantin Tournier ne s'occupe que de Sabine. Si tu veux mon avis, ces gens ne sont pas mêlés à l'affaire, ou alors, ils jouent la comédie à merveille. Et puis, note-le bien, nous connaissons tout le monde, donc, pas une seule piste nouvelle.

— Tu ne soupçonnes plus Sabine ?

— Non, c'était idiot. Regarde-la : elle est livide, les lèvres serrées pour ne pas pleurer. Irwan a raison : cette femme a du cran.

Le cercueil fut posé près du caveau de la famille Chesnais, un monument imposant sur lequel une dizaine de plaques funéraires indiquaient le nom de ceux qui reposaient là. Le prêtre continua son hommage au défunt, tandis que Roland Maury se rapprochait des deux inspecteurs, murmurant d'un ton orgueilleux :

— Vous avez vu la bière de monsieur ? Il y en a pour plusieurs millions. Il a voulu de l'ébène et des ornements en bronze. Celui de dessus est de toute beauté, fait par un artiste.

Xavier allait approuver poliment, quand une voiture déboula à vive allure devant les grilles du cimetière et freina sec dans un grand crissement de graviers. Maud tourna aussitôt la tête. Elle reconnut la vieille Golf d'Irwan. Puis elle vit accourir son collègue par l'allée centrale, suivi de près par le commissaire Valardy. Toute l'assistance les observa, médusée par cette apparition digne d'un film à sensations. Ensuite, tout se passa très vite, bien que Maud eût un instant l'impression de vivre des secondes au ralenti, tant elle était remuée par l'irruption inattendue des deux hommes.

— Arrêtez la cérémonie ! cria le commissaire. Reculez !

Plus bas, il déclara à Sabine et à Constantin Tournier :

— Ce n'est pas le corps d'Alain Chesnais qui se trouve dans ce cercueil. Nous devons l'emporter à la morgue. J'ai les documents l'attestant ici même. Je suis navré, mais l'enquête va prendre un nouveau tour.

Le commissaire Valardy n'eut pas le temps d'en dire plus : Sabine tomba à ses pieds comme une fleur fauchée. Tim et Maud se précipitèrent, et des minutes de panique s'ensuivirent, mêlant les membres de la famille Chesnais aux officiels dans un désarroi complet.

Irwan s'occupa de calmer la foule, intimant à tous, d'une voix glaciale, de quitter les lieux immédiatement. L'oncle du pilote, un beau vieillard en costume gris, protesta vertement, demandant des explications. Penché sur Sabine, toujours inanimée, Constantin Tournier poussa des petits cris angoissés.

— Un médecin, il faut un médecin ! Vous manquez de tact, commissaire ! lança Gérard Roquevert, dépassé par les événements.

Ne se laissant pas troubler par ce coup de théâtre, Xavier eut une inspiration : il courut à sa voiture et ramena une de ses bouteilles de cognac, l'ouvrit rapidement et en fit glisser quelques gouttes entre les lèvres de la jeune femme. L'effet fut radical : elle s'agita mollement et dévisagea ceux qui l'entouraient en balbutiant :

— Où est Alain ? Il n'est pas mort, n'est-ce pas ? Dites, il n'est peut-être pas mort ?

Bientôt, Irwan dut affronter le top model, qui exigeait la vérité avec un maximum de détails, s'accrochant à sa veste, le secouant en alternant rires nerveux et sanglots.

— Ça suffit, lui dit-il durement. Le patron vous informera de ce qui se passe tout à l'heure. En attendant, faites un effort. Vous vous rendez malade inutilement. Pensez un peu à votre enfant.

— Vous êtes au courant…, répliqua-t-elle, soudain plus calme. Ce sont encore les bavardages de Tournier.

Maud se rapprocha du commissaire, en grande discussion avec le prêtre chargé de l'office. Elle brûlait de curiosité et cherchait à saisir des bribes de conversation. Cinq minutes plus tard, ils apprirent tous ce qu'il en était de la bouche d'Irwan, dont les yeux clairs avaient pris un éclat farouche.

— Voici les faits : le commissaire Valardy et moi-même avions décidé d'étudier toute la nuit le dossier. Tout à fait par hasard, un de nos enquêteurs est venu nous informer d'un signalement de disparition à Angoulême. Elle émanait de Christine Charrel, une jeune femme habitant Soyaux. Le compagnon de cette personne avait disparu depuis le dimanche après-midi et, quand nous avons jeté un œil sur la photographie de l'homme en question, quelque chose nous a frappés : il ressemblait à s'y méprendre à Alain Chesnais, un sosie en somme, plus jeune, plus chevelu, mais le visage avait des traits étonnamment identiques. La presse ayant largement diffusé le portrait du pilote, suite à l'accident, Christine Charrel avait noté elle aussi la ressemblance sans songer aux conséquences de celle-ci. On peut appeler cela de l'instinct, mais le patron et moi sommes aussitôt allés lui rendre visite pour un interrogatoire plus précis. Il en est ressorti ceci…

Irwan reprit son souffle, jetant autour de lui un regard froid qui paralysa l'assistance déjà très attentive. Dans le cimetière ensoleillé, seuls étaient demeurés Sabine, Tim, Patrick Chavanne, Roland Maury, Constantin Tournier, ainsi que l'oncle de Chesnais et son épouse. À l'expression de leurs visages, on devinait qu'ils étaient impatients de savoir le fin mot de l'histoire.

— Bien, continua Irwan. Cette jeune femme, qui vit dans un studio et éprouve actuellement de sérieuses difficultés financières, nous a confié en pleurant qu'elle était très inquiète pour son ami, un dénommé Paul-Louis Bonnard. En effet, il l'a quittée dimanche matin, en apparence d'excellente humeur, l'assurant que leurs ennuis d'argent étaient résolus, qu'il rentrerait dès 17 heures avec une importante somme. Il ne pouvait rien dire de plus, mais l'a encouragée à garder confiance. Nous sommes mercredi, elle ne l'a pas revu et n'a eu aucune nouvelle depuis. D'où le signalement fait hier soir. J'ajouterai en conclusion qu'il est bien compréhensible que cette personne n'ait pas revu son compagnon Paul-Louis Bonnard, puisqu'il est dans ce cercueil, à la place de M. Chesnais qui, lui, a bel et bien disparu. Voilà.

Maud observait discrètement le commissaire, qui scrutait un à un le visage de chacun. Elle qui s'étonnait de cette déclaration presque publique comprit alors que c'était un plan mis au point par les deux hommes, vu le retournement imprévu de la situation.

— Vous pouvez disposer. Une ambulance attend pour emporter le corps. Ne vous éloignez pas de vos résidences. Un supplément d'enquête est ouvert, et nous avons besoin de tout le monde.

On sentait dans les paroles d'Irwan une menace latente. À cet instant précis, Maud constata que Patrick Chavanne était déjà parti…

11

— Patron, comment avez-vous su que c'était bien Paul-Louis Bonnard qui était mort à la place de Chesnais ? interrogea Xavier dès leur retour à l'hôtel de police.

— En fait, répondit le commissaire, Irwan et moi avons eu une sorte de pressentiment instantané. D'ailleurs, si l'enquêteur m'a porté le signalement, c'est par erreur, car il pensait qu'en raison de l'article de journal découpé et joint à la déclaration, cela concernait notre enquête en cours. Cette jeune femme avait jugé bon de joindre la photo de Chesnais pour nous donner une meilleure idée du signalement de son ami, car elle n'avait qu'un photomaton de lui. Je n'y ai pas fait allusion tout à l'heure, mais ces deux jeunes gens vivaient misérablement, et Christine Charrel m'a paru désespérée. Pourtant, elle a fait le rapprochement entre les deux affaires, ce qui prouve qu'elle aussi trouvait cette disparition bizarre, en raison des promesses de fortune de son compagnon.

— Et elle n'a pas pensé qu'il était parti avec l'argent ? demanda Maud.

— Non, elle lui faisait confiance, et ils s'adoraient, insista le commissaire. Enfin, pour répondre à ta question, Xavier, nous avons eu la même idée, Irwan et moi : prendre tous les renseignements sur Paul-Louis Bonnard et comparer avec Chesnais. Cela nous a pris une partie de la nuit et de la matinée. Grâce aux fiches dentaires et aux rapports d'autopsie de Chesnais, nous avons trouvé l'erreur : les dents correspondaient à Paul-Louis Bonnard, non au pilote. Maintenant, d'autres analyses de ce qui reste de cet homme vont confirmer la chose. Bon, à présent, il faut se mettre au boulot. Chesnais a disparu. Tant que nous n'avons pas retrouvé son corps, on peut le supposer vivant, mais il y a aussi la thèse de l'enlèvement, bien qu'il n'y ait pas eu de demande de rançon. Tout le monde est suspect, je dis bien tout le monde : Sabine, Tournier, Chavanne et Tim. Je double la garde pour Madeleine Harcombe, mais elle n'a pas eu d'autres appels. Il faut reprendre les interrogatoires, les faire craquer, fouiller à nouveau le domaine de Chantegrive et relire chaque témoignage. Il y a forcément une faille quelque part. Nous devons trouver pourquoi, et surtout comment, il y a eu substitution de personne ce jour-là. C'est la clé de l'affaire.

Maud s'approcha de son supérieur et lui demanda alors un entretien privé. Surpris, il fit signe à Irwan et à Xavier de sortir. Seul avec elle, il sortit de son tiroir le message que l'inspecteur Delage lui avait laissé la veille :

— Je t'écoute, Maud. Que se passe-t-il ? Je voulais t'appeler hier soir lorsque j'ai trouvé ce mot, mais, avec cette histoire de plainte, je n'ai pas eu le temps. Tu n'as pas l'habitude d'agir ainsi. Il n'y a rien de grave ?

La jeune femme hésita, puis se lança :

— Non, rien de grave, patron. Enfin, je l'espère. Pourtant, cela pourrait s'appeler une faute professionnelle. Depuis dimanche soir, j'ai oublié de vous poser une petite question, en apparence insignifiante, mais à présent... Voilà, quand Sabine Régnier s'est présentée ici, dimanche justement, vous nous avez dit qu'elle venait d'apprendre par téléphone la mort de Chesnais ?

— Oui, c'est exact, s'étonna le commissaire.

— Bien, quant au message épinglé sur la veste du pilote, signé par ces fameux Vengeurs, personne n'était encore au courant, à part vous, Irwan, Xavier, moi, et le mécano l'ayant trouvé, qui avait pour consigne de ne pas en parler.

— Tout à fait, Maud.

— Sabine pouvait-elle avoir connaissance dimanche après-midi de ce détail ? Est-ce vous qui lui en avez parlé ?

— Mais non, je n'aurais pas eu le temps, elle est entrée comme une furie dans mon bureau et a eu une véritable crise de nerfs. Pourquoi ? Explique-toi.

— C'est là où je pense avoir fait une grave erreur, car le soir, en raccompagnant Sabine à son hôtel, j'ai tenté de la rassurer, de discuter avec elle. Je l'ai sentie agressive, ironique. J'ai mis son attitude sur le compte du choc. Pourtant, j'ai été vraiment surprise en l'entendant me dire : « Vous n'avez qu'à chercher ces soi-disant Vengeurs. »

— Comment ? s'écria le commissaire, soudain alarmé.

— Oui, c'est ce qu'elle a dit. J'ai enregistré ces mots dans ma tête, les jugeant déplacés, et j'avais prévu de vous demander si c'était bien vous qui aviez parlé de la revendication de l'attentat par les Vengeurs. Mais j'ai oublié. Je n'ai aucune excuse, pardonnez-moi. C'est en écoutant Constantin Tournier parler de Sabine que j'ai eu un vrai choc, et la mémoire m'est revenue.

— Que disait Tournier ?

— Qu'elle était enceinte et, pour cette raison, entre autres, héritière des biens de Chesnais.

— Très bien. Irwan m'avait raconté ça. En revanche, je n'ai pas appris à Sabine Régnier l'existence des Vengeurs. S'ils existent… En fait, je commence à en douter. Écoute, Maud, tu as commis une faute sérieuse, mais c'est une chance que tu n'aies pas oublié totalement les propos de Sabine. Tu penses sans conteste comme moi : cela change toutes nos données, car elle devient le suspect n° 1 de la liste, surtout en tant que légataire de Chesnais qui, lui, s'est envolé on ne sait où.

Quant au suspect n° 2, je l'attribue à Chavanne. Tu as vu comme il s'est vite éclipsé du cimetière ?

— Oui, j'en ai fait la remarque à Irwan.

— Bon, voici ce que nous allons faire. Va chercher Irwan et Xavier, je te prie.

Un quart d'heure plus tard, un plan de bataille fut établi par les quatre intéressés. Ils avaient choisi, pour parer au plus urgent, de tendre un piège à la belle Sabine, qui devait être de retour à l'Hôtel du Marché. Quant au pilote, des hommes en civil, dans des voitures banalisées, patrouillaient le département en espérant déceler une possible cache, puisqu'il y avait de fortes chances qu'on ait affaire à un enlèvement, doublé d'une séquestration.

Maud était en mission spéciale, accompagnée par Xavier l'accompagnait. Ils devaient rencontrer le top model. À la réception de l'hôtel, on leur indiqua qu'elle était probablement chez Rémy Naudin, un des salons de coiffure les plus réputés de la ville. Les deux inspecteurs n'eurent pas à se rendre jusqu'au salon, car ils repérèrent Sabine devant la Banque nationale de Paris. Maud descendit immédiatement de la Mondeo et marcha en direction du top model.

— Ah ! Sabine ! s'écria-t-elle en souriant. Je vous cherchais. Je suis en congé pour l'après-midi, et je voulais vous inviter à prendre un thé. Nous sommes passés à l'Hôtel du Marché prendre de vos nouvelles et on nous a dit que vous étiez chez Naudin.

La jeune femme marqua deux secondes de surprise, sembla réfléchir avant d'accepter avec beaucoup de grâce.

— Nous ferons mieux connaissance, précisa Maud en lui prenant le bras. J'ai des excuses à vous faire, je n'ai guère été aimable ce matin.

Xavier attendit quelques minutes et les vit tourner rue des Postes. Rassuré, il se précipita vers le salon de coiffure. Le réceptionniste le reçut, mais, en apprenant son identité, appela Léo Vilfrid, le responsable du salon qui, tout de suite, par souci de discrétion, le conduisit vers son bureau :

— Nous serons plus tranquilles pour discuter ici. Que puis-je faire pour vous, inspecteur ?

— Je ne veux qu'un petit renseignement. Vous venez d'avoir comme cliente une jeune femme, Sabine Régnier. Que vous a-t-elle dit, quelle a été son attitude ?

— Sabine Régnier, oui, en effet, elle sort d'ici. Je veux bien vous rendre service, mais il n'y a pas grand-chose à dire. Elle paraît très bouleversée par toute l'affaire du Circuit des remparts, mais, à mon avis, elle est courageuse. Elle a craqué cinq minutes. Une crise de larmes. Remarquez, il faut la comprendre : il y a des femmes qui se montreraient moins aimables dans un cas pareil. Attendez, je vais quand même appeler Dominique : c'est lui qui l'a coiffée.

Dix minutes plus tard, Xavier sortait de chez Naudin. Il n'avait obtenu aucun renseignement de poids. Pendant qu'elle se faisait coiffer, Sabine avait parlé de la disparition de son fiancé, s'était montrée pleine d'espoir, fragile cependant, alliant les larmes aux confessions, une cliente modèle, affichant un comportement tout à fait normal, adapté aux circonstances.

Maud n'eut pas davantage de succès au salon de thé. Elle et Sabine prirent un thé et un gâteau chacune, jouant les nouvelles amies, évoquant la possible réapparition du pilote. Enfin, suivant fidèlement les ordres du patron, l'inspecteur Delage déclara d'un ton protecteur :

— Vous aviez confiance en Patrick Chavanne, Sabine ? Cet homme est bizarre, violent, il dégage quelque chose de sournois. C'est peut-être lui qui a tout manigancé, avec l'aide de Constantin Tournier, un autre drôle de personnage. Vous ne croyez pas qu'ils ont quelque chose à cacher, ces deux-là ?

— Non, je ne pense pas. Et Alain leur faisait entièrement confiance.

— En parlant d'Alain, vous pensez qu'il pourrait avoir un rôle dans toute cette affaire ? Avouez que cette disparition est singulière.

— Qu'insinuez-vous ? dit froidement Sabine, agacée.

— J'essaie de vous aider, c'est tout. Vous êtes seule ici, vous ne connaissez personne.

Elles finirent leurs consommations, et l'inspecteur Delage, qui aurait donné cher pour savoir ce qui se passait dans la tête du top model, l'entraîna dans la librairie voisine. Elles y flânèrent un moment, admirant les derniers livres parus, les ouvrages pour enfants.

— Je cherche un cadeau pour mon neveu. C'est son anniversaire la semaine prochaine, lui expliqua Maud en souriant. Je ne l'oublie jamais, sinon, à Noël, quand il me voit, ce garnement boude.

— Moi aussi, quand j'étais petite, je boudais souvent, ajouta Sabine d'une voix changée. Mes parents se moquaient de mon mauvais caractère. Je n'ai pas vraiment évolué. Seul Alain savait me faire rire…

Maud la regarda. Son interlocutrice semblait souffrir sincèrement de l'absence de son fiancé.

Elles se séparèrent devant l'Hôtel du Marché, et Sabine l'invita à déjeuner le lendemain, aux Terrasses ombragées, le restaurant dépendant de son hôtel :

— Tant que je reste à Angoulême, pourquoi ne pas apprendre à nous connaître, Maud ? Vous êtes gentille, cela se sent, et je suis très angoissée par cette affaire. De plus, je n'ai aucune envie d'aller séjourner à Chantegrive. J'ai trop de souvenirs là-bas.

— D'accord, à demain. Je serai au commissariat toute la matinée si vous avez besoin de me joindre… N'hésitez pas à nous informer du moindre événement qui vous paraîtrait bizarre.

De retour dans le bureau d'Irwan, Maud se laissa tomber sur une chaise et fit le point. Elle était seule : le patron et l'inspecteur divisionnaire étaient absents. Mais Xavier ne tarda pas à la rejoindre, et tous deux constatèrent l'échec de leur plan : Sabine ne leur semblait plus coupable.

— Remarque, conclut Xavier, c'est comme à la pêche : il ne faut pas être pressé, on appâte le coin et, ensuite, on attend sagement que le poisson morde. Parfois, il ne mord pas ou il prend son temps.

Ils discutèrent encore cinq minutes de l'enquête et, soudain, la porte s'ouvrit, livrant passage au commissaire et à Irwan. Ils étaient défigurés par la rage. Maud se leva, le cœur battant, n'osant pas imaginer ce qu'ils avaient à leur dire. Un profond silence les paralysa tous les quatre, conférant à la scène une atmosphère tragique.

— Qu'est-ce qu'il y a, patron ? interrogea enfin Xavier, impressionné par le visage décomposé de son vieux copain Irwan.

— C'est la petite Madeleine. On l'a retrouvée étranglée derrière un buisson, en bas de l'immeuble. Elle a été balancée comme du linge sale d'une fenêtre. De nombreuses fractures le prouvent.

— Quoi ? Ce n'est pas vrai ! murmura Maud, qui refusait d'accepter cette image trop violente. Et vos hommes, patron, ils n'ont servi à rien ?

— À rien, Maud. Ils ont laissé Madeleine descendre au deuxième étage, chez une de ses amies. « Cinq minutes », avait-elle précisé. En ne la voyant pas revenir au bout d'une heure, ils ont fouillé l'immeuble et les alentours. Voilà.

— Ils auraient dû se séparer, ne pas la lâcher d'un centimètre, soupira Irwan. Surtout Marcel. Je le lui avais répété. Je ne comprends pas comment ils ont fait une erreur pareille !

— Selon eux, elle a insisté pour qu'ils restent à leur poste à cause de son père. Comme il n'y avait rien d'insolite depuis la veille, pas d'appel, ils ont cru que sa courte escapade ne comportait aucun risque.

— Les crétins ! s'exclama Xavier, hors de lui. Cette pauvre gosse est morte. Ce n'est pas possible. Et nous qui lui avions promis de la protéger. Vous savez pour quoi on passe ?

À cet instant précis, le téléphone sonna, leur causant un malaise instinctif, car désormais ils étaient prêts à entendre le pire. Le commissaire décrocha, rugissant un « Allô » furieux dans le combiné. Dès qu'il identifia son correspondant, il appuya sur la touche du haut-parleur. La voix grave de Sabine retentit dans le bureau. Elle exprimait la joie, mais aussi la peur :

— Commissaire, je viens de trouver une demande de rançon des Vengeurs glissée sous ma porte ! Alain est vivant, vous entendez ? Il est vivant. Je pars à Paris pour essayer d'obtenir l'argent.

Et elle raccrocha sans autres explications, provoquant un juron des trois hommes présents et un cri surpris de Maud. Xavier conclut avec un sourire pincé :

— On dirait que le poisson a mordu.

— Vite, Irwan, il faut la rattraper ! Elle ne doit pas payer la rançon. Nous devons voir ce message absolument. Prends Xavier avec toi, ordonna Valardy.

Les deux hommes partirent en hâte à l'Hôtel du Marché, et le commissaire fit signe à Maud de le suivre. Tout en se précipitant vers le parking, il lui lança en quelques mots :

— Je parierais sur Tournier. Nous allons essayer de le coincer, et il parlera, bon sang ! Il parlera. Et il faut faire placer Chavanne en garde à vue.

Mais à l'Auberge du Lac, on leur répondit que M. Tournier était à Burie, au domaine de Chantegrive. Filant aussitôt là-bas, ils reçurent dans la voiture un appel d'Irwan, manifestement dépité et furieux :

— Elle est partie, patron. Elle a emporté une valise. La Jaguar de Chesnais était au parking. Elle l'a prise pour gagner du temps.

— Fais barrer les routes par radio et foncez en direction de Paris. Il ne faut pas la rater. Elle avait l'interdiction de quitter la ville, et c'est à nous d'agir, pas à elle. Sans éléments précis, ça va être dur, pour ne pas dire impossible.

Beaucoup plus tard, vers minuit, Maud roulait vers sa résidence, harassée par la folle soirée qui les avait tous obligés à donner le meilleur d'eux-mêmes. Chavanne avait disparu dans la nature. Roland Maury affirmait qu'il s'était absenté pour des raisons personnelles et qu'il lui demanderait de se rendre au commissariat dès son retour. Tim était toujours au Florette, dépassé par ces rebondissements. Quant à Sabine, ils avaient pu localiser la Jaguar, non en direction de Paris mais de Cognac. Elle avait forcé un barrage de police, blessant un des hommes de la patrouille, et ils l'avaient presque rattrapée vers Jarnac. Là, se voyant perdue, elle avait roulé au bord de la Charente et, à leur totale stupéfaction, s'était jetée hors de la voiture pour plonger dans le fleuve. La nuit l'avait sauvée ou condamnée, car ils n'avaient pu la retrouver, ni vivante ni morte.

Irwan pensait qu'elle les avait bien eus, se révélant une excellente conductrice et une sportive accomplie : en effet, elle avait nagé à vive allure dans l'eau noire, s'éloignant vers la rive opposée. Des bateaux ainsi que des chiens policiers étaient arrivés à son secours. On avait fait venir les pompiers pour sonder le lit du fleuve. En vain, la profondeur à cet endroit rendant les recherches quasi impossibles.

À l'heure qu'il était, Irwan et le commissaire, accompagnés de Xavier, étaient retournés à Chantegrive pour une perquisition, espérant peut-être, contre toute logique, démêler là-bas l'imbroglio.

Encore bouleversée par la mort atroce de Madeleine, Maud revit toutes ces scènes en garant son véhicule. Ce dernier coup l'avait vivement atteinte, et elle tournait et retournait des « si » et des « pourquoi » dans sa tête, allant jusqu'à envisager de quitter un métier qui lui paraissait en ces instants de déprime trop dur à assumer. Elle ouvrit la porte de son immeuble avec nervosité, appuya sur le commutateur et monta le premier escalier. Brusquement, elle s'arrêta, croyant avoir entendu un léger bruit plus haut. Une seconde, elle se dit qu'il était stupide de sa part de ne pas être armée, car, depuis son entrée dans la police, elle laissait son revolver au commissariat quand elle n'était pas en service.

« Tant pis, j'y vais, je deviens folle, se dit-elle pour dompter sa peur. Ce doit être M. Montavon qui a descendu ses poubelles à minuit, comme d'habitude. »

Ce raisonnement acheva de la rassurer, et elle grimpa quatre à quatre les marches jusqu'au dernier étage. La minuterie s'éteignit, mais Maud n'eut pas le temps de rallumer : des bras d'acier l'avaient enlacée et, muette de terreur, elle sentit deux mains dures et volontaires se crisper sur son cou. Un spasme la secoua, elle suffoquait déjà, songeant pourtant dans un état de panique absolu qu'elle allait mourir bêtement, devant sa porte. Une pensée lui vint encore, alors que l'étreinte se resserrait, pour sa mère et son père, si loin au bord de l'océan.

Les leçons de karaté ne pouvaient lui servir en cette minute fatale. La prise de l'inconnu était implacable, et le tueur devait être doté de muscles solides, car Maud avait l'impression que son corps, plaqué au mur, allait se disloquer. Ensuite, elle ne sut plus où elle était. Le néant l'engloutit, et rien de sa vie passée ne demeura dans cette ombre totale à laquelle on l'avait condamnée.

12

— Tu nous as fait peur, Maud ! Une sacrée frousse. Tu demanderas à Xavier…

La voix qui parlait à son oreille était très douce, voilée par une émotion qui ne devait pas lui être familière. Maud avait ouvert les yeux, mais n'avait pas encore regardé autour d'elle, se contentant d'observer un plafond blanc qui lui semblait totalement nouveau.

— Où suis-je ? articula-t-elle avec peine tant sa gorge lui faisait mal. Qui est là ?

— Tu es à Girac, et c'est moi, Irwan.

Maud s'aperçut alors qu'une main était posée sur son épaule endolorie et, tournant lentement la tête, ce qui la fit grimacer de douleur, elle découvrit l'inspecteur Vernier à son chevet. Oui, elle était bien dans un lit d'hôpital. Son premier réflexe fut de sourire, le second, de fondre en larmes. La mémoire lui était revenue très vite, redonnant à l'agression dont elle avait été victime toute sa force de terreur et de violence.

— Irwan, j'ai failli mourir.

— Ne bouge pas. Tu es dans un mauvais état. Je t'en prie, sois sage.

Irwan ne s'était pas rasé. Ses yeux clairs étaient rougis par le manque de sommeil, mais il lui parlait tendrement, comme à une enfant malade, et multipliait les petits mots affectueux qu'il employait parfois, les jours où il était de bonne humeur. Jamais Maud ne lui avait trouvé autant de charme.

On frappa à la porte de la chambre. Xavier fit son apparition, un paquet-cadeau à la main. L'inspecteur Boisseau était d'une pâleur extrême. Lui aussi paraissait très fatigué, mais, en la voyant réveillée, il poussa un gros soupir :

— Tu as enfin repris connaissance ! Voilà une bonne nouvelle. J'étais vraiment fou d'inquiétude.

Respirant difficilement, Maud tenta de se relever et déclara d'une voix un peu rauque :

— Vous êtes trop gentils, tous les deux, mais dites-moi ce qui s'est passé. On a arrêté celui qui m'a attaquée ?

— Non, pas encore, répondit Xavier en l'aidant à ouvrir un ballotin de chocolats, des truffes délicieuses. Allez, manges-en une, ajouta-t-il. L'infirmière m'a dit qu'il te fallait des sucreries pour te remettre.

— En fait, nous comptons un peu sur toi pour nous apprendre à quoi ressemblait le sale type qui a voulu te tuer, soupira Irwan, tremblant de rage.

— Je ne l'ai pas vu. Il faisait noir. Qui m'a sauvée ?

Une quinte de toux la terrassa, et elle ferma les yeux, gênée de se donner ainsi en spectacle.

— C'est ton voisin, celui que tu surnommes « le casse-pieds », M. Montavon. Il a entendu du bruit sur le palier et a cru que tu étais en galante compagnie. Il a crié qu'il allait déposer une plainte si ce vacarme continuait, puisqu'il était minuit passé et, sur ce, a ouvert sa porte. Ton agresseur s'est enfui, te laissant par terre, et ce brave Montavon nous a prévenus aussitôt. Il n'a aperçu que le dos de l'homme, grâce à l'éclairage venant de son appartement. Nous étions à Chantegrive. C'est en rentrant vers 4 heures que Marcel nous a mis au courant. Tu étais déjà ici, entre les mains des médecins, aux urgences. Ils nous ont avoué que quelques secondes de plus et tu y restais.

— Imagine-nous, Maud, gémit Xavier. On avait envie de tout casser. Surtout que la perquisition chez Chesnais n'a rien donné.

— Ou si peu, le coupa Irwan, sortant une carte de visite de sa poche. Tiens, voici ma récolte.

Maud prit le bout de carton et lut l'adresse d'une firme immobilière, Nord-Est, à La Couronne, 2, place de l'Hôtel-de-Ville. Ne comprenant pas bien l'intérêt de cette trouvaille, elle regarda Irwan avec curiosité.

— On ne sait jamais. Je vais aller là-bas dès 9 heures pour interroger l'agent, M. Didier Chauviret. J'ai trouvé cette carte dans une poubelle du garage de Chantegrive, et, je ne sais pas pourquoi, je l'ai ramassée. Toi, tu vas te reposer, dormir un maximum pour récupérer. On va tenter de boucler l'enquête sans ton précieux don de déduction.

Maud sentit un regain d'énergie l'envahir et parvint à s'asseoir.

— Attends, Irwan. L'homme qui m'a attaquée, vous pensez qu'il est mêlé à l'affaire Chesnais ?

— Oui, évidemment, intervint Xavier en haussant les sourcils. Pourquoi ? Tu sais bien que nous avons des preuves navrantes de sa manie d'étrangler tous ceux qui le dérangent.

— Mais pourquoi moi ? ajouta Maud. Réfléchissez. Tout simplement parce que j'ai raconté à Sabine mes soupçons concernant Chesnais et Tournier. Mes soupçons tout court quant à la logique de cette histoire, et on a voulu me supprimer ? Une chose me revient, qui m'a marquée hier soir. J'étais dans une situation atroce, pourtant, un détail m'a frappée. L'homme était fort, une vraie brute, mais il y a autre chose… Son parfum.

Irwan et Xavier la dévisageaient, intrigués, attristés des efforts qu'elle déployait pour parler.

— J'en tiendrai compte, Maud, on ne sait jamais, dit Irwan pour la rassurer. Une dernière chose : je ne voulais pas t'en parler si vite, car nous avons ordre de te laisser tranquille, mais nous avons mis la main sur Sabine. Elle est en garde à vue, jurant depuis 6 heures du matin qu'elle voulait à tout prix réunir la rançon. Selon sa déclaration, elle a fui pour ne pas nous donner la possibilité de lui mettre des bâtons dans les roues. Son seul souci était de revoir Alain, de le faire libérer en versant la somme exigée. Elle nous affirme que si elle s'est d'abord dirigée vers Cognac, c'est afin de prendre des objets de valeur à Chantegrive et ainsi les vendre à Paris. Le patron est sceptique, mais le boniment de Sabine tient debout. C'est une femme qui a un caractère en acier trempé, et rien ne l'arrête quand elle a une idée en tête.

— Comment l'avez-vous retrouvée ? demanda Maud d'un ton impatient.

— Facilement : elle avait volé une mobylette à Jarnac et fonçait vers Burie par des routes vicinales. Une patrouille l'a appréhendée dans un drôle d'état : trempée, les cheveux collés à la figure, pédalant avec vigueur. Une tigresse..., conclut Xavier, vaguement admiratif. À l'heure qu'il est, le patron et Marcel tentent de lui arracher des explications plus proches du problème. Je les plains : ils n'en tireront rien.

Sur ces mots, Irwan chatouilla la joue de Maud et s'éloigna du lit, à regret.

— Je file à l'agence Nord-Est. Je repasserai plus tard, dès que j'aurai eu une petite conversation avec Patrick Chavanne. Toi, tu essaies de dormir et tu prends tes cachets. Ce sont des analgésiques. L'infirmière va t'apporter une infusion pour les avaler. Xavier, tu peux rester un peu avec notre convalescente. Rejoins-moi au central.

— D'accord. Ne te fais aucun souci. Je veille sur elle encore un quart d'heure.

Dès qu'ils furent seuls dans la chambre, Maud décréta d'un ton résolu :

— Tourne-toi, Xavier, et ne bouge pas.

D'abord surpris, ne sachant que penser, l'inspecteur Boisseau obéit. Or, il l'entendit se lever, ouvrir le placard. Elle devait s'habiller.

Soudain, elle fut devant lui, très pâle, en jean et pull noir. Elle enroula autour de son cou, marqué par l'étreinte forcenée du tueur, le gilet de cachemire qui lui servait souvent d'écharpe.

Xavier leva les bras au ciel, désemparé :

— Maud, tu es folle ! C'est de l'inconscience !

— Xavier, fais-moi plaisir. Je fais partie de l'équipe chargée de l'enquête. Je veux continuer. Tiens, j'avale les cachets, lui dit-elle en allant dans la salle de bains pour se servir un verre d'eau. Je ne souffrirai plus avec cette dose. Viens vite. Sortons d'ici. Je ne supporte pas l'hôpital. Je t'assure que je me sentirai mieux dehors, tu verras.

— Non, recouche-toi, tu ne tiens pas sur tes jambes. Irwan me coupera en morceaux si je te laisse faire.

— Xavier, je t'en supplie, aide-moi. Tout se passera bien si je suis avec toi.

La voix de Maud avait des inflexions caressantes qui conduisirent Xavier à la défaite. De toute façon, il préférait encore l'emmener que de la savoir seule dans cet état.

Ils parvinrent à quitter Girac sans croiser personne, et tous deux poussèrent un soupir de soulagement en montant dans la voiture de Xavier, qui demanda aussitôt :

— Et où dois-je te conduire maintenant ? Je suppose que tu en as une idée derrière la tête ?

— Tu n'as pas deviné ? À La Couronne, bien entendu, à l'agence Nord-Est, puisque l'enquête s'oriente dans ce sens. Je ne veux pas laisser Irwan faire cavalier seul. Comme j'ai beaucoup donné dans cette affaire, j'ai le droit à des compensations.

— Dis donc, tu devrais faire équipe avec Sabine, dans le rang des femmes obstinées… et courageuses, précisa l'inspecteur Boisseau, fasciné par la détermination de ces deux femmes qu'aucun obstacle ne pouvait faire reculer.

Irwan avait poussé la porte vitrée de l'agence immobilière Nord-Est dès son ouverture et, par chance, avait pu rencontrer tout de suite Didier Chauviret. C'était un homme brun, d'une trentaine d'années, qui le reçut avec amabilité, un peu étonné d'avoir la visite d'un policier de si bon matin. Cependant, ayant la conscience tranquille, il s'efforça de lui rendre service.

— Que puis-je faire pour vous être utile, inspecteur ? Expliquez-moi ce que vous cherchez ?

— Pas grand-chose en somme, répliqua Irwan en souriant. J'ai trouvé votre carte chez un particulier. J'aimerais savoir si vous l'avez eu comme client. Il s'agit d'Alain Chesnais, le pilote qui est mort dimanche au volant d'une Bugatti bleue.

Didier Chauviret marqua un temps de réflexion. Il avait lu les commentaires de la presse à ce sujet, ignorant pourtant, comme tout le monde, qu'un autre homme avait péri brûlé à la place du financier, la nouvelle n'ayant pas encore été divulguée.

— Alain Chesnais... Attendez, je regarde mes fiches. Non, je n'ai rien à ce nom-là. Je m'en souviendrais, d'ailleurs : j'ai suivi le Circuit l'année dernière et je l'ai vu courir, dans une Bugatti justement.

— Cherchez à Chavanne, demanda Irwan, pris d'une subite inspiration, ou à Régnier.

— Chavanne, Chavanne... Ah ! Voilà, j'ai ce nom. Nous avons loué à ce monsieur, il y a deux mois, un studio, 37 bis, rue Waldeck-Rousseau, en bas de la cathédrale. Vous connaissez ?

— Oui, je vois. Merci beaucoup, monsieur Chauviret. Je crois que vous venez de me donner un fameux coup de pouce.

Au même instant, Maud et Xavier arrivaient sur la place de l'Hôtel-de-Ville, au centre de La Couronne. Rapidement, ils repérèrent la façade de l'agence.

— C'est là, Xavier : la devanture blanche, avec des liserés rouges. Il y a la voiture d'Irwan. Je suis impatiente de découvrir sa tête lorsqu'il va nous voir ici.

— Pas moi, rétorqua d'un air lugubre l'inspecteur Boisseau. Au fait, j'ai pris ton arme cette nuit, dans ton bureau. À l'avenir, ne t'en sépare plus. Comme tu te mets toujours dans des situations impossibles, c'est plus prudent.

Quand Irwan sortit à vive allure de l'agence immobilière, il regarda à peine autour de lui. Un coup de klaxon le fit sursauter.

C'était Maud qui l'avait donné, craignant de voir s'envoler son supérieur, manifestement très pressé. L'inspecteur Vernier reconnut la Ford Mondeo, s'en approcha et resta bouche bée une ou deux secondes avant de s'écrier, blême de colère :

— Maud, Xavier, vous êtes tombés sur la tête ! Qu'est-ce que vous faites là, inspecteur Delage ? Vous aviez la consigne de ne pas bouger de votre lit ! Il n'y a pas eu assez de dégâts dans cette affaire ?

— Irwan, calme-toi et laisse Xavier en dehors de ça. Je vais t'expliquer et je suis sûre que tu me comprendras, car tu aurais fait la même chose à ma place. Tu me connais un peu : je voulais poursuivre l'enquête avec toi.

Irwan comprit en effet l'attitude de Maud, qui sut se montrer convaincante, et, pris dans le feu de l'action, il décida de minimiser cet incident. Brièvement, il les informa de ce qu'il venait d'apprendre. Une véritable fièvre, mélange de curiosité et de suppositions, les plongea dans une excitation presque pénible. Ils voulaient savoir qui se cachait là-bas.

— Je préviens le patron par radio, afin qu'il nous rejoigne avec des hommes pour quadriller le quartier, qui est un vrai réseau de rampes et d'escaliers. C'est facile de semer quelqu'un, ici. Allez, on y va.

Vingt minutes plus tard, escortés du commissaire, ils sonnèrent au 37 bis de la rue Waldeck-Rousseau. Maud, livide, éprouvait une grande lassitude qu'elle tentait vainement de dissimuler. Le patron lui avait reproché son imprudence, mais avec une secrète pointe de respect et d'affection.

Personne ne répondit. Irwan sonna encore. Le studio était au rez-de-chaussée ; les volets étaient fermés. Un pas hésitant se devinait, une présence derrière la porte à double battant. Enfin, une voix inconnue chuchota :

— C'est toi, Patrick ?

Xavier prit le risque, répondant tout bas un « oui » grognon, toussant aussitôt pour imiter une personne ayant des ennuis avec ses cordes vocales. Un des battants s'entrouvrit, tandis que la voix dit encore, exaspérée :

— Tu as oublié ta clé ? C'est malin.

Le commissaire, Maud et Xavier se plaquèrent au mur. Seul Irwan demeura en face de l'homme qui glissa prudemment la tête dans l'entrebâillement de la porte. Ils l'identifièrent sans peine, pour avoir étudié ses traits à la loupe depuis quatre jours sur des coupures de presse. Ils avaient sous leurs yeux Alain Chesnais lui-même, en robe de chambre écossaise, une mèche argentée sur le front, un journal à la main.

Il ne chercha pas à fuir, ni à jouer les innocents, comprenant en un instant qui était là, sur le trottoir. Le jeu était fini. Il commençait d'ailleurs à s'en lasser, sachant Sabine en garde à vue.

— Voulez-vous un café ? proposa-t-il en se laissant passer les menottes, souriant sans ironie, le regard las cependant.

— Nous en avons de l'excellent à l'hôtel de police, rétorqua le commissaire en haussant les épaules. Vous le boirez en compagnie de votre charmante fiancée.

— Vous ne l'avez pas brutalisée, au moins ? Elle attend un enfant, murmura le pilote avec angoisse.

— Non, monsieur Chesnais, ce n'est pas mon genre, ni dans mes habitudes. Suivez-nous. Mes hommes vont attendre à votre place le retour de Patrick Chavanne.

Lui, en revanche, a la main un peu lourde quand il désire faire taire quelqu'un du sexe féminin. Ce n'est pas très bon pour son casier judiciaire. Quant à vous, je suis persuadé que vous avez une longue histoire à nous raconter.

Sur ces paroles pleines de rancœur, le commissaire Valardy jeta à l'homme silencieux un coup d'œil méprisant et le conduisit vers sa voiture avec l'aide de Xavier et d'Irwan.

Les aveux de Chesnais mirent fin au mystère. Ils l'écoutèrent avec attention, puis écœurement, pour se dire enfin que cet homme était dénué de tout sentiment envers son prochain. Ayant amassé au fil de ses escroqueries une fortune considérable, Alain Chesnais s'était vu piéger par de plus féroces que lui, à un âge où il éprouvait l'envie de vivre tranquille, dans les bras tendres de la ravissante Sabine. Secondé par Constantin Tournier, il avait réussi à placer une partie de ses biens à l'étranger et n'avait qu'une hâte : disparaître. Le scénario parfait fut patiemment élaboré, mis au point par les protagonistes de l'affaire, Chesnais, Chavanne, Tournier et le top model, qui, se sachant enceinte, acceptait d'abandonner son métier pour partir au soleil, avec un homme aimé capable de lui assurer une vie convenable. L'idée de tuer d'une manière spectaculaire le pilote, tout en le remplaçant par un quidam, leur était venue à Angoulême en rencontrant autour du parc Concurrents, l'année précédente, un jeune homme passionné de voitures, Paul-Louis Bonnard. Sabine avait remarqué sa ressemblance avec Alain et l'avait abordé, lui proposant du travail pour le prochain Circuit des remparts.

Dès leur arrivée, le jeudi soir, leur plan bien établi, ils n'avaient même pas eu à contacter le pauvre Paul-Louis, qui les cherchait parmi les participants. Chesnais lui avait offert une somme appréciable pour prendre sa place lors d'une course seulement, prétextant une crise de sinusite épouvantable. Il se moquait de gagner, disait-il à sa victime, comptant reprendre la compétition quand les médicaments qu'il prenait auraient agi. Sciemment, il avait envoyé à la mort une victime innocente, un homme de paille, dans le but égoïste d'être rayé officiellement du monde des vivants.

Tout avait fonctionné à merveille. Tim, jugé trop honnête, avait été licencié dès le début du mois d'août, et son poste avait été confié à Michel, un jeune homme de caractère faible et avide d'argent. Michel avait accepté, lors des vérifications d'usage de la Bugatti, de placer sous le réservoir un étrange boîtier – on le payait assez cher pour qu'il ne pose pas de questions. Mais quand il avait compris la portée de son geste, ses nerfs avaient craqué. Il refusait d'endosser ce meurtre, surtout après avoir aperçu Alain Chesnais en personne, traînant aux abords du tracé de la course, déguisé en clochard. Ce détail avait consterné les policiers, l'inspecteur Delage notamment, car le pilote, grimé et en haillons, avait appuyé lui-même sur une télécommande pour déclencher l'explosion.

— C'était vous, bredouilla Maud. Dire que j'ai eu pitié de vous… un type capable de programmer froidement la mort d'un innocent et d'y assister sans sourciller.

Chesnais n'avait pas répondu, souriant d'un air rêveur. « Un criminel haut de gamme », avait alors songé Irwan, se retenant pour ne pas bondir sur lui.

Quant à Michel, menacé de mort par Chavanne s'il vendait la mèche, se reprochant sa naïveté, il avait choisi de mettre fin à ses jours, pensant également épargner sa sœur, qui n'était au courant de rien, mais que l'ancien boxeur citait souvent dans ses manœuvres d'intimidation.

Giorgio Carloni, que tous dans la bande pensaient prêt à se taire pour une certaine somme, s'était révélé horrifié par cette machination infernale. En fait, lui et Chavanne étaient plus des hommes à tout faire que des gardes du corps. Tour à tour, ils pouvaient être jardiniers, chauffeurs, convoyeurs de fonds. Mais, pour la crédibilité de l'histoire, ils avaient joué les vigiles d'un haut financier terrorisé par des lettres de menaces. Lorsque Giorgio Carloni avait annoncé qu'il partait, parce qu'il ne voulait pas être complice d'un meurtre, son collègue Patrick l'avait éliminé à l'instant même où le malheureux Paul-Louis perdait la vie dans une effrayante gerbe de feu et de ferraille désintégrée. Sabine, elle, devait jouer les veuves éplorées, mais, en vérité, elle avait commis une erreur en nommant elle-même les Vengeurs.

Ensuite, au cimetière, lors de l'arrivée du commissaire et d'Irwan, elle n'avait pas eu à feindre une syncope, les révélations des deux policiers lui faisant vite comprendre que les choses commençaient à mal tourner pour elle et Chesnais. D'où l'idée d'une demande de rançon pour brouiller les pistes. Pourtant, en fuyant l'Hôtel du Marché pour rejoindre son amant la nuit, elle avait causé leur perte à tous. En effet, sans cette tocade, ils auraient pu quitter la planque de la rue Waldeck-Rousseau pour l'étranger.

Maud, qui avait feint au salon de thé de connaître la clé de l'énigme en soupçonnant Chesnais, était devenue une autre victime. Les petits messages, dont les textes vaguement ridicules étaient nés du cerveau primaire de Chavanne, devaient convaincre la police de la présence à Angoulême d'une organisation terroriste qui s'était attaquée à Chesnais. Mais Chavanne, prenant goût à son rôle d'exterminateur, avait été trop loin. Déjà, à l'Hôtel du Marché, il aurait volontiers supprimé Xavier, la nuit où ce dernier était entré dans la chambre du top model. Chavanne était venu lui porter un message de Chesnais, alors qu'elle feignait le sommeil, et, ayant fait tomber un cendrier, il avait failli être découvert. Quant à Madeleine, il l'avait éliminée sur les ordres de son patron, mais c'est de lui-même qu'il avait décidé de s'en prendre à Maud, par excès de zèle, sur une boutade de

Sabine. C'était une lourde erreur de s'attaquer à un inspecteur, et, le comprenant trop tard, il n'avait pas osé avouer son initiative. Après l'agression, mise en échec par le voisin de la jeune femme, il était retourné dans sa chambre de Chantegrive en usant du même stratagème qu'à l'aller.

Pour s'éclipser malgré les hommes du commissaire et sans attirer l'attention, il avait utilisé une trappe du toit, se laissant glisser au sol. Ensuite, fuyant à travers le parc obscur, il avait enfourché une moto cachée à un kilomètre de là, dans une grange voisine où l'on stockait jadis les engins agricoles. Silencieux, rusé, avide de violence, Chavanne avait su semer l'horreur sur son passage.

Par bonheur, Irwan avait eu l'idée de vider une poubelle du chai servant de garage, et cette carte portant le nom d'une agence immobilière lui avait paru intéressante, rendant possible la découverte d'une planque qu'ils auraient eu sinon des difficultés à dénicher.

Tournier, en descendant de Paris pour les obsèques, devait rendre le scénario plus compliqué encore pour détourner l'attention de la police. Il avait tant accumulé les fautes en cédant à sa manie du bavardage que la belle Sabine était devenue un des principaux suspects, ainsi que Chavanne. Bien sûr, par prudence, le commissaire et Irwan avaient fait semblant d'en perdre leur latin, selon les termes moqueurs du top model.

Sabine remportait la palme de la comédie, puisqu'elle avait su jouer les dormeuses plus de vingt-quatre heures, alors que le médecin, sur ses supplications, ne lui avait donné en fait que des tranquillisants à avaler, qu'elle n'avait pas pris.

Le hasard s'en était mêlé, car Christine Charrel, la compagne de l'homme sacrifié, avait signalé sa disparition, et Patrick Chavanne, l'homme de main de Chesnais, l'avait oubliée sur sa liste. Encore une erreur qui devait leur être fatale.

À présent, Alain Chesnais, Sabine Régnier, Patrick Chavanne et Constantin Tournier méditaient, derrière les murs de la maison d'arrêt d'Angoulême, les conséquences de leur machination en attendant de passer devant la justice.

Dans le bureau du commissaire, chacun commenta l'issue étonnante de l'affaire Chesnais, et Irwan, dont le visage avait recouvré un peu de sérénité, déclara en hochant la tête :

— Sabine a fait la pire des gaffes en inventant cette histoire de rançon, censée coller à nos déclarations du cimetière. En somme, elle s'est crue habile et a tout précipité. Imaginez, patron, si elle n'avait pas appelé ici, se contentant de rejoindre son amant et de filer avec lui sans passer au domaine… Nous étions bel et bien grillés, coiffés au poteau par un beau brin de fille, qui, je l'avoue, n'a pas froid aux yeux. Ce n'est pas toi qui ferais des folies pour aller jusqu'au bout de tes idées, n'est-ce pas ? dit-il en se tournant vers l'inspecteur Delage.

— Ça suffit, Irwan, répliqua Maud avec un sourire gêné. Je me suis enfuie de Girac, je sais, et ils ont passé un sacré savon à Xavier, mais je voulais assister au dénouement, que je sentais proche. Je connais ton expression quand tu es sur une bonne piste.

— Ouais, ajouta Xavier en triturant sa moustache. Moi, en tant que complice de Mlle Delage, j'ai eu droit aux foudres de tout le monde, ici comme à Girac. Une chance que tes parents ignorent mon numéro de téléphone, Maud.

— Je vais le leur donner dès ce soir, Xavier, sois-en certain, plaisanta la jeune femme, confortablement installée dans le fauteuil même du patron, qui, lui, avait pris une modeste chaise.

D'ailleurs, après les avoir écoutés avec amusement, le commissaire se leva et prit la parole d'un ton qui se voulait solennel :

— Puisque nous sommes tous réunis, je tiens à vous apprendre une bonne nouvelle, qui effacera, je pense, les durs moments passés au cours de cette laborieuse enquête. J'ai le plaisir de vous annoncer la promotion imminente de l'inspecteur Delage, qui sera bientôt inspecteur principal. J'espère que vous vous en réjouirez comme moi, et je vous propose d'arroser ça. J'ai fait acheter du cognac à ce brave Xavier, qui a eu du mal à persuader Maud de s'arrêter chez Duprat.

— Comment ? s'écria Maud, très émue par la nouvelle. Xavier agissait sur vos conseils ?

— Eh oui, mais il a garni sa cave également : une seule bouteille me suffisait. Je vais vous servir un cocktail digne des meilleurs restaurants. Notre rescapée mérite bien un tel traitement.

Les beaux yeux bleus de l'inspecteur Delage se voilèrent de larmes, tandis qu'elle recevait en soupirant d'émotion les félicitations de tous. Prise de regret, elle déclara enfin :

— J'ai un peu faim. J'aurais dû passer chez moi prendre des biscuits et ma bouteille de pineau – du Plessis bien sûr – que j'ai achetée lors de notre passage chez Duprat malgré ma mauvaise humeur.

Toujours prévoyant, Xavier, qui se chargeait de disposer des verres pour ce vin d'honneur prétendument impromptu, sortit d'un sac plastique des gourmandises salées et sucrées.

— Et voilà. Trinquons à la santé et à la réussite de Maud avec ce délicieux cognac Duprat, acquis en pleine bataille au péril de ma vie, car ma collègue ici présente, comme elle le reconnaît si bien, m'a foudroyé du regard dans les chais, puisqu'elle jugeait cette passionnante visite déplacée.

— N'en parlons plus et trinquons ! lança Irwan qui dévisagea avec tendresse la jeune femme, si jolie malgré sa pâleur.

« L'émotion lui va bien », se dit-il en rêvant déjà d'une partie de pêche en tête à tête avec le nouvel inspecteur principal de l'hôtel de police. Le commissaire Valardy leva son verre pour examiner attentivement le liquide d'une belle couleur d'ambre. Puis il décréta en souriant :

— Je pense que nous pouvons aussi fêter la fin de l'affaire Chesnais, que je croyais prête à nous échapper. Paris allait s'emparer de l'enquête et, pour moi, c'était une question d'amour-propre. Je voulais trouver la solution et, grâce à vous tous, qui formez une sacrée bonne équipe, j'ai réussi. Merci, les enfants.

Ils trinquèrent et savourèrent leur cognac, éprouvant peu à peu une douce sensation de détente et d'insouciance. « Tout est bien qui finit bien », songea Maud, encore étourdie par les récents événements. Il fallait oublier le regard triste de Madeleine, la vision du corps de Paul-Louis, prisonnier des flammes, il fallait oublier les doigts meurtriers de Patrick Chavanne autour de son cou…

Irwan, la voyant un peu triste, lui souffla à l'oreille :

— Demain, nous sommes tous les deux en congé. Je t'emmène à la pêche, vers Marsac. Tu verras comme c'est charmant, les îles sur la Charente, les hérons, les prairies bordées de peupliers. On va passer la journée au calme, toi et moi.

Xavier n'avait rien entendu de précis, mais il les avait observés. Philosophe, il se dit : « Et voilà : je serai toujours un laissé-pour-compte. Tant pis, je suis habitué… »

Épilogue

— C'est délicieux, Maud, tu me donneras ta recette, j'adore cuisiner.

En disant ces mots, Irwan jeta un regard amusé à sa collègue, qui contemplait rêveusement la rivière. Ils étaient installés au bord de la Charente, au pied d'un frêne vénérable, et déjeunaient face à face, séduits tous deux par le charme de ce pique-nique tant attendu. Il faisait beau, l'air était doux, le soleil jouait à cache-cache entre les feuillages.

Maud se sentait vraiment bien, détendue, délivrée de tout souci. Elle avait confectionné avec soin tout le repas, et Irwan s'était chargé du vin et du café.

— Je ne connaissais pas tes goûts en matière de cuisine, alors, j'ai improvisé, répondit-elle enfin.

— Une improvisation réussie. Cette tourte est succulente ; la salade aussi.

— C'est une « tourte du bord de l'eau », avec petits légumes et viandes hachées : veau, porc et poulet, sans oublier le lard. Le tout enrobé de pâte brisée. Voilà, tu connaît presque la recette maintenant.

Il rit de bon cœur, l'observant un instant. Maud était si jolie. Le vent fit voltiger quelques mèches de sa chevelure, d'un châtain clair, une nuance qui variait selon le soleil et les saisons. Ses beaux yeux bleus étaient empreints de tendresse.

— Tu veux savoir mon plat préféré, si jamais je viens dîner chez toi, par hasard ?

— Oui, je t'écoute, chuchota Maud.

— Les tomates farcies, sur un lit de riz, avec une farce savoureuse, sans omettre le petit bout de biscotte sous le chapeau de la tomate.

— Quelle science, inspecteur ! Promis, je m'en souviendrai.

Ils se turent soudain, un peu gênés d'être seuls dans ce coin charmant. Irwan ne pensait plus à surveiller sa canne à pêche, ni les mouvements du bouchon qui s'était enfoncé sous l'eau. C'est Maud, pourtant perdue dans de singulières songeries, qui le prévint :

— Ton bouchon a disparu !

Il se leva, ferra sans conviction et déclara d'un ton faussement navré :

— Eh bien, j'ai raté une touche. Tant pis, tu es là, et il nous reste une tarte aux pommes à déguster. Et puis j'ai une consolation en imaginant les idées noires de ce pauvre Xavier, qui nous sait en tête à tête.

— Ce n'est pas gentil, Irwan. Après tout, il est peut-être sincèrement jaloux. Le jour où nous avons dîné à l'Auberge du Lac, il m'a presque fait une déclaration en bonne et due forme.

— Je m'en doutais un peu. Dis, Maud, si tu avais à choisir entre lui et moi, ce serait qui, l'heureux élu ?

Elle le dévisagea, appréciant encore une fois ses traits virils, ses yeux si clairs. Un Breton, comme elle, né là-bas, près de son cher océan. Puis elle évoqua la mine joyeuse de Xavier, son sourire irrésistible. Que lui répondre ?

— Impossible de choisir, Irwan, car je n'ai qu'un désir : rester votre amie, ne pas perdre notre précieuse complicité. De plus, je crois qu'il ne faut pas mêler l'amour au travail.

— Comme tu es sérieuse ! Enfin, n'en parlons plus. Dans ce cas, je suis rassuré : tu ne m'en voudras pas d'avoir invité ce cher Xavier à prendre le café avec nous. Si tout va bien, il ne devrait pas tarder.

Maud éclata de rire et lança une branchette en direction d'Irwan. Elle était un peu déçue, mais se consola vite. En fait, ils étaient si bien ensemble, tous les trois. Se levant, elle s'écria :

— Vous êtes deux monstres d'hypocrisie, mais je n'aurai jamais de meilleurs amis !

Et, profitant de leurs dernières minutes de solitude, elle l'embrassa sur la joue…

Remerciements

Je tiens à remercier tout spécialement mon cher papa, Franck Drugeon, qui a été le premier, dans notre famille, à prendre la plume pour écrire des nouvelles policières.

Table des matières

De la même auteure

La saga de Val-Jalbert

I. *L'Enfant des neiges,* Chicoutimi, Éditions JCL, 2008 ; *L'Orpheline des neiges,* Paris, Calmann-Lévy, 2010
II. *Le Rossignol de Val-Jalbert,* Chicoutimi, Éditions JCL, 2009 ; Paris, Calmann-Lévy, 2011
III. *Les Soupirs du vent,* Chicoutimi, Éditions JCL, 2010 ; Paris, Calmann-Lévy, 2013
IV. *Les Marionnettes du destin,* Chicoutimi, Éditions JCL, 2011 ; Paris, Calmann-Lévy, 2014
V. *Les Portes du passé,* Chicoutimi, Éditions JCL, 2012 ; Paris, Calmann-Lévy, 2015
VI. *L'Ange du lac,* Chicoutimi, Éditions JCL, 2013 ; Paris, Calmann-Lévy, 2016

La saga du Moulin du loup

I. *Le Moulin du loup,* Chicoutimi, Éditions JCL, 2008 ; Paris, Les Presses de la Cité, 2008
II. *Le Chemin des falaises,* Chicoutimi, Éditions JCL, 2009 ; Paris, Les Presses de la Cité, 2009
III. *Les Tristes Noces,* Chicoutimi, Éditions JCL, 2008 ; Paris, Les Presses de la Cité, 2010
IV. *La Grotte aux fées,* Chicoutimi, Éditions JCL, 2009 ; Paris, Les Presses de la Cité, 2011
V. *Les Ravages de la passion,* Chicoutimi, Éditions JCL, 2010 ; Paris, Les Presses de la Cité, 2012
VI. *Les Occupants du domaine,* Chicoutimi, Éditions JCL, 2012 ; Paris, Les Presses de la Cité, 2013

La saga d'Angélina

I. *Angélina. Les Mains de la vie,* Chicoutimi, Éditions JCL, 2011 ; Paris, Calmann-Lévy, 2013, 2019

II. *Angélina. Le Temps des délivrances*, Chicoutimi, Éditions JCL, 2013 ; Paris, Calmann-Lévy, 2014, 2019
III. *Angélina. Le Souffle de l'aurore*, Chicoutimi, Éditions JCL, 2015 ; *La Force de l'aurore*, Paris, Calmann-Lévy, 2015, 2019

La saga des Bories

I. *L'Orpheline du bois des Loups*, Chicoutimi, Éditions JCL, 2002 ; Paris, Les Presses de la Cité, 2003
II. *La Demoiselle des Bories*, Chicoutimi, Éditions JCL, 2006 ; Paris, Les Presses de la Cité, 2006

La saga du lac Saint-Jean

I. *Le Scandale des eaux folles*, Chicoutimi, Éditions JCL, 2014 ; Paris, Calmann-Lévy, 2016
II. *Les Sortilèges du lac*, Chicoutimi, Éditions JCL, 2015 ; Paris, Calmann-Lévy, 2017

La saga de Faymoreau

I. *La Galerie des jalousies*, Chicoutimi, Éditions JCL, 2015 ; Paris, Calmann-Lévy, 2017
II. *La Galerie des jalousies*, Chicoutimi, Éditions JCL, 2016 ; Paris, Calmann-Lévy, 2017
III. *La Galerie des jalousies*, Paris, Calmann-Lévy, 2017

La saga d'Abigaël

I. *Abigaël, messagère des anges*, Chicoutimi, Éditions JCL, 2017 ; Paris, Calmann-Lévy, 2018
II. *Abigaël, messagère des anges*, Chicoutimi, Éditions JCL, 2017 ; Paris, Calmann-Lévy, 2018
III. *Abigaël, messagère des anges*, Chicoutimi, Éditions JCL, 2017 ; Paris, Calmann-Lévy, 2018
IV. *Abigaël, messagère des anges*, Paris, Calmann-Lévy, 2018
V. *Abigaël, messagère des anges*, Paris, Calmann-Lévy, 2018
VI. *Abigaël, messagère des anges*, Paris, Calmann-Lévy, 2018

La saga de l'orpheline de Manhattan

I. *L'Orpheline de Manhattan*, Paris, Calmann-Lévy, 2018
II. *Les Lumières de Broadway*, Paris, Calmann-Lévy, 2018
III. *Les Larmes de l'Hudson*, Paris, Calmann-Lévy, 2019

La saga de Lara

I. *La Ronde des soupçons*, Paris, Calmann-Lévy, 2020
II. *La Valse des suspects*, Paris, Calmann-Léyy, 2020
III. *La Danse macabre*, Paris, Calmann-Lévy, 2020

Le Mystère Soline

I. *Au-delà du temps*, Paris, Calmann-Lévy, 2021
II. *Le Vallon des loups*, Paris, Calmann-Lévy, 2021

Les enquêtes de Maud Delage

VOLUME I

1. *Du sang sous les collines*, Chicoutimi, Éditions JCL, 2012
2. *Un circuit explosif*, Chicoutimi, Éditions JCL, 2012

VOLUME II

1. *Les Croix de la pleine lune*, Chicoutimi, Éditions JCL, 2013
2. *Drame à Bouteville*, Chicoutimi, Éditions JCL, 2013

VOLUME III

1. *Cognac, un festival meurtrier*, Chicoutimi, Éditions JCL, 2013
2. *Vent de terreur sur Baignes*, Chicoutimi, Éditions JCL, 2013

VOLUME IV

1. *L'Enfant mystère des terres confolentaises*, Chicoutimi, Éditions JCL, 2013
2. *Maud sur les chemins de l'étrange*, Chicoutimi, Éditions JCL, 2013
3. *Nuits à haut risque*, Chicoutimi, Éditions JCL, 2013

Livres hors série

L'Amour écorché, Chicoutimi, Éditions JCL, 2003 ; Paris, Calmann-Lévy, 2020

Le Chant de l'océan, Chicoutimi, Éditions JCL, 2004 ; Paris, Les Presses de la Cité, 2007

Les Enfants du Pas du Loup, Chicoutimi, Éditions JCL, 2004 ; Paris, Les Presses de la Cité, 2005

Le Refuge aux roses, Chicoutimi, Éditions JCL, 2005 ; Paris, L'Archipel, 2005 ; Paris, Calmann-Lévy, 2018

Le Val de l'espoir, Chicoutimi, Éditions JCL, 2007 ; Paris, Calmann-Lévy, 2016

Le Cachot de Hautefaille, Chicoutimi, Éditions JCL, 2009 ; Paris, Calmann-Lévy, 2019

Les Fiancés du Rhin, Chicoutimi, Éditions JCL, 2009 ; Paris, Calmann-Lévy, 2019

Les Amants du presbytère, Chicoutimi, Éditions JCL, 2015 ; Paris, Calmann-Lévy, 2017

Amélia, un cœur en exil, Paris, Calmann-Lévy, 2017

Astrid, la reine bien-aimée, Chicoutimi, Éditions JCL, 2017 ; Paris, Calmann-Lévy, 2019

Les Feux de Noël, Paris, Calmann-Lévy, 2020

Rejoignez le groupe Facebook
Les Amis de Marie-Bernadette Dupuy

Photocomposition PCA

Achevé d'imprimer en août 2021
par CPI BRODARD & TAUPIN (72200 La Flèche)
pour le compte des Éditions Calmann-Lévy
21, rue du Montparnasse, 75006 Paris

CALMANN LEVY s'engage pour l'environnement en réduisant l'empreinte carbone de ses livres. Celle de cet exemplaire est de :
950 g éq. CO_2
Rendez-vous sur www.calmann-levy-durable.fr

PAPIER À BASE DE FIBRES CERTIFIÉES

N° d'éditeur : 2191020/01
N° d'imprimeur : 3044988
Dépôt légal : septembre 2021
Imprimé en France.